Damon Galgut

Der Betrüger

Roman

Aus dem südafrikanischen Englisch
von Thomas Mohr

btb

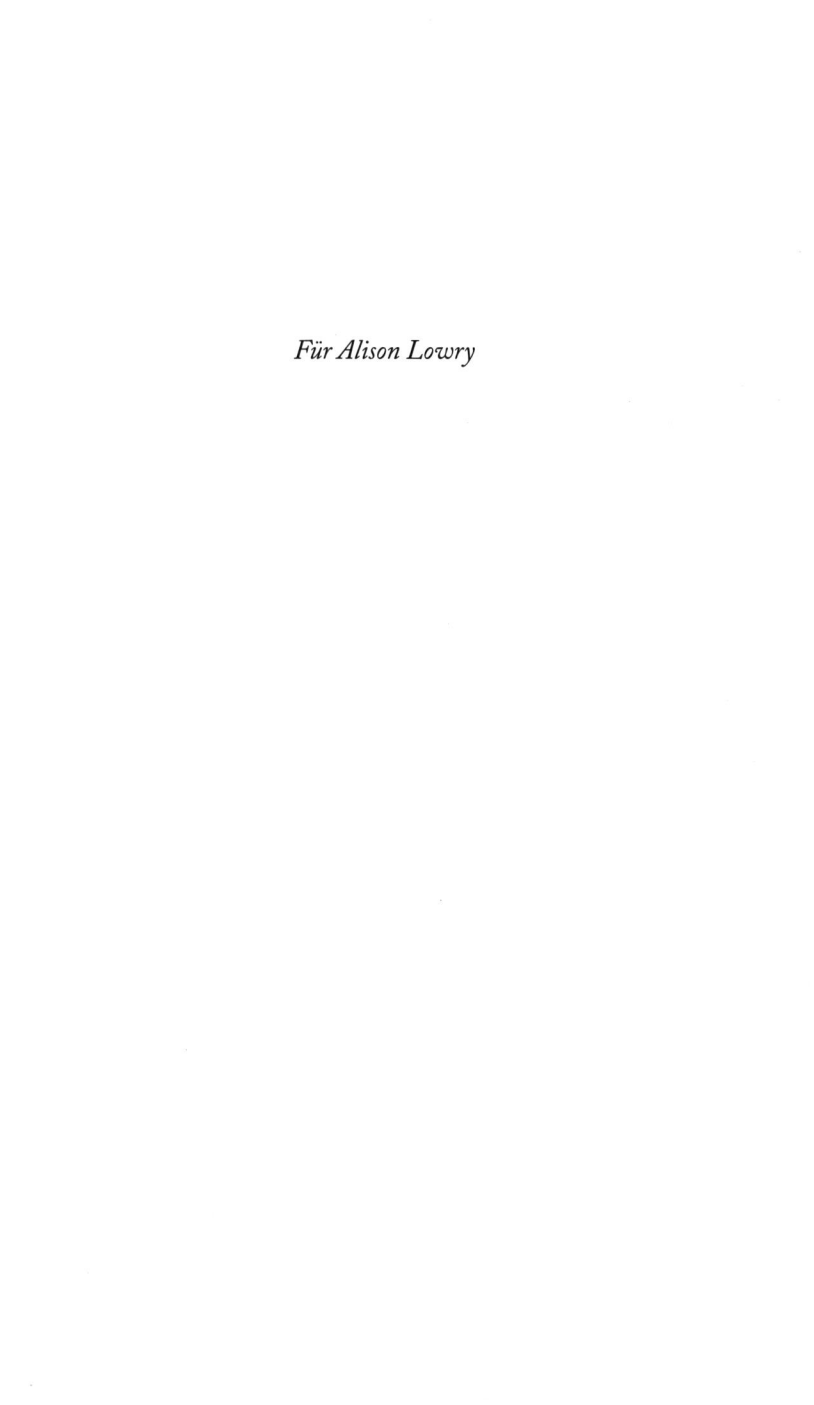

Für Alison Lowry

ANMERKUNG DES AUTORS

Begriffe wie »Buschmann« oder »Farbige(r)« sind mit den Spannungen der Geschichte Südafrikas befrachtet. Nachdem sie lange als Verunglimpfungen oder zum Zweck der Rassenzuordnung gebraucht wurden, sind sie in den letzten Jahren gewissermaßen in neutralisierter Form in die Alltagssprache zurückgekehrt. In diesem Sinne werden sie hier verwendet, ohne verletzende Absicht.

EUER HINTERLAND IST DORT

Inschrift einer Statue von Cecil John Rhodes,
Company's Garden, Kapstadt

VORHER

1

DIE FAHRT WAR FAST VORBEI; sie näherten sich ihrem Ziel. Vor ihnen lag eine Kreuzung, doch weit und breit war nichts zu sehen, nur ein Baum, eine Wiese voller Schafe und die flirrende Hitze über dem Asphalt. Eigentlich hätte Adam anhalten müssen, aber er trat nur kurz auf die Bremse und beschleunigte dann wieder. Es war sonst niemand unterwegs, und er brachte weder sich noch andere in Gefahr.

Plötzlich trat wie aus dem Nichts ein Polizist hinter dem Baum hervor. In seiner Uniform wirkte er makellos, aufrecht und energisch, wie ein Ausrufezeichen. Er hob die Hand, und Adam hielt am Straßenrand. Sie musterten einander durch das offene Fenster.

»Ich bitte Sie. Das ist doch wohl nicht Ihr Ernst«, sagte Adam.

Der Polizist war ein junger Mann mit dunkler Sonnenbrille. Trotz der staubigen Hitze wirkte er unfassbar kühl und gelassen. »Da steht ein Stoppschild«, erklärte er Adam. »Sie haben nicht angehalten. Das macht tausend Rand Strafe.«

»Was? So viel?«

Der Polizist zuckte lächelnd die Achseln. »Den Führerschein, bitte.«

»Können Sie es denn nicht mit einer Verwarnung oder so bewenden lassen?« Adam suchte nach den Augen des Mannes, fand aber nur dunkles Glas.

»Ich muss mich an die Vorschriften halten, Sir. Sie wollen doch nicht, dass ich gegen die Vorschriften verstoße?«

»Also, äh, es wäre nett, wenn Sie sie etwas großzügiger auslegen würden.«

Wieder lächelte der Mann. »Dafür könnte ich in Teufels Küche kommen, Sir.« Nach einer kurzen Pause setzte er hinzu: »Das müsste sich für mich schon lohnen.«

»Wie bitte?«

»Wenn ich gegen die Vorschriften verstoßen soll, müsste sich das für mich schon lohnen.«

Es war so beiläufig, so nonchalant dahingesagt, dass Adam im ersten Moment glaubte, sich verhört zu haben. Aber nein: Er hatte richtig verstanden. Er war wie vor den Kopf geschlagen. Zwar hatte er von derlei Praktiken gehört, aber nie damit zu tun gehabt. Er saß stocksteif hinterm Steuer und versuchte, einen klaren Gedanken zu fassen, sein Zeitgefühl erstarrt im grell gleißenden Licht, während der Polizist einmal um den Wagen stakste und Reifen, Scheinwerfer und Kennzeichen überprüfte. Als er zum Beifahrerfenster zurückkam, sagte er: »Wie ich sehe, ist Ihre Zulassung abgelaufen. Das macht noch einmal tausend. Also, was meinen Sie? Sagen wir … zweihundert, und wir vergessen die ganze Geschichte.«

Da packte Adam die Wut. »Nein«, sagte er.

»Nein?«

»Kommt nicht in Frage. Von mir kriegen Sie keinen Cent.«

Wieder zuckte der Mann die Achseln. Das Lächeln war noch immer da. Schwach spielte es um seinen feisten kleinen Mund. »Den Führerschein, bitte«, sagte er.

*

Als er weiterfuhr, konnte Adam gerade noch die Nummer des Streifenwagens lesen, der halb versteckt hinter dem Baum stand, und sprach sie auf den nächsten Kilometern immer wieder vor sich hin. Leider hatte er weder Stift noch Papier zur Hand, und als sie an der nächsten Tankstelle hielten, war er sich schon nicht mehr sicher, ob die Reihenfolge der Ziffern stimmte. Trotzdem notierte er sie auf einem Zettel, um den er die Bedienung im Café neben der Tankstelle gebeten hatte. Er las sie ein paarmal und versuchte, sie mit seiner Erinnerung in Einklang zu bringen, als Gavin und Charmaine zur Tür hereinkamen. Auch sie hatten vorhin angehalten und die Szene im Rückspiegel verfolgt. »Was war denn da los?«, fragte Gavin.

»Der Typ wollte Geld. Er hat ganz offen danach gefragt, einfach so.«

Gavin schnaubte. »Wie viel hast du ihm gegeben?«

»Gar nichts.« Adam sah seinen Bruder besorgt an. »Was hättest du denn getan?«

»Na ja ...«, sagte Gavin, und sein Oberlippenbärtchen zuckte. »Immer noch billiger als ein Bußgeld.«

»Darum geht's nicht.«

»Schon gut, schon gut.« Gavin blickte sich um. »Ich habe ein ganz anderes Problem. Ich frage mich, ob wir überhaupt auf der richtigen Straße sind. Bis zur letzten Kreuzung war ich mir eigentlich ziemlich sicher. Aber auf den ganzen Straßenschildern steht ein Ortsname, den ich noch nie gehört habe.«

»*Ja*, der Ort ist noch derselbe«, sagte die Bedienung im Vorbeigehen. »Nur der Name hat sich geändert. Der neue Bürgermeister hat ihn vor einem Jahr umbenannt. Damit hat er viele Leute vor den Kopf gestoßen.«

»Kein Wunder«, meinte Gavin. »Das machen sie neuerdings

überall. Eine Riesengeldverschwendung. Jetzt müssen sämtliche Karten neu gedruckt werden.«

Adam hörte nur mit halbem Ohr hin. In Gedanken war er noch immer bei dem Polizisten. Obwohl der Mann ihm nicht gedroht hatte, ging etwas Bedrohliches von ihm aus. Wie ein dunkler Wächter stand er am Tor zu Adams neuem Leben und verstellte ihm den Weg, mit gierig ausgestreckter Hand.

Bis in den Ort waren es nur noch ein, zwei Kilometer. Die Straße hatte sich ziellos durch die Ebene geschlängelt, auf eine Gebirgskette in der Ferne zu, als müsse sie sich ihren Weg erst suchen. Doch unweit der Tankstelle überwand sie eine Anhöhe, und dahinter lag die Stadt, in einem Talkessel verborgen: eine verstreute Ansammlung einstöckiger Gebäude, die allein der Kirchturm wie ein mahnend erhobener Zeigefinger überragte. Am anderen Flussufer in der Talmitte, mit dem Ort nur durch eine Betonbrücke verbunden, lag das Township. Am Hang eines nahe gelegenen Hügels buchstabierten weiße Steine den alten Ortsnamen. Irgendjemand hatte damit begonnen, aus den Steinen den neuen Namen zu bilden, aber nach der Hälfte aufgegeben.

Sie bogen von der Landstraße in die Hauptstraße ein. Vor der Kirche hielten sie das erste und einzige Mal. Das diffuse Unbehagen, das Adam seit seiner Begegnung mit dem Verkehrspolizisten begleitete, schien sich hier zu bündeln wie unter einem Brennglas. Beim Anblick der Straße – ein Supermarkt, eine Bank, eine Metzgerei, ein Postamt, ein Schönheitssalon, ein Hotel und ein Schnapsladen – zog sich sein Herz zusammen. Obwohl es auf Ende August zuging, baumelte die Weihnachtsbeleuchtung vom letzten Jahr schlaff von den Laternenmasten. Die Straße, der sie so lange gefolgt waren, verengte sich an ihrem Ende zu einem mit verdorrtem Gestrüpp bewachsenen Aussichtspunkt, wo ein Betrunkener der Länge nach hinschlug, sich hochrappelte und ein paar Meter weiterwankte, nur um dann von Neuem hinzuschlagen.

Gavin stieg aus und kam zu Adams Wagen. »Das macht Laune, was?«

»Na ja«, sagte Adam. »Heute ist Sonntag.«

Gavin schnaubte kopfschüttelnd in seinen Bart. »Sehen wir uns das Haus an.«

Das Haus war ein Schock. Es lag am Rand der weißen Stadt, wo die Straßen unbefestigt waren und das Gelände steil zum felsigen Kamm eines Bergrückens anstieg. Es war schlicht und schmucklos, mit abgeschrägtem Blechdach. Die Fenster starrten blind und ausdruckslos. Die Farbe war verblichen, der Anstrich abgeblättert. Kletterpflanzen hatten den Zaun verschlungen und sich einen Weg durchs Gartentor gebahnt.

Gavin riss die Ranken fort und legte den Durchgang frei. Er schimpfte leise vor sich hin und verstummte erst, als sie schließlich durch das Tor traten. Ein alter Weg aus Schieferplatten führte durch einen kleinen Obstgarten zur Haustür. Die Äste der wild wuchernden Bäume waren knorrig und verwachsen. Eine dicke Schicht aus verfaulendem Obst bedeckte den Schiefer, und darüber hing eine Wolke aus Gärgeruch und Fliegen. Schlitternd tasteten sie sich Schritt für Schritt durch den berauschenden Gestank. Gavin zog einen großen Eisenschlüssel aus der Tasche, der aussah, als gehörte er zum Portal eines mittelalterlichen Klosters. Aber er fügte sich mühelos ins Schloss und ließ sich drehen.

Adam ließ Gavin und Charmaine den Vortritt, als wären sie hier zu Hause und er nur zu Gast. Doch kaum war er über die

Schwelle getreten, fühlte er, wie das Haus an ihm zerrte, ihn anzog, in Besitz nahm. Es war fast körperlich zu spüren.

Die Luft im Innern war schwer und verbraucht, als sei sie schon einmal geatmet worden, das Mobiliar eine deprimierende Mischung aus klobigem altem Plunder und einigen geschmacklosen modernen Stücken. Die vier Zimmer waren einfach und zweckmäßig eingerichtet. Kein Teppich auf dem nackten Estrich, keine Bilder an den Wänden, nichts Behagliches, nirgends. Alles war mit einem dicken braunen Staubpelz überzogen. Es schien, als hätte die Zeit vor diesen Mauern haltgemacht und strömte erst jetzt wieder herein, durch die Tür, die sie aufgestoßen hatten.

Gavin war stinkwütend. Stumm stampfte er durch die Zimmer und hinterließ deutliche Fußspuren im Staub. Ein Vogel war durch den Kamin ins Haus gelangt und hier verendet, und Gavin trat wütend mit der Schuhspitze gegen den kleinen Kadaver.

»Ich habe dich gewarnt«, sagte er schließlich.

»Ich weiß.«

»Aber ich muss sagen, es ist noch schlimmer, als ich erwartet hatte. Ziemlich übel.«

»Halb so wild«, sagte Adam tapfer. »Das kriege ich schon wieder hin.«

Charmaine hatte sich zu einem Erkundungsgang aufgemacht, Türen geöffnet, in Schränke gespäht. Jetzt kam sie aufgeregt zurück, ihre Stimme hohl und atemlos.

»Hier gibt es *Geister*«, sagte sie.

»Was?«

»Ich habe übersinnliche Fähigkeiten«, erklärte sie Adam. »Ich spüre die Geister der Vergangenheit. Dieses Haus ist voll davon. Es muss schon sehr alt sein.«

Gavin seufzte. »Ich habe keine Ahnung, wie alt es ist«, sagte er schroff. »Und das Einzige, was hier herumgeistert, ist Ungeziefer.«

»Wann warst du das letzte Mal hier?«, fragte Adam.

»Ich weiß nicht genau. Vor ein paar Jahren. Kurz nachdem ich es gekauft hatte. Ehrlich gesagt, hatte ich fast vergessen, dass es mir gehört. Wenn ich mich recht entsinne, war es damals noch nicht ganz so heruntergekommen. Ich war nur ein paarmal hier.«

»Warum hast du dir eigentlich ausgerechnet hier etwas gekauft?« Er konnte sich seinen Bruder beim besten Willen nicht in diesem Haus vorstellen.

»Weiß der Himmel. Das war damals ziemlich angesagt, ein kleines Häuschen in der Karoo. Ich glaube, meine Ex wollte es haben. Der Preis war ein Witz. Genau wie die Bude.«

»Ich spüre eine alte Frau«, sagte Charmaine. »Sehr alt und sehr traurig.«

»Lass gut sein, Mäuschen.«

»Mach dich nur lustig. Das ändert nichts an der Tatsache.«

»Meine Güte«, sagte Gavin. »Seht euch das an.«

Er war in die Küche gegangen und hatte die Hintertür geöffnet. Von dort gelangte man auf eine kleine, aus Zement gegossene *stoep*, von der eine Treppe in den Garten führte. Er hatte sich in einen Wald aus hohem braunem Unkraut verwandelt, das schon vor Ewigkeiten abgestorben und fest mit dem ausgedörrten Boden verwachsen war. Das dornige Gestrüpp bildete eine schier undurchdringliche Wand. Es war geradezu erdrückend. In ihm nahmen Verfall und Verwahrlosung Gestalt an. Es stellte selbst das kleine Windrad und das betonierte Sammelbecken ein Stück abseits in den Schatten.

Die beiden Brüder standen Schulter an Schulter und schauten auf den Wildwuchs. Ein leichter Wind pfiff leise durch die trockenen Halme.

»Heilige Mutter Gottes«, sagte Gavin leise. »Wie deprimierend.«

Das Gestrüpp zog Adam magisch an. Er musste den Kopf schütteln, um wieder klar denken und in die Wirklichkeit zurückkehren zu können.

»Tja«, sagte Gavin und klatschte aufmunternd in die Hände. »Übernachten können wir hier jedenfalls nicht.

Sehen wir uns das Hotel an.«

»Äh«, entfuhr es Adam. »Ich bleibe lieber hier.«

Die beiden starrten ihn ungläubig an. »Sei nicht albern«, sagte Gavin.

»Im Ernst«, sagte Charmaine, »ich finde, du solltest zuerst ein Reinigungsritual vollziehen. Und die Geister austreiben lassen. Ich kenne jemanden, der das für dich erledigen könnte.«

Adam brachte kein Wort heraus; er schüttelte bloß den Kopf.

Obwohl in Gavins Augen ein Funke glomm, sprach er mit ruhiger Stimme. »Wie du meinst«, sagte er achselzuckend. »Du bist erwachsen, du kannst machen, was du willst.«

*

Als er schließlich allein im Haus war und es langsam dunkel wurde, fragte er sich, warum er unbedingt hatte hierbleiben wollen. Alles war voller Staub und Schmutz. Es gab keinen Strom. Im Küchenschrank fand er eine alte Kerze, doch die zitternde Flamme verstärkte die Finsternis nur noch. Die nackte Matratze starrte vor Dreck und war beim besten Willen nicht zu gebrauchen. Das Haus war alt. Wer weiß, was sich in diesen Zimmern alles zugetragen hatte? Tod und Geburt hatten womöglich Spuren hinterlassen. Tagsüber war er ein rationaler, skeptischer Mensch und glaubte nicht an Geister. Aber jetzt, bei Nacht, umgeben von fremden Wänden und mit einem fremden, ächzenden Dach über dem Kopf, schien vieles möglich. Es war, als wäre ein anderer, aus einer anderen Zeit, in seine Haut gekrochen. Dieser andere hockte an einem Feuer, ringsum nichts als Dunkelheit.

Die Äste der Bäume im Obstgarten scheuerten aneinander. Irgendwo ein schmatzendes Geräusch – ein Stück Fallobst oder ein Schritt.

Schließlich nahm er ein Kissen und ging auf die *stoep* hinaus. Hier war es etwas besser. Eine schwache Brise strich über ihn hinweg, und am Himmel schimmerte ein Sternenfries. In der Ferne sah man die Scheinwerfer der Autos und Lastwagen, die an der Stadt vorbeifuhren, ein tröstliches Hin und Her. Die Welt dort draußen drehte sich weiter.

Er erwachte kurz vor Tagesanbruch; sein Gesicht war geschwollen, mit Mückenstichen übersät. Dunkle, beunruhigende Träume schienen wie ein Ebbestrom in ihn zurückzuweichen. In der Dämmerung sahen die Berge aus, als hätte jemand einen Streifen aus dem Himmel gerissen. Er setzte sich langsam auf, und ihm fiel alles wieder ein: die unbewohnten Zimmer, die knorrigen Bäume, der verwilderte Garten.

Da bemerkte er das Nachbarhaus zum ersten Mal. Es drang nach und nach in sein Bewusstsein, wie ein Foto im Entwicklerbad. Es war ein kleines Haus, das dem Gavins in Form und Grundriss fast aufs Haar glich – auch wenn es sich in jeder anderen Hinsicht davon unterschied. Es war hell gestrichen, schmuck und sauber. Der Garten war grün und gepflegt, in gleichmäßig angelegte Beetreihen unterteilt. Es waren reichlich Mühe und Anstrengung in die Instandhaltung des Hauses geflossen; und jetzt entdeckte Adam eine gedrungene menschliche Gestalt, die den Boden mit einem Spaten umgrub.

Sein Nachbar war ein älterer Weißer in blauen Latzhosen. Mehr konnte er aus dieser Entfernung nicht erkennen, nur dass der Mann mit beinahe manischem Eifer zu Werke ging. Voller Zorn oder Hingabe stieß er den Spaten in die Erde und führte Selbstgespräche, während in einem Mundwinkel rot wie das Warnlicht eines Motors eine Zigarette glomm. Als er Adam bemerkte, stellte er die Arbeit sofort ein, als hätte jemand einen Schalter umgelegt. Er stand geradezu unnatürlich still.

Jetzt schauten sich die beiden über den Drahtzaun hinweg an und taten doch so, als sähen sie einander nicht. Zwar gab es eigentlich keinen Grund, sich nicht zu grüßen, zu winken oder zu nicken, trotzdem taten sie es nicht. Dann plötzlich ließ der Mann in Blau den Spaten fallen, lief zur Hintertür und verschwand im Haus.

*

Adam war verängstigt und gereizt, als er wenig später zu Fuß zum Hotel ging. Das Hotel war ein großer, klotziger Kasten gleich gegenüber der Kirche, mit imposanter balustradengeschmückter Fassade. In Größe und Bauart erinnerte es an einen alten Westernsaloon.

Gavin und Charmaine saßen vorn auf der Veranda, an einem Tisch mit Blick auf die Straße. Ein dicker Mann mit weißer

Schürze servierte ihnen das Frühstück, und als Adam an ihren Tisch trat, hörte er ihn sagen: »Die Stimme Gottes hat zu mir gesprochen, wie ich jetzt mit Ihnen spreche.«

»Faszinierend«, meinte Charmaine kopfschüttelnd.

»Das ist mein Bruder«, sagte Gavin. »Adam, das ist Fanie Prinsloo.«

Alles an dem Mann war feist und fleischig. Selbst sein stumpfes, nahezu ausdrucksloses Gesicht ähnelte einem Steak. Doch die Bewegung, mit der er sich die Finger an der Schürze abtrocknete, war erstaunlich grazil. Als er Adam die Hand gab, wiederholte er nachdrücklich seinen Namen, als habe der eine besondere Bedeutung.

»Wie ich höre, wollen Sie hierherziehen«, sagte er. »Herzlich willkommen.«

»Danke.«

»Ich habe Ihrem Bruder gerade erzählt, wie ich vor drei Jahren hier heraufgekommen bin. Meine Frau und ich wurden in unserem Haus in George von Einbrechern überfallen. Mitten in der Nacht. Sie haben uns gefesselt und geschlagen. Ich habe dabei einen Zahn eingebüßt – sehen Sie.« Sein Lächeln entblößte eine schwarze Lücke. »Und wie ich da so zusammengeschnürt auf dem Boden liege und denke, gleich ist es vorbei, da höre ich plötzlich eine Stimme. Genau wie ich jetzt mit Ihnen spreche. ›Fanie, zieh aufs Land‹, sagte die Stimme. ›Zieh aufs Land.‹ Und so bin ich hierhergekommen.«

»Unglaublich«, sagte Charmaine. »Diese Momente, in denen die Grenzen zwischen den Welten fallen.«

»Ich hatte in dieser Gegend ein paarmal Urlaub gemacht«, sagte Fanie Prinsloo. »Mit meiner Frau, im Wohnmobil. Aber ich wäre nicht im Traum auf die Idee gekommen hierherzuziehen. Nicht bis zu besagter Nacht. Am nächsten Morgen habe ich die Koffer gepackt und das Haus verkauft. Und, mein Freund, ich habe es noch keine Sekunde bereut.«

»Das Hotel gehört Ihnen?«, fragte Gavin, und seine Augen verengten sich. »Und? Läuft der Laden?«

»*Ja*, inzwischen schon. Seit dem Bau der neuen Passstraße ist hier ziemlich viel Verkehr. Früher war das anders. Da war die Straße hier zu Ende. Aber das hat sich zum Glück geändert.«

»Wenn Gott zu einem spricht«, sagte Charmaine, »sollte man seinen Rat befolgen.«

Der Dicke lachte herzlich. »*Ja*, es ist wunderschön hier oben«, sagte er. »Die Berge, der Himmel, genau wie es der All-mächtige erschaffen hat. Sie werden es nicht bereuen, Adrian.«

»Adam.«

»Und was darf ich Ihnen zum Frühstück bringen?«

Als er in Richtung Küche davongetapst war, sagte Gavin: »Weißt du, wer das ist? Einer der besten Stürmer der Rugbyge-schichte. Und das ausgerechnet hier.«

Das Gespräch hatte bei Adam einen Nerv getroffen. Er war sich seiner Sache ganz und gar nicht sicher, zweifelte an seiner Entscheidung, hierherzuziehen, sein Leben völlig umzukrem-peln. Deshalb fiel seine Antwort vielleicht eine Spur zu schroff aus. »Rugby interessiert mich nicht«, sagte er. Er erntete betre-tenes Schweigen, die Stimmung war ruiniert.

»Dein ganzer Kopf ist voller roter Pusteln«, sagte Charmaine aufmunternd.

»Mückenstiche.«

»Du wolltest ja unbedingt dableiben«, sagte Gavin. »In der versifften Bude.«

»Es ist *deine* versiffte Bude.«

»Es hat dich schließlich niemand gezwungen.«

Sie starrten jeder in eine andere Richtung, während Fanie Prinsloo Toast und Kaffee brachte. Sie aßen wortlos. Beide Brüder dachten an früher zurück, an Ereignisse, die mit ihrem Gespräch nichts zu tun hatten. Die Spannungen zwischen ihnen hatten sich in den letzten Wochen immer wieder in offenen Reibereien entladen. Sie kauten und schluckten laut, doch die Feindseligkeit war bald verflogen, und zurück blieb nur ihre leere, zerbrechliche Hülle. Gavin wischte sich ausgiebig den Bart und sagte, ohne Adam anzusehen: »Wir sollten uns nicht streiten. Das ist doch alles Schnee von gestern.«

»Stimmt.«

Gavin stand auf. »Komm, Mäuschen. Wir müssen los.«

Adam begleitete die beiden zu ihrem Wagen. Aber sein Bruder hatte noch eine kleine Rede in petto. Er hatte sie sich offenbar sorgfältig zurechtgelegt, auch wenn sie nicht sehr überzeugend klang. Gavin blickte mit mürrischer Miene zu Boden und sagte, wenn Adam es sich anders überlegen und mit ihnen in die Stadt zurückfahren wolle, müsse er es jetzt sagen. Das Jobangebot stehe nach wie vor, und …

»Nein«, sagte Adam. »Ich möchte hierbleiben.«

Seit seiner Ankunft hatte er geschwankt, war unsicher gewesen. Kaum hatte er die Worte ausgesprochen, stellte er mit Erstaunen fest, dass es ihm ernst war.

Gavin knabberte an seinem Oberlippenbart und warf Adam einen finsteren Blick zu, traurig und resigniert zugleich. »Du willst also unbedingt den Märtyrer spielen.«

»Unsinn.«

Gavin kehrte hilflos die Handflächen nach oben. Dann umarmte er Adam zum Abschied. Das tat er sonst nie, die Geste passte einfach nicht zu ihm, und obwohl Adam sich innerlich dagegen sträubte, kamen ihm die Tränen. Seit Wochen schon hatte er sich aus dem Bann seines Bruders befreien wollen. Doch als der rote Sportwagen schließlich verschwunden war, beschlich ihn mit einem Mal ein ungutes Gefühl. Jetzt war er wirklich und wahrhaftig allein.

2

EINE VERKETTUNG UNGLÜCKLICHER Umstände hatte
Adam hierhergeführt. Normalerweise wäre er nicht im Traum
darauf gekommen, sich in der Karoo niederzulassen, aber sein
Leben verlief schon seit Monaten nicht mehr in normalen
Bahnen. Zwei unmittelbar aufeinanderfolgende Ereignisse hatten alles auf den Kopf gestellt. Erst hatte er seinen Job verloren,
dann sein Haus.

Das mit seiner Arbeit hätte ihn eigentlich nicht zu wundern brauchen. Doch da Adam sämtliche Vorzeichen geflissentlich übersehen hatte, war sein Entsetzen umso größer,
als er erfuhr, dass der junge schwarze Praktikant, den er ein
halbes Jahr lang eingearbeitet hatte, nun seine Nachfolge antreten sollte. Sein Chef bedauerte die Entscheidung, berief
sich auf die Rassenquote und riet ihm, es nicht persönlich
zu nehmen. Von wegen, nicht persönlich. Schließlich war er
es, Adam Napier, und niemand sonst, der seinen Schreibtisch
räumen, seine Bilder abhängen und zum letzten Mal zur Tür
hinausgehen musste. Wenn er an die Szene zurückdachte,
empfand er vor allem Scham darüber, dass er es nicht hatte
kommen sehen.

Die Sache mit dem Haus hingegen hatte sich schon lange
abgezeichnet. Mit der Johannesburger Gegend, in die er gezogen war – einst ein schickes, beliebtes und bunt gemischtes
Viertel –, ging es seit ein paar Jahren rapide bergab. Alle seine

Freunde hatten verkauft, waren fortgezogen und beknieten Adam, es ihnen gleichzutun.

Doch aus irgendeinem Grund, vermutlich seines angeborenen Phlegmas wegen, hatte er nichts unternommen und tatenlos mit angesehen, wie alles in die Brüche ging: Gangs machten sich im Viertel breit, Hausbesetzer hielten Einzug, Kriminalität und Drogenhandel blühten, bis es schließlich zu spät war. Er fand keine vertrauenswürdigen Mieter, und kaufen wollte es erst recht niemand. Am Ende konnte er das Haus nicht einmal mehr verschenken. Die Bank wollte es zunächst nicht zurücknehmen und gab erst nach, als feststand, dass Adam die Hypothek unmöglich würde abbezahlen können.

Es war ein echter Schlamassel, eine echte Pechsträhne. Binnen weniger Monate hatte er sich in eine Sackgasse manövriert – allein und ohne Zukunft in der Mitte seines Lebens. Schließlich blieb ihm nichts anderes übrig, als seinen Bruder um Hilfe zu bitten. Gavin war drei Jahre jünger als Adam und hatte nur wenig mit ihm gemein. Er lebte in Kapstadt, am anderen Ende des Landes, und in den letzten Jahren hatten sie lediglich sporadischen Kontakt gepflegt. Doch seit Adam in Schwierigkeiten steckte, hatte Gavin ihn häufig angerufen und schien sich ernsthafte Sorgen zu machen.

»Warum ziehst du nicht hierher?«, fragte er eines Tages. »Du könntest bei uns wohnen, bis du auf eigenen Füßen stehst.«

»Ich überleg's mir«, sagte Adam. Aber da gab es eigentlich nicht viel zu überlegen. Insgeheim hatte er sogar auf Gavins Angebot gehofft. Er hatte Johannesburg und sein Leben dort gründlich satt. Die Vorstellung, das alles hinter sich zu lassen und noch einmal ganz neu anzufangen, war verlockend.

Als er seine Sachen packte, stellte er verblüfft fest, wie wenig er noch besaß. Die Möbel waren zusammen mit dem Haus an die Bank gefallen. Blieben nur seine Kleider, ein paar Haushaltsutensilien, ein paar Bücherkisten. Es passte alles in seinen Wagen.

*

Als junger Mann war Gavin kräftig und muskulös gewesen, doch seit einiger Zeit setzte er Fett an. Er machte einen wohlhabenden, zufriedenen Eindruck. Er trug teure Kleidung, teuren Schmuck und hatte sich ein smartes Oberlippenbärtchen stehen lassen. Vor Kurzem war er in eine riesige Penthousewohnung im obersten Stock eines schicken Apartmenthauses gezogen, das ihm gehörte.

Adams Schlafzimmerfenster bot einen grandiosen Blick auf Tafelberg und Löwenkopf. Die Aussicht erschien Adam fast ebenso unwirklich wie seine Lage. Hier war er nun, ohne Perspektive oder gar Geld, und lebte wie ein König.

Gavin streute genüsslich Salz in seine Wunden. »Nur die Ruhe, keine Eile«, erklärte er Adam. »Ich kann es mir leisten, dich durchzufüttern, bis du was gefunden hast.«

Das entbehrte nicht einer gewissen Ironie. Bis vor ein paar Jahren war Adam der gesetzte, verlässliche, berechenbare Bruder gewesen, während Gavin sich mehr oder minder mittel- und orientierungslos durchs Leben bewegt hatte. Jetzt schienen sie die Plätze getauscht zu haben. Aber ihre gemeinsame Geschichte reichte weiter und tiefer, und Adam merkte bald, dass Gavin die vorübergehende Schwäche seines Bruders dazu benutzte, eine obskure moralische Rechnung zu begleichen. Er nörgelte ständig an ihm herum, versuchte, ihn langsam zu zermürben. »Du musst dich zusammenreißen«, sagte er ein oder zwei Tage nach Adams Ankunft. »Wie du schon aussiehst, wie ein Penner. Dein Hemd ist voller Flecken.«

»Was soll's? Na schön, meinetwegen, ziehe ich eben ein frisches an.«

»Es geht doch gar nicht um das Hemd, Ad. Es geht um dich. Du lässt dich hängen, du verkommst. Warum unternimmst du nichts dagegen? Du kannst doch nicht einfach das Handtuch werfen. Du hast deinen Job verloren. Na und? Dann suchst du dir eben einen neuen.«

Aus seinem Mund hörte sich das alles ganz einfach an. Diese Denkweise war typisch für Gavin: Man ging dem Unglück tunlichst aus dem Weg, man nahm die Dinge, wie sie kamen. Und er hatte vielleicht nicht ganz unrecht – vielleicht suhlte Adam sich tatsächlich in Selbstmitleid. Gavin an seiner Stelle hätte sich nicht derart unterkriegen lassen; das hatte er wiederholt unter Beweis gestellt. Er hatte ohne den leisesten Anflug eines Selbstzweifels gleich mehrmals den Job gewechselt und nicht nur zwei Ehen, sondern auch zwei hässliche Scheidungen hinter sich gebracht, was ihn jedoch nicht davon abgehalten hatte, sich mit einer ganzen Reihe merkwürdiger Frauen einzulassen, deren letzte jetzt an seinem Arm hing und Adam Kaugummi kauend ansah. Sie hieß Charmaine.

»Ich habe eine Freundin, die auch einsam ist«, warf sie ein. »Ich könnte euch miteinander bekannt machen.«

»Ich bin nicht einsam.«

»Genau das ist dein Problem«, meinte Gavin. »Du willst es einfach nicht wahrhaben. Du musst den Tatsachen ins Auge sehen. Den Arsch hochkriegen. Und nicht den ganzen Tag zu Hause rumliegen und an die Decke starren.«

»Ich bin eben nicht wie du, Gavin. Ich neige eher zum Grübeln. Ich bin Hamlet, und du bist Laertes.«

»Bitte? Was soll denn das heißen? Ich wollte doch nur sagen, dass du dringend unter Leute musst. Wir treffen uns heute Abend mit ein paar Freunden auf einen Drink.

Willst du nicht mitkommen?«

»Nein, danke.«

Einige von Gavins »Freunden« hatte er bereits kennengelernt. Sie waren vor ein paar Tagen zu einem abendlichen *braai* unten im Garten vorbeigekommen – fette, versoffene Kerle mit affektiert lächelnden Frauen, die sich über Geschäfte, Autos und Versicherungen unterhielten und Witze über Blowjobs und Blondinen rissen. Einer von ihnen hatte Adam gefragt, was er beruflich mache, und auf seine Antwort war nervös knisterndes Schweigen eingetreten.

Als sie aufbrachen, sagte Charmaine: »Ich kann Auren lesen. Deine Aura ist sehr dunkel.«

»Um Himmels willen, Mäuschen«, sagte Gavin. »Lass meinen Bruder in Ruhe.«

»Ich sage ja nur. Du musst dich reinigen«, erklärte sie Adam. »Du musst dein Leben ändern.«

Er dachte den ganzen Abend über ihre Worte nach. Was seine Aura anging, war er sich nicht ganz sicher, aber mit allem anderen hatte sie recht. Er musste sich reinigen, er musste sein Leben ändern.

*

Der Gedanke geisterte ihm noch Tage später durch den Kopf, als Gavin ihn zu einer neuen Baustelle mitnahm. Überall herrschte hektische Betriebsamkeit. Hunderte von Männern plagten sich mit schwerem Gerät, um einen gigantischen Betonbau aus dem Boden zu stampfen. Sie waren in der obersten Etage, beide trugen Schutzhelme, und Adam litt schrecklich unter seiner Höhenangst, als Gavin ihm einen Job anbot.

»Natürlich nichts Anspruchsvolles, keine Führungsposition«, sagte er. »Dazu fehlt dir die nötige Qualifikation. Aber du könntest im Büro arbeiten. Ich brauche einen Assistenten. Ich könnte dich anlernen und einarbeiten. Nein, sag jetzt nichts, lass es dir lieber erst mal ein paar Tage durch den Kopf gehen, ja?«

Als Bauunternehmer hatte Gavin binnen weniger Jahre ein Vermögen gemacht. Angefangen hatte er mit einem Yacht- und Surfhafen an der Westküste, inmitten eines naturgeschützten Feuchtgebietes. Inzwischen konzentrierte er seine Bemühungen hauptsächlich auf Kapstadt. Er hatte ein Konsortium mitbegründet, das Altbauten aufkaufte und sie entkernen oder abreißen ließ, um an ihrer Stelle moderne Wohnblocks zu errichten. Einige dieser Geschäfte waren nicht ganz koscher, und Gavin hatte Adam stolz anvertraut, einer der Firmenchefs sei ein Schwarzer, der mit einem stattlichen Salär dafür belohnt wurde, dass er zu Hause in Gugulethu saß und Däumchen drehte, während sein Name im Briefkopf dem Unternehmen Seriosität und Kapital verschaffte. Es ging um exorbitante Summen.

Vor allem der Gedanke an das Geld ließ Adam keine Ruhe. Er hatte noch nie mit leeren Taschen dagestanden und konnte sich weiß Gott Angenehmeres vorstellen. In den letzten Jahren war ihm in Johannesburg ein neues Phänomen aufgefallen: Weiße, die zerlumpt und hilflos dreinschauend an den Straßenecken standen und bettelten. Zwar war er noch nicht annähernd so tief gefallen, aber das Wissen um die Möglichkeit entwickelte einen beunruhigenden Sog. Alles zu verlieren, nichts mehr zu besitzen – diese Vorstellung erschien ihm ebenso reizvoll wie beängstigend.

Und so dachte er über Gavins Angebot nach. Es war verlockend. Später wurde ihm klar, dass Gavin den Moment bewusst gewählt hatte: Die Aussicht vom Dach des Rohbaus war berauschend, verhieß Macht und Dynamik. Erst als sie wieder festen Boden unter den Füßen hatten, kehrte er in die Wirklichkeit zurück. Auf dem Weg zum Wagen hörte er, wie sein Bruder per Handy eine lautstarke Auseinandersetzung führte. »Alles raus«, sagte Gavin. »Die ganzen alten Armaturen … *ja, ja,* ich habe einen Käufer für den Kram … nein, wir bauen Kupfer ein … die billigsten, hab ich dir doch gesagt, Hauptsache, es sieht gut aus … ich habe da jemanden an der Hand, der regelt das … Silber raus, Kupfer rein …«

Adam befiel trübe Melancholie. Billige Armaturen. Kupfer statt Silber. Nein, diese Welt war nichts für ihn.

Obwohl er versprochen hatte, sich die Sache ein paar Tage durch den Kopf gehen zu lassen, sprach er Gavin noch am selben Abend darauf an. Er wollte es hinter sich bringen, solange er den Drang dazu verspürte. Er fühlte mit völliger moralischer Klarheit, dass er das Richtige tat und empfand nichts als Freiheit und Erleichterung. »Ich möchte etwas Sinnvolles tun«, sagte er. »Mir geht es nicht ums schnelle Geld.«

Gavin war sofort auf hundertachtzig. »Soll das heißen, dass ich nichts Sinnvolles tue?«

»Ach ja? Inwiefern denn?«

»Ich beschäftige Hunderte von Menschen. Das Baugewerbe

schafft jede Menge Arbeitsplätze. Davon profitieren alle, Arbeitgeber wie Arbeitnehmer. Außerdem bringt es Südafrika voran. Also, wo liegt das Problem?«

Dem ließ sich nur schwer etwas entgegensetzen. Aber Adam hatte nicht vergessen, wie mutlos und deprimiert Gavin in der Vorwendezeit gewesen war. Er hatte gelegentlich sogar ans Auswandern gedacht. Adam war der Optimist gewesen, voller Hoffnung für die Zukunft.

Umso ungerechter erschien es ihm, dass er jetzt ohne Job und Wohnung dastand, während sein Bruder darüber schwadronierte, Südafrika voranzubringen.

»Wenn mich nicht alles täuscht«, schloss Gavin wütend, »kannst du es dir eigentlich nicht leisten, Nein zu sagen.«

»Ich bin dir dankbar für das Angebot. Wirklich. Aber mir geht es ums Prinzip.«

»Soso. Ums Prinzip. Wie praktisch, wenn man auf anderer Leute Kosten seinen Prinzipien treu sein kann.«

»Du hast mir den Job doch freiwillig angeboten«, sagte Adam. »Ich habe dich nicht dazu gezwungen.«

»Und welche Tätigkeit ließe sich mit deinen Prinzipien vereinbaren, wenn ich fragen darf?«

Adam zögerte, antwortete dann aber doch. »Ich möchte Gedichte schreiben«, sagte er.

Als junger Mann hatte Adam einen Lyrikband veröffentlicht. Den Titel DAS FLAMMENSCHWERT hatte er der Genesis entnommen. Die Sammlung war in einem Kleinverlag erschienen und hatte sich zwar nur ein paar hundert Mal verkauft, aber dennoch für einiges Aufsehen gesorgt, nicht zuletzt dank dem jugendlichen Alter ihres Autors. Es waren Naturgedichte, inbrünstig, leidenschaftlich und romantisch, und obwohl sie ihm inzwischen ziemlich peinlich waren und er seitdem weder etwas geschrieben noch veröffentlicht hatte, hielt er sich – insgeheim, im Stillen – nach wie vor für einen Dichter. Er betrachtete das eher als einen Wesenszug denn als Berufung, besonders solange er mit anderer, normaler Arbeit seinen Lebensunterhalt hatte verdienen müssen.

Jetzt, wo diese andere Arbeit, dieses andere Leben nicht mehr existierte, kam seine poetische Ader von Neuem zum Vorschein. Er hatte das Gefühl, zu seiner wahren Bestimmung zurückgefunden zu haben. Entsprechend verstand er seine momentane Krise als die Erfüllung eines verborgenen Wunsches. Er hatte seinen Job nicht verloren; er hatte ihn aufgegeben. Er hatte sein Haus nicht verloren; er entledigte sich seines weltlichen Besitzes. Er reduzierte sein Leben auf das Wesentliche.

Bislang hatte er diese Gedanken niemandem anvertraut. Er hatte sie sich ja selbst kaum eingestehen wollen. Doch Gavins Angebot und seine Reaktion darauf hatten ihm buchstäblich die Augen geöffnet. Er erlebte einen Moment der Wahrheit.

»*Gedichte*«, sagte Gavin. Aus seinem Mund klang das wie etwas Perverses.

Adam errötete. »Ja«, sagte er, überzeugter denn je. Er beschloss, es von nun an jedem zu verkünden, der ihn danach fragte: Er war, jawohl, ein Dichter.

Charmaine nickte ihm zu. »Finde ich super«, hauchte sie.

»Wie schön«, sagte Gavin, »aber die Miete bezahlen kann man davon nicht.«

»Die Miete ist nicht wichtig.«

»Doch, ist sie, vor allem, wenn man sie nicht hat.« Gavin funkelte seinen Bruder wütend an. »Pass auf«, sagte er, »im Augenblick läuft alles prima. Südafrika entwickelt sich prächtig. Das Geld liegt auf der Straße, wenn man nur weiß, wo man es suchen muss. Du hattest eine Pechsträhne, das ist alles. Deshalb braucht ein Weißer hierzulande aber noch lange nicht zu hungern, egal, was die Leute sagen.«

»Das mag ja alles sein«, sagte Adam. »Aber mir geht es nicht ums Geld. Mir geht es um etwas anderes.«

»Nämlich?«

Wie sollte er seinem Bruder das erklären? Er hätte es ohnehin nicht verstanden. Gavin wollte vom Leben weiter nichts als Geld und Macht und beurteilte andere ausschließlich nach diesen Maßstäben. Er ging davon aus, dass alle Welt dasselbe Ziel hatte wie er, was natürlich nicht stimmte. Adam hingegen glaubte an die Schönheit um ihrer selbst willen: Schönheit als Prinzip. Und obwohl er mit Gavin nicht darüber sprechen konnte, hatte Adam seinen weiteren Lebensweg in diesem Moment deutlich vor Augen. Er war der arme Poet, der der Welt außer Worten nichts zu bieten hatte, und doch verkörperte er die wahre Seele seines Landes. Er schaute in das Herz der Dinge.

Das erhebende Gefühl vollkommener Gewissheit hielt den Rest des Tages an. Abends, in seinem Zimmer, stellte er sich vor den Spiegel. Er hatte eine Theorie, nach der das Gesicht eines Menschen allmählich einen vorherrschenden Ausdruck annahm. Es gab zufriedene Gesichter, zornige Gesichter, traurige Gesichter. Aus seinem Gesicht, so fand er, sprach vor allem Enttäuschung: Sie war der rote Faden, der sich durch sein ganzes Leben zog. Doch jetzt, als er sich im Spiegel betrachtete, glaubte er plötzlich eine Wandlung in seinem Gesicht ausmachen zu können. Die kleinen Niederlagen, die Kompromisse hatten sich verflüchtigt. Übrig geblieben war sein eigentliches Ich.

Adam hatte sich gut gehalten. Zugegeben, die verführerische Schönheit seiner Jugend war dahin; die wilden Locken, der umwölkte Blick: Damals hatte er wirklich wie ein Dichter ausgesehen. Sein Haar war grauer und schütterer geworden, er hatte etwas zugenommen und ein paar Falten um die Augen. Aber die Grundzüge, die wesentlichen Konturen seines Gesichts waren unverändert. Seine wahre Natur schimmerte noch immer durch: der kreative Geist des Bohemiens. Der Jüngling war zu einem nicht mehr ganz so imposanten, aber immer noch attraktiven Mann gereift.

In seinem Entschluss bestärkt, schlief er ein. Doch als er in den frühen Morgenstunden erwachte, kamen ihm Zweifel. Er lag lange da, die Lichter der Stadt wie ein Teppich unter seinem Fenster, und hing bohrenden Fragen nach. Was bildete er sich eigentlich ein? War er größenwahnsinnig geworden? Gott sei Dank war er Gavin nicht mit dem Spruch gekommen, er verkörpere die wahre Seele seines Landes. Was für ein unglaublicher Unsinn. Gavin war dem Herzen der Dinge vermutlich sehr viel näher als er. Vielleicht war die Seele Südafrikas kein Dichter, sondern ein halbseidener Baulöwe mit einem fatalen Hang zu billigen Armaturen.

*

»Ich hätte da einen Vorschlag«, sagte Gavin ein paar Tage später. »Nein, nein, es geht nicht um den Job. Es geht um etwas anderes.«

Inzwischen war Adam wieder einigermaßen normal, weder siegestrunken noch deprimiert. Er wusste, was er wollte, zweifelte jedoch, ob es das Richtige war. Diese Unsicherheit machte ihn besonders empfänglich für die Worte seines Bruders, und so weckte der Vorschlag, den Gavin ihm unterbreitete, erst sein Interesse, dann seine Begeisterung.

Vor ein paar Jahren, sagte Gavin, habe er in einem etwa acht Autostunden entfernt gelegenen Kaff in der Karoo ein Haus gekauft. Er habe es ursprünglich renovieren wollen, um es als Wochenend- und Ferienhaus zu nutzen, sei aber bis heute nicht dazu gekommen. Und nun stehe es einfach da, ungenutzt und leer, und rotte langsam vor sich hin.

»Wenn du willst, kannst du dort einziehen. Ich habe es komplett gekauft, inklusive Mobiliar et cetera pp. Es würde dich kaum etwas kosten – nur Strom und Wasser. Zum Dichten geradezu ideal.«

Gavin sah Adam hämisch grinsend an. Es war ein herausfordernder Blick. Adam begriff erst im Nachhinein, dass Gavin ihm den Fehdehandschuh hingeworfen hatte. In den Augen seines Bruders war es ein ganz und gar absurder Vorschlag. Eigentlich wollte er sagen: »Soso, du möchtest also Gedichte schreiben. Na, dann wollen wir doch mal sehen, wie ernst es dir damit ist.«

Adam sah sich an einem Fenster sitzen, mit Blick auf sanfte Hügel und wogende Felder, während ihm ein langer, steter Strom von Worten aus der Feder floss. Genau so hatte er sich das vorgestellt. »Ja!«, sagte er. »Ich bin dabei.«

Prompt machte Gavin ein langes Gesicht und versuchte, seinen Bruder davon zu überzeugen, dass die Idee im Grunde töricht sei. Doch jedes seiner Argumente – das Haus sei alt und heruntergekommen, er sei schon seit Jahren nicht mehr dort gewesen, außerdem kenne er dort weit und breit keine Menschenseele – bestärkte Adam nur noch in seinem Entschluss.

Er hatte das Gefühl, dass sein Leben sich auf einen winzigen Schicksalspunkt zubewegte, jenseits dessen ihn Genesung und Erneuerung erwarteten. Er hatte falschen Göttern gehuldigt, doch diese alten Götzen waren jetzt zerschlagen. Was an ihre Stelle treten würde, wusste er noch nicht, aber er konnte es fast schon mit Händen greifen.

Und so kam es, dass er bald darauf, an einem Sonntagvormittag, mit seinem alten Fiat über Land fuhr, hinter Gavin und Charmaine her, die in Gavins rotem Sportwagen dahinrasten. Kaum lag die Stadt hinter ihm, hatte er das Gefühl, endlich wieder frei atmen zu können. Er kurbelte sämtliche Fenster herunter, und als die Luft in den Wagen drang, war ihm, als wehte ein neuer, scharfer Wind in seinem Leben. Er fühlte sich so befreit wie schon seit Jahren nicht mehr, als würde er die drückende Last der Vergangenheit abwerfen. Er streifte sein altes Leben ab wie eine Haut, die ihm zu eng geworden war. Seine wenigen verbliebenen Habseligkeiten, die sich auf dem Rücksitz stapelten, sogar der Wagen selbst, waren ihm gleichgültig – darauf konnte er gut verzichten.

Die Landschaft, durch die sie fuhren, war wie ein Sinnbild dieses Neuanfangs, denn sie war ihm gänzlich unvertraut. Zwar hatte er die Karoo schon des Öfteren gesehen, aber immer nur flüchtig, im Vorüberfahren, auf dem Weg nach Kapstadt oder zurück nach Johannesburg. Jetzt betrachtete er sie zum ersten Mal mit offenen Augen. Er sah sonnenverbrannte Ebenen, jäh durchbrochen von grotesk geformten Hügeln. Die Leere war seltsam und gewaltig. Sie erinnerte an eine Wüste, dabei war Frühling, und in fruchtbaren Tälern, wo es Wasser gab, war das Grün kräftig und satt. Hier und da ein Farmhaus, umringt von verstreut liegenden Gebäuden, die Menschen nichts als Striche in der Landschaft. Und da und dort eine winzige Hütte, selten größer als ein oder zwei Zimmer, mitten in der Einöde. Kaum zu fassen, dass dort tatsächlich jemand lebte.

Er hatte sich sogar schon erste zaghafte Gedanken über die Gedichte gemacht, die er schreiben würde. Sein Frühwerk, aus seinem ersten Lyrikband, war in einer ganz anderen Landschaft verwurzelt gewesen. Es waren afrikanische Gedichte: Hymnen an das Buschveldt. Das karge, kahle Land, durch das er jetzt fuhr, ließ sich damit nicht vergleichen. Es war nicht afrikanisch; jedenfalls nicht nach konventionellen Maßstäben. Es erinnerte eher an die Oberfläche eines kalten, trockenen Planeten oder an den Meeresgrund. Trotzdem hielt er es für durchaus vorstellbar, dass man sich in diese grenzenlose Leere verlieben konnte. In die Weite des Himmels oder den leuchtenden Farbtupfer einer Blume inmitten des faden, fahlen Einerlei der Wildnis. Aus der Nähe besehen strotzte sie vermutlich vor Leben und Vitalität. Ihre Schönheit war umso kostbarer, als man sie sich erarbeiten musste. Die endlosen Weiten würden den Blick zweifellos nach innen richten, auf Erkenntnis und Kontemplation. Ja, es war eine gleichsam religiöse Landschaft, und er spürte, wie sie eine entsprechende Sprache in ihm wachrief.

Und tatsächlich keimte bereits eine vielversprechende Wendung in ihm, vielleicht die erste Knospe einer Strophe, auch wenn diese noch nicht zu voller Blüte gediehen war, als der Polizist urplötzlich auf die Straße trat.

3

ER BEGANN DAMIT, DAS HAUS auf Vordermann zu bringen. Es war eine Herkulesarbeit. Er war schon seit Monaten nicht mehr so fleißig gewesen, er putzte und räumte dies und das von hier nach dort, dann überlegte er es sich anders und verrückte die Möbel erneut. Er nahm die Gardinen ab und wusch sie in der Badewanne. Ebenso das Bettzeug und die Tischdecke. Er scheuerte die Fußböden auf allen vieren. Und während er wischte und schrubbte, kamen alte Farben zum Vorschein, die unter einer dicken Schmutzschicht verborgen gelegen hatten. Es war ein befriedigendes Gefühl, den Staub Körnchen für Körnchen dorthin zurückzubefördern, wo die Invasion ihren Ausgang genommen hatte.

Diese Befriedigung erreichte ihren Höhepunkt gegen Abend, als es dunkel wurde. Die Gemeinde hatte seinen Stromanschluss geschaltet, und er machte alle Lampen an. Ihr warmer gelber Schein ließ die kleinen Zimmer in neuem Glanz erstrahlen. Erschöpft, aber siegestrunken ging er durchs Haus und setzte sich auf die Hintertreppe. Der Lichtkegel reichte bis zu den verdorrten Sträuchern, die sich wie eine Belagerungsarmee im Garten zusammengezogen hatten. Diesen Feind galt es noch immer zu besiegen.

Er wusste, wie viel Arbeit ein Projekt wie dieses erforderte. Es war nicht leicht, sich die Natur untertan zu machen. Sein Nachbar, der Mann in den blauen Latzhosen, brachte täglich

Stunden in seinem Garten zu und hackte, schnitt und grub. Ein oder zwei Wochen lang beobachtete Adam, wie er einsam vor sich hin werkelte. Der seltsame Vorfall vom ersten Tag, als der Mann plötzlich ins Haus gestürzt war, wiederholte sich nicht. Dennoch beäugten Adam und sein Nachbar einander mit wachsendem Argwohn.

Sie beobachteten sich ständig, wenn auch heimlich. Und eines Abends, als er auf seiner *stoep* saß, bemerkte Adam, dass der Mann an seiner Hintertür stand und rauchte. Aus dem Haus sickerte Licht in den Garten und erhellte seine nachdenkliche Gestalt, eine stille, mächtige Erscheinung, die schweigend im Gras stand und gierig an einer Zigarette zog, sodass die rote Glut immer wieder fiebrig aufglomm. Es dämmerte, der Tag ging zu Ende: die klassische Zeit für Träumereien. Aber Adam war unbehaglich zumute – als ob der Mann auf etwas wartete, etwas von ihm erwartete –, und diesmal war es Adam, der aufsprang und ins Haus eilte.

Von da an gingen sie einander aus dem Weg. Wenn sich der Mann im Garten aufhielt, blieb Adam im Haus und bespitzelte ihn durch die Gardine. Dabei gab es eigentlich nicht viel zu sehen. Der Mann in Blau – wie Adam ihn insgeheim nannte – war von morgens bis abends mit Feuereifer am Werk. Wenn er ausnahmsweise einmal eine Ruhepause einlegte, paffte er eine Zigarette. Besuch bekam er nie; er schien ebenso einsam und allein zu sein wie Adam.

Obwohl er unermüdlich im Garten schuftete, hatte er noch einen zweiten Job – vielleicht war es auch nur ein Hobby. Er fertigte Metallarbeiten. Hinter dem Haus stand ein kleiner Schuppen, aus dem täglich stundenlang das Kreischen einer Fräse und das Fauchen eines Schweißgeräts herüberdrangen.

Wenn er nachts arbeitete, sah Adam die Funken fliegen, wie der Widerschein einer Höllenmaschine. Der Mann in Blau stellte Panzerriegel und Scherengitter her, die er nach dem Lackieren im Freien trocknen ließ. Später lud er sie auf einen *bakkie* und lieferte sie aus.

*

Die Gedichte wollten sich nicht einstellen. Jedenfalls noch nicht. Im Wohnzimmer bot ein großes Fenster genau den Ausblick, den er sich erträumt hatte: sanfte Hügel und wogende Felder, in der Ferne ein dunkler Bergriegel. Doch im Vordergrund stand das alles überragende Windrad, das dumpfe, bedrohliche Geräusche von sich gab, wenn die Flügel sich im Wind drehten und es fast unmöglich machten, einen klaren Gedanken zu fassen. Es war kaputt; das Wasser, das es an die Oberfläche pumpte, schoss in einem dicken Strahl aus einem gebrochenen Rohr und versickerte im Boden. Wenn er mit Stift und Notizbuch am Schreibtisch vor dem Fenster saß, sah und hörte er nur noch das Windrad, das vergeblich den Himmel durchpflügte. Es stand zwischen ihm und den Gedichten, die dahinter lauerten, unsichtbar und unerreichbar.

Er sagte sich: Ich brauche Zeit. Schließlich hatte er sein Leben grundlegend geändert, alles auf den Kopf gestellt. Er musste es ruhig angehen lassen, sich langsam eingewöhnen. In ein paar Wochen würde das Windrad in den Hintergrund treten und den Gedichten Platz machen.

Bis es so weit war, versuchte er, sich in seinem neuen Leben einzurichten. Er erkundete den Ort zu Fuß. Doch abseits der Hauptstraße gab es dort wenig zu entdecken. Und immer, wenn er sie entlangging und das eine oder andere Geschäft betrat, um mit den Einheimischen ein freundliches Wort zu wechseln, befiel ihn dasselbe unbehagliche Gefühl wie schon am ersten Tag: dass er an einem ewigen Sonntagnachmittag irgendwo im Nirgendwo festsaß, wo die Sonne zu grell schien.

Was er spürte, war – wie ihm nach ein oder zwei Wochen aufging – die Abwesenheit von Geschichte. Über allem lag eine bleiche Starre, als wollte jeden Augenblick ein Blitz einschlagen. In dieser elektrisch aufgeladenen Ruhe standen alle Uhren still. Es gab nur das Land, wogend, urwüchsig und weit, wo allein der Schatten der Wolken, die über den Himmel zogen, die Zeit anzeigte, oder das winzige Scharren eines Käfers. Das Leben spielte sich anderswo ab. In Kapstadt oder Johannesburg gärte und tobte es; dort war der Wandel Südafrikas greifbar und offensichtlich. Hier nicht. Hier schien alles natürlich und vorherbestimmt, ebenso unabwendbar wie das Wetter. Hier herrschte noch die alte Rassentrennung, alle Weißen wohnten auf der einen Seite des Flusses, in ebenso geräumigen wie teuren Villen, und alle Farbigen auf der anderen, im Township, in kleinen, engen Häusern zwischen verwahrlosten, mit Schlaglöchern übersäten Straßen. Zwei- oder dreimal täglich klopfte es an Adams Tür, und immer war es jemand, der Arbeit suchte. Unterwürfig und verzweifelt standen sie vor ihm, die Männer mit dem Hut in der Hand, die Frauen mit gesenktem Blick. Er empfand eine seltsame Mischung aus Zorn und Mitleid ihnen gegenüber. Sahen sie denn nicht, dass er ihnen nichts zu bieten hatte, dass auch er längst nicht mehr Herr über sein Schicksal war, dass seine Zukunft in den Sternen stand?

*

Eines Abends ging er in das Hotel, wo Gavin und Charmaine übernachtet hatten. Er hatte die Bar im Vorbeigehen gesehen, und nun wollte er sich dort ein Bier genehmigen; vielleicht ergab sich dabei ja das eine oder andere Gespräch.

Die Bar war fast leer. Höchstens fünf oder sechs Gäste, Fanie Prinsloo nicht mitgerechnet. Der feiste Ex-Rugbyspieler hieß Adam lautstark willkommen. Doch seine Herzlichkeit grenzte an Aggression, und die Kollektion von Rugbytrikots, die zwischen angelaufenen Pokalen und verblichenen Mannschaftsfotos an der Wand hing, erinnerte Adam an die Fahnen eines Clubs, der ihm die Aufnahme verweigert hatte.

Fanie Prinsloo stellte ihm sein Bier hin. »Sagen Sie, Alan. Was machen Sie eigentlich beruflich?«

»Adam.«

»Bitte?«

»Ich heiße Adam. Ich bin Dichter.«

Eine hagere ältere Frau mit ledrigem Gesicht beugte sich zu ihm. »Habe ich das richtig verstanden? Sie sind Richter?«

»Nein, nein. Dichter. Ich schreibe Gedichte.«

Im Schankraum wurde es still, während Fanie Prinsloo sich am Fernseher in der Ecke durch sämtliche Programme schaltete.

»Und davon kann man leben?«, fragte ein dünner Mann mit Brille.

»Ähm, nein, eigentlich nicht.«

»Hab ich's mir doch gedacht«, sagte der Mann.

Wieder beugte sich die Lederfrau zu ihm. »Wo kommen Sie denn her?«

»Aus Kapstadt. Ursprünglich allerdings aus Jo'burg. Ich bin neu hier. Ich bin erst vor zwei Wochen hergezogen.«

»Wisst ihr, wo er wohnt?«, fragte Fanie Prinsloo. »In dem alten *vrot* Haus auf dem Hügel, mit dem ganzen Unkraut im Garten.«

Einer pfiff durch die Zähne, ein anderer lachte.

»Da oben?«, fragte der dünne Mann. »Haben Sie denn da keine Angst, so ganz allein?«

»Nein, warum sollte ich?«

»Ich habe dort nachts ein paarmal Licht gesehen.«

»Ja, das war ich«, sagte Adam. »Manchmal zünde ich abends eine Kerze an. Damit ich ein bisschen Gesellschaft habe.«

»Sie sollten da mal richtig aufräumen«, meinte Fanie Prinsloo. »Mit all dem Unkraut im Garten.«

»Genau das habe ich auch vor.«

»Dann heuern Sie doch einen Boy an. Nehmen Sie sich ein paar Boys.«

»Und wie gefällt es Ihnen bis jetzt bei uns?«, fragte der dünne Mann.

»Ganz gut. Ist natürlich etwas anderes als in der Großstadt.«

Die ältere Frau rückte näher. Adam fiel erst jetzt auf, dass sie ein Glasauge hatte. Der halbstarre Blick verwirrte ihn, als sie leicht lallend sagte: »Ich habe mein ganzes Leben hier verbracht. Ich bin hier geboren. Früher war hier nicht viel los. Aber seit sie diese tolle Teerstraße über den Pass gebaut haben. Ich kann Ihnen sagen. Der Verkehr, der jetzt hier durchkommt! Zehnmal so viel wie früher.«

»Zwanzigmal«, sagte der dünne Mann.

In diesem Punkt schien Einigkeit zu herrschen, obwohl Adam bislang nicht recht wusste, ob sie sich über den Verkehr nun freuten oder nicht. Da plötzlich meldete sich ein hutzeliges Männlein mit kupferrotem Haar zu Wort und verkündete mit schriller Stimme: »Sogar Prostituierte haben wir jetzt. Mädchen aus dem Township stellen sich an die neue Straße und verkaufen sich. An die Lastwagenfahrer, die hier durchkommen. Früher gab es hier keine Laster. Und auch keine Prostituierten.« Er schlürfte geräuschvoll seinen Drink.

»Nicht nur an die Lastwagenfahrer«, sagte die ältere Frau, und der Mann mit dem kupferroten Haar zog den Kopf ein. Er fühlte sich offenbar ertappt.

»Und die Kriminalität hat auch zugenommen«, sagte Fanie Prinsloo ernst. »Zwei Überfälle allein im letzten Jahr. So was hat's hier früher nicht gegeben. Und warum? Nur wegen der Straße. Und dem ganzen Gesindel, das hier durchkommt.«

Die traurig aussehende Frau hinter dem Tresen erhob die Stimme. Obwohl sie schon die ganze Zeit dort saß, wurde Adam jetzt erst klar, dass sie Fanie Prinsloos Frau sein musste. »Unsere Farbigen sind es jedenfalls nicht«, sagte sie. »Unsere Farbigen sind anständig.«

»Bis auf den Bürgermeister«, sagte Fanie Prinsloo, und wieder wurde es still.

Seit ein paar Jahren geriet Adam bei Diskussionen dieser Art jedes Mal in einen kuriosen Zwiespalt. Während er in politischen Fragen früher eine eindeutige moralische Position bezogen hatte, schwankte er heute zwischen zwei Extremen und hatte prinzipiell gegen alles etwas einzuwenden. Wären die Leute für die neue Straße gewesen, hätte er ihnen einen Vortrag über die Sittenlosigkeit und die Probleme gehalten, die sie womöglich mit sich brachte. Wären sie dagegen gewesen, hätte er die Straße als zukunftsweisend und fortschrittlich gepriesen. Der Zwiespalt war echt; im Herzen schien er sowohl Radikaler als auch Reaktionär zu sein. Für ihn war es vor allem diese

Bruchstelle in seiner Psyche, die sein neues südafrikanisches Bewusstsein ausmachte.

Die Leute in der Bar hegten viel zu viele Zweifel hinsichtlich der Vorzüge oder Gefahren der neuen Straße, als dass er ihnen hätte widersprechen können. Doch jetzt, mit der Erwähnung des Bürgermeisters, steuerte das Gespräch auf sein eigentliches Thema zu. Der Bürgermeister schien bei den Anwesenden nicht sonderlich beliebt zu sein.

»Sie haben einen farbigen Bürgermeister?«, fragte Adam erstaunt. Das konnte er sich beim besten Willen nicht vorstellen, nicht hier.

»Aber ja«, sagte Fanie Prinsloo. »Die Regierung hat ihn eingesetzt. Ein hitzköpfiger *hotnot*. Regt sich ständig über alles auf. Man kann ihm nichts recht machen.«

»Seinetwegen haben sie den Ortsnamen geändert«, sagte der dünne Mann. »Dabei waren mit dem alten Namen alle zufrieden. Dann war der Ort eben nach einem Afrikaner-Held benannt – na und? Es hat schließlich jeder seine Helden. Wenn man den Leuten ihre Helden nimmt, gibt das nur Ärger.«

»Und genau das haben sie mit uns gemacht«, sagte Fanie Prinsloos Frau. »Sie haben uns unsere Helden genommen.«

»Jetzt hat der Ort einen afrikanischen Namen, den kein Mensch aussprechen kann«, sagte der dünne Mann.

»Wozu? Was sollen wir mit so einem Namen?«

Allenthalben zustimmendes Nicken und Betroffenheitsbekundungen. Was hier geschah, war furchtbar; im Grunde gehörte es verboten.

»Aber die Straße«, sagte Adam. »Für die Straße sind Sie Ihrem Bürgermeister doch bestimmt dankbar?«

Wieder wurde es still, aber diesmal sprach Argwohn aus

ihrem Schweigen. Nach einer Weile sagte Fanie Prinsloo mit düsterer Stimme: »Die Straße war vor dem Bürgermeister da. Mit der Straße hat der Bürgermeister nichts zu tun.«

Das Gespräch verlor sich von Neuem in Monologen und Unmutsäußerungen, und nach einer Weile stand Adam auf, zahlte und ging. Er fühlte sich nicht wohl im Kreise dieser traurigen, verlorenen Menschen, die ihre Borniertheit ebenso genossen wie ihre Drinks. Als er sich zur Tür hinausstahl, hörte er, wie die hagere Frau, an niemand Bestimmten gerichtet, sagte: »Ich mag die Straße nicht. Wir sind auch ohne sie zurechtgekommen.« Der Fernseher überzog ihr Gesicht mit einem frostigen fahlblauen Schleier.

Danach ging er nie wieder in das Hotel, auch wenn der Ort an Unterhaltung sonst nicht viel zu bieten hatte. Am Ende der Hauptstraße entdeckte er eine kleine Pension, betrieben von zwei Frauen, die erst vor Kurzem aus der Stadt hierhergezogen waren. Auch dort gab es eine Bar, aber die Gäste waren auf ihre Weise mindestens ebenso unerträglich. Von einigen wenigen Einheimischen abgesehen, waren es vor allem Touristen auf der Durchreise, und sämtliche Gespräche drehten sich um Kristalle, Energielinien und Reinkarnation. Charmaine hätte ihre helle Freude gehabt. Politisch völlig unbedarft, hielten diese Leute die Straße und den neuen Ortsnamen für begrüßenswert und gut; in ihren Augen war jede Veränderung ein Schritt in die richtige Richtung. Und Adam widersprach ihnen in jedem Punkt. Zu seinem Leidwesen bediente er sich dabei unter anderem derselben Argumente, die er in Fanie Prinsloos Bar gehört hatte: dass Prostitution und Kriminalität im Ort Einzug gehalten hätten.

Danach machte er auch um dieses Lokal einen großen Bogen. Er blieb abends zu Hause und trank allein. Doch er war einsam, und er hatte zu viel Zeit.

Eines Tages fuhr er aus lauter Langeweile mit dem Auto in die Berge. Er wollte sich die neue Straße und den Pass einmal aus der Nähe anschauen. Kaum hatte er die Häuser hinter sich gelassen, kam er zu der Stelle, an der die alte Straße nach rechts abzweigte. Sie war gesperrt und lag hinter einer Baumreihe verborgen, trotzdem konnte er hier und da sehen, wie sie sich in der Ferne durch die Landschaft schlängelte. Vermutlich mäanderte sie noch lange so dahin, bis sie irgendwann um den Berg herumführte oder sich in einem gottverlassenen kleinen *dorp* verlief.

Im Gegensatz dazu war die neue Straße schnurgerade, breit und blau. Sie führte zielsicher in die Zukunft. Das Land hier war weit und grenzenlos, und abgesehen von dem einen oder anderen Lastwagen hinderte ihn nichts am Fortkommen. Erst nach zwanzig Minuten, kurz bevor sich steil und schroff die ersten Anhöhen aus der Ebene erhoben, war die Straße plötzlich blockiert.

Eine Mautstelle mit einer schweren Stahlschranke quer über die Fahrbahn. Die Frau hinter dem Fenster bestätigte, was ihm ein handgemaltes Schild bereits verkündet hatte: dass er fünfzehn Rand würde bezahlen müssen, wenn er seinen Weg fortsetzen wollte. Er hatte eigentlich vorgehabt, in die Berge zu fahren, den Wagen an einem Plätzchen mit schöner Aussicht abzustellen, auf die Ebene hinauszublicken und seinen Gedanken nachzuhängen. Aber er konnte es sich momentan einfach nicht leisten, zweimal fünfzehn Rand zu berappen, nur um ein paar Stunden mit Grübeleien zu verbringen. Er parkte den Wagen am Straßenrand und sah zu, wie ein Laster nach dem anderen an die Mautstelle heranfuhr; die Fahrer entrichteten den geforderten Betrag, und der Schlagbaum hob sich und ließ sie passieren.

Nach einer Weile entdeckte er nicht weit entfernt ein zweites Schild: »*Diese Mautstraße ist ein Projekt von Liberty Vision. Wir setzen Maßstäbe.*« Er wusste nicht, wer oder was sich hinter Liberty Vision verbarg, aber irgendjemand verdiente sich hier draußen eine goldene Nase. Mit einem Mal empfand er dumpfe, sinnlose Wut, die jedoch rasch verrauchte. Jeder Widerspruch war zwecklos; es blieb ihm nichts anderes übrig, als umzukehren und zurückzufahren.

Jenseits der Mautstelle, halb mit dem Hintergrund verschmolzen, stand eine sonderbare Ansammlung von Gebäuden. Einheitliche Häuserzeilen, die an ein winziges Township erinnerten, nur dass man hier den Schein zu wahren versuchte: geteerte Straßen, bescheidene Gärten. Die Häuser waren im pseudokapholländischen Stil erbaut, was allerdings nicht darüber hinwegtäuschen konnte, dass sie klein waren und äußerst schlicht. Zu echter Armut fehlte nicht viel, auch wenn man sie hier mit einem Anstrich von vornehmer Korrektheit versehen hatte – ein Eindruck, den der Name auf dem Schild am Abzweig zur Siedlung noch verstärkte: *Nuwe Hoop.* Und in gewisser Weise schien das Dorf tatsächlich neu und voller Hoffnung. Doch die Gestalten, die sich zwischen den Häusern verloren, wirkten bleiern und ziellos.

Es war kurios. Es gab keinerlei Erklärung für diese sonderbare Siedlung hier, am Ende der Welt. An der Mautstelle wechselte die Schicht. Die Frau, mit der er gesprochen hatte, kletterte aus ihrem Häuschen und wurde abgelöst von einem Mann, der aus *Nuwe Hoop* herübergetrottet war. Beide trugen khakifarbene Uniform. Sie eilte davon, in dieselbe Richtung, aus der der Mann gekommen war, und wurde zu einer der Namenlosen, die sich zwischen den Häusern verloren.

*

Eines frühen Abends klopfte es an der Tür, und als er öffnete, sah er sich einem Mann mit weißen Hemdsärmeln und Krawatte gegenüber. Er war jünger als Adam und strotzte vor frischer, aggressiver Energie. Man sah ihm an, dass er von anderem Schlag war als die zerlumpten Gestalten, die normalerweise an seine Tür klopften und nach Arbeit fragten. Er sammelte wahrscheinlich Spenden für die Kirche.

»Ich habe gesehen, dass hier jemand eingezogen ist«, sagte er. »Da dachte ich, ich schaue mal vorbei und rede mit Ihnen. Ihr Garten ist völlig verwildert, Sir. Das verstößt gegen die Gemeindeordnung.«

»Ja, ich … ja. Aber das Haus gehört mir eigentlich gar nicht.«

»Wir haben dem Eigentümer geschrieben. Mehrmals. Bis dato aber keine Antwort erhalten.«

»Davon weiß ich nichts.«

»Ich kann Ihnen Kopien der Briefe zeigen. Sie liegen bei den Akten.«

»Das Haus gehört meinem Bruder«, sagte Adam. »Er lebt in Kapstadt.«

»Mag sein. Aber Sie wohnen hier. Daher muss ich Ihnen leider mitteilen, dass die Verantwortung bei Ihnen liegt. Das Haus ist ein Schandfleck.«

»Und Sie sind …?«

»Ich bin der Bürgermeister, Sir.«

»*Sie* sind der Bürgermeister …?«, entfuhr es Adam. Er wusste nicht, was er erwartet hatte, aber gewiss nicht diesen aufdringlichen kleinen Mann mit großen Ohren. Er hatte ihn sich etwas staatstragender vorgestellt, mit Amtstracht und Ordenskette.

»Ja«, sagte er und schaute Adam in die Augen. »Ich bin der Bürgermeister.« Er schien den Hass und den Hohn, den seine Ernennung hervorgerufen hatte, mit Blicken niederzuzwingen.

Als Adam kürzlich einen Telefonanschluss beantragt hatte, war er an einer Gruppe von Farbigen vorbeigekommen, die vor der Gemeindeverwaltung demonstrierten. Sie tanzten und sangen und machten einen Riesenlärm. Er hatte geglaubt, die Zeiten des Protests seien endgültig vorbei; er konnte nicht erkennen, wogegen ihr Zorn sich richtete. Drinnen fragte er das pickelige weiße Mädchen mit der martialischen Frisur hinter dem Tresen, was dort draußen los sei. Sie zögerte einen Moment und sagte dann: »Ach, die wollen doch immer irgendwas. Egal, was man ihnen gibt, sie wollen immer noch ein bisschen mehr.«

»Was wollen sie denn?«

»Häuser. Sie sind sauer wegen der neuen Siedlung, *Nuwe Hoop*, draußen an der neuen Passstraße. Sie meinen, die Leute dort hätten ihre Häuser sofort bekommen, während sie immer noch darauf warten. Sie wollen, dass die Gemeinde ihnen in null Komma nichts neue Häuser hinstellt, einfach so.« Sie schnippte mit den Fingern. »Aber was sollen wir machen? *Nuwe Hoop* ist ein privates Projekt. Und wir haben kein Geld. Wir sind darauf angewiesen, dass der Staat uns welches gibt.«

Dieses Gespräch, wie auch der Aufruhr vor der Tür, hatte Adams Neugier auf den Bürgermeister von Neuem geweckt. Offenbar richtete der Unmut der Bevölkerung sich ausschließlich gegen ihn. Doch dazu wirkte der Mann, der vor ihm stand, viel zu gewöhnlich.

»Gut«, sagte er. »Also. Ja, ich wollte das Unkraut eigentlich längst beseitigen. Aber… ich bin allein, ich muss das alles selber machen.«

»Es geht nicht nur um das Unkraut. Sondern auch um die ungebetenen Gäste in Ihrem Vorgarten.« Als er Adams verwirrten Gesichtsausdruck bemerkte, fuhr er fort: »Ich meine die Bäume da. Das sind standortfremde Arten und keine einheimischen Gehölze. Laut einem neuen Erlass der Regierung müssen sie verschwinden.«

»Ist gut«, sagte Adam. »Ich kümmere mich darum.«

»Es geht um diese Bäume hier, Sir.«

Während der Bürgermeister ihm die fraglichen Gewächse zeigte, wuchs Adams Groll. Was bildete sich dieser übereifrige kleine Paragrafenreiter eigentlich ein, ihn derart herumzukommandieren? Langsam kam auch Adam sich wie ein ungebetener Gast vor.

Plötzlich wurde der Bürgermeister umgänglich, vertraulich. Er schien Adam zum ersten Mal wirklich wahrzunehmen. »Sie leben allein hier, sagen Sie?«

»Ja. Ich bin vor Kurzem aus der Stadt hierhergezogen.«

»Und Sie machen alles selbst? Na schön, Vorschlag zur Güte: Wenn Sie es schaffen, das Grundstück innerhalb von acht Wochen auf Vordermann zu bringen, will ich von Maßnahmen absehen. Aber richten Sie Ihrem Bruder aus, er kann von Glück sagen. Ich hätte ihn auch mit einer Geldstrafe belegen können.«

»Ich werde es weitergeben«, sagte Adam. »Und vielen Dank.«

»Was machen Sie eigentlich beruflich?« Die Stimme des

Bürgermeisters hatte ihren penetranten Unterton verloren; er machte freundliche Konversation.

»Ich schreibe Gedichte.«

»Ach, *ja*? Dann passen Sie mal auf.« Er stellte sich kerzengerade hin, legte die Hände an die Hosennaht und begann lautstark Verse zu deklamieren. Auch wenn Adam die Bedeutung seiner Suada nicht verstand, der wütende, aggressive Rhythmus war unmissverständlich. Ebenso unvermittelt, wie er begonnen hatte, verstummte der Bürgermeister und sagte: »Das war von mir. Ich habe früher auch gedichtet, für das Volk. Ich war ziemlich bekannt. Vielleicht haben Sie von mir gehört.« Doch sein Name sagte Adam nichts.

»Und? Schreiben Sie noch?«

»Nicht mehr. Ich habe Widerstandsgedichte geschrieben, um auf diese Weise zum Kampf beizutragen. Aber dann wurde mir klar, dass es sinnlos war. Wir brauchten Waffen, keine Gedichte! Also ging ich zehn Jahre ins Exil. Ich war mit der Umkhonto in Tansania. Und als ich zurückkam, wurde ich verhaftet. Die Notstandsgesetze haben mir drei Jahre Gefängnis eingebracht. Und Sie?«, fragte er. »Was für Gedichte schreiben Sie?«

»Äh, lyrische, über die Natur, hauptsächlich.«

»Die Natur?«

»Ja, Sie wissen schon, Tiere, Bäume…« Er zögerte kurz. »Schönheit!«, platzte es dann, ein wenig zu emphatisch, aus ihm heraus.

Der Bürgermeister lächelte und nickte höflich. »Ja«, sagte er wider jede Logik, »ich habe mit dem Dichten abgeschlossen.« Aus seinen Worten sprach Stolz, als habe er eine alberne Kinderei erfolgreich abgelegt.

Das Gespräch ließ Adam verstört zurück; er kam sich wie ein Angeklagter vor. Nach dem Erscheinen seines ersten Lyrikbändchens hatte er sich über eine besonders ätzende Kritik gewundert, die ihm vorwarf, die moralische Krise im Herzen Südafrikas bewusst totgeschwiegen zu haben. Dabei hatte er mit seiner Suche nach Schönheit weiß Gott kein ideologisches Projekt verfolgt, und die Unterstellung, menschliches Leid lasse ihn kalt, hatte ihn tief getroffen. Aber in schwachen Momenten kamen ihm Zweifel, ob nicht vielleicht doch etwas daran war; vielleicht interessierte er sich wirklich nicht genug für die Sorgen und Nöte anderer. Vielleicht scheute er die Geschichte. Wenn er die Weltlage betrachtete, schreckte er jedes Mal hilflos und entsetzt zurück; als Künstler empfand er es quasi als seine Pflicht, Politik durch Ästhetik zu ersetzen. Dass Protest in seinem Leben keine Rolle spielte, erschien ihm einerseits wie eine Erlösung, erfüllte ihn andererseits jedoch – wie jetzt – mit Schuldgefühlen.

Ja, der Besuch des Bürgermeisters hatte ihm zugesetzt; nichts aber machte ihm mehr zu schaffen als seine Unfähigkeit zu schreiben. Die Gedichte wollten sich einfach nicht einstellen. Er versuchte es; er gab sich alle Mühe. Er verfügte sich jeden Tag an den Schreibtisch vor dem Fenster. Er nahm sich vor, sich so lange nicht vom Fleck zu rühren, bis die erste Zeile stand. Eine würde schon genügen. Aber dann lauerte da wieder das dürre Skelett des Windrades mit seinen Flügeln und Streben, seinen seltsamen, unheilvollen Geräuschen. Selbst wenn er den Vorhang zuzog, konnte er es hören. Er siedelte samt Schreibtisch ins Hinterzimmer um. Aber dort störte ihn der Lärm des Mannes in Blau, der in seiner Werkstatt hämmerte und fräste.

Es lag entweder am Windrad. Oder an dem Mann in Blau. Doch selbst wenn alles still war und er mit dem Stift in der Hand am Schreibtisch saß, wollte sich kein Gedicht einstellen.

Es lag an der fehlenden Inspiration. Das war es. Er war hier heraus aufs Land gezogen, damit er über das schreiben konnte, was ihn umgab. Trotzdem hatte er seit seiner Ankunft noch keinen Fuß in die Natur gesetzt. Er musste endlich tief in die Natur eintauchen.

Also ging er im *veld* am Stadtrand spazieren. Nach ein paar Schritten erinnerte nichts mehr an die menschliche Siedlung, die er hinter sich gelassen hatte. Aber es war die falsche Jahreszeit für solche Wanderungen. Der Frühling ging allmählich in den Sommer über: Die steinige Erde war der brennenden Sonne ausgesetzt. Er stolperte zwischen den *koppies* umher, starrte in die Einöde hinaus, versuchte, die Leere in sich aufzunehmen. Ohne Erfolg; statt Inspiration nahm er Kopfschmerzen und einen Sonnenbrand mit nach Hause. Theoretisch war ihm durchaus klar, wie schön diese Landschaft war, aber sie blieb ihm verschlossen, widersetzte sich der Poesie.

Es war einfach die falsche Landschaft. Er war mit einer konkreten Vorstellung dessen hergekommen, was Poesie zu sein hatte, doch diese Vorstellung wurzelte in der Landschaft seiner Jugend, jenem Teil des Landes, in dem er aufgewachsen war. Vor dieser üppigen, fruchtbaren Kulisse, die vor Leben nur so barst, waren seine frühen Gedichte wie von selbst aus ihm hervorgesprudelt. Um schreiben zu können, brauchte er saftiges Grün, kein verdorrtes Dornengestrüpp. Die Vergangenheit zerrte an ihm, in Form von Erinnerungen an tiefe, dampfende Wälder: Das war seine Herzenslandschaft, seine eigentliche Heimat. Er begann ihn zu hassen, den trockenen, feindseligen

Ort, an dem er gelandet war. Aber was sollte er tun? Er hatte so sehr mit seiner poetischen Mission geprahlt, dass er jetzt keinen Rückzieher mehr machen konnte; Gavin würde ihn das nie vergessen lassen. Er musste durchhalten, seinen Frieden mit der Karoo schließen, irgendwie aus dieser Sackgasse herausfinden.

Er beschloss, sich eine Aufgabe zu stellen. Er wollte sich einen Gegenstand, einen beliebigen Gegenstand aus der Natur herauspicken und sich darauf konzentrieren. Dann wollte er ein Gedicht darüber schreiben, und sei es noch so unbeholfen; zur Übung würde er sich sogar mit ein paar Knittelversen zufriedengeben. Danach wollte er sich einen anderen Gegenstand aussuchen und damit das Gleiche tun. Er hatte sein Selbstvertrauen verloren; seine Technik war eingerostet. Das war nicht weiter verwunderlich: Er hatte seit zwanzig Jahren – ein halbes Leben – nichts geschrieben. Er musste es ruhig angehen lassen und sich dann langsam steigern, jeden Tag ein kleines bisschen.

Vor der Haustür hob er einen Stein auf. Es war ein scharfkantiger Brocken, etwa so groß wie seine geballte Faust. Als er ihn hineingetragen und auf den Tisch gelegt hatte, setzte er sich davor und sah ihn lange an. Aber der Stein blieb stumm. Zwar hätte er durchaus etwas über ihn sagen, ihn mit Metaphern belegen können. Doch die lyrische Leichtigkeit schwebte in höheren Sphären, während er der Erde verhaftet blieb, gefangen in einem lähmenden Geschling aus Anapästen, Jamben und Spondeen. Etwas mittels naheliegender Metaphern zu beschreiben, das war keine wahre Poesie.

Wahre Poesie, das waren Silben und Rhythmen. Poesie war in Verse gegossener Atem.

Poesie war hörbar gemachte Zeit.

Poesie beschwor den Augenblick; Poesie war das Gegenmittel zur Geschichte.

Poesie war von Gewohnheit befreite Sprache.

Poesie war für ihn unerreichbar fern.

Diesen letzten Gedanken mochte er nicht einmal denken, und so sprang er auf und lief im Zimmer umher.

Das war nicht wahr! Es konnte einfach nicht wahr sein – in seinem tiefsten Innern wusste er, dass er ein Dichter war. Er hatte sich immer schon für einen Dichter gehalten – nur deshalb war er überhaupt hierhergekommen. Er durfte sich nicht unter Druck setzen. Es ließ sich nichts erzwingen, schon gar nicht etwas so Abstraktes und Fragiles wie ein Gedicht. Wenn er sich nur in Geduld übte, wenn er sich Zeit ließ, würde der Geist schon zu ihm sprechen.

Also stellte er sämtliche Versuche ein. Er setzte sich weder an den Schreibtisch, noch nahm er den Stift zur Hand. Der Stein lag auf dem Papier. Und sagte kein einziges Wort.

4

DIE WELT SCHRUMPFTE SEHR SCHNELL auf die Größe des Hauses. Er ging kaum je vor die Tür, außer in den Supermarkt oder den Schnapsladen. Er fing schon nachmittags an zu trinken, damit der Abend schneller kam. Im Tal gab es keinen Handyempfang, und er wartete wochenlang auf seinen Festnetzanschluss. Als es schließlich so weit war, saß er lange vor dem Telefon, starrte es an und überlegte, wen er anrufen sollte. Ihm fiel nur sein Bruder ein, und wie dieses Gespräch verlaufen würde, wusste er.

Eines Abends führte er in betrunkenem Zustand ein desaströses Telefonat mit einer Frau, mit der er vor Jahren kurz verlobt gewesen war. Die Verlobung hatte sich als schwerer Irrtum erwiesen, und sie konnten von Glück sagen, dass sie aus der Sache heil herausgekommen waren, ohne Kinder, ohne Besitzansprüche, ohne größeren Schaden. Sie hatten sich lange nicht gesprochen, und er musste ein wenig herumtelefonieren, bis er ihre Nummer hatte. Wie sich herausstellte, lebte sie jetzt in Durban, mit Mann und zwei Kindern. Was ihn jedoch nicht davon abhielt, sie anzurufen. Die ersten paar Minuten war sie ausgelassen und gesprächig; sie schien sich zu freuen, von ihm zu hören. Aber dann trat Schweigen ein, und seine Stimmung schlug um. Ihm wurde klar, dass sie aus reiner Nervosität so redselig gewesen war.

»Adam«, sagte sie schließlich. »Was willst du eigentlich?«

»Ich weiß auch nicht. Nur mal hören. Wie es dir so geht.«

»Gut, Adam, gut. Ich kann mich nicht beklagen. Und wie geht's dir?«

Aber das hatte sie ihn schon gefragt, und er hatte keine Lust, ein zweites Mal zu lügen. »Ziemlich beschissen, ehrlich gesagt. Ich bin irgendwie vom Wege abgekommen. Grad in der Mitte unsrer Lebensreise, wie es bei Dante so schön heißt.«

»Adam. Wie schrecklich. Das tut mir leid.«

»Ich wohne im Haus meines Bruders auf dem Land. Ohne Geld. Und ohne Arbeit.«

»Wenn du Geld willst…«

»Nein, ich will kein Geld.« Erst packte ihn die Wut, dann befiel ihn leise Scham und schließlich eine unerträgliche, absurde Trauer: über sich selbst, über sie, über die verpasste Chance. »Wir hätten nicht so schnell aufgeben dürfen«, sagte er, »wir hätten zusammenbleiben sollen.«

»Darüber möchte ich nicht sprechen, Adam. Ich habe einen Mann. Ein neues Leben.«

»Ich wäre der Richtige für dich gewesen.« Er heulte fast.

»Ich glaube, du bist betrunken. Ich lege jetzt auf.«

»Es tut mir alles so leid. Es tut mir leid, dass aus uns nichts geworden ist.«

Sie legte auf. Er verfluchte sie, dann brach er in Tränen aus, weshalb, wusste er selbst nicht. Die besten Momente, die Höhepunkte seines Lebens lagen bereits hinter ihm, und er hatte sie noch nicht einmal bemerkt. Er hatte eine Abneigung gegen jüngere Leute entwickelt, mit deren Kleidung, Moden und Werten er nichts anfangen konnte. Langsam wurde er zu genau dem Typ Mensch, der er nie hatte werden wollen: kleingeistig, engstirnig, unablässig mit sich selbst beschäftigt. Er sah sich schon als alten Mann, der unzählige Marotten pflegte, während sein Körper nach und nach verfiel und die Tragödie der Welt auf das erbärmliche Maß seines Lebens zusammenschrumpfte. Sein Mitgefühl würde verkümmern, seine Intoleranz noch wachsen. Schon jetzt spürte er, wie sich seine Ressentiments verfestigten, wie sie sich in ihm zu einem harten, schroffen Kern der Ablehnung zusammenballten.

Als er sich am nächsten Morgen an das Gespräch erinnerte, war er entsetzt. Wie hatte er so etwas tun können? Und woher kam dieser Schmerz über etwas, das er eigentlich gar nicht bereute – woran er normalerweise nicht einmal dachte? Eine Weile spielte er mit dem Gedanken, sie zurückzurufen und sich zu entschuldigen, aber das machte vermutlich alles nur noch schlimmer. Stattdessen beschloss er, künftig darauf zu verzichten, der Vergangenheit nachzutrauern und in volltrunkenem Zustand Leute von früher anzurufen. Man konnte einmal Verlorenes nicht zurückholen; man konnte nur mehr oder weniger vertrauensvoll nach vorne blicken, in die Zukunft.

*

Anfangs hatte er das Haus einmal wöchentlich gewienert und geschrubbt, um das Gefühl der Befriedigung zurückzurufen, das ihm das erste Reinemachen verschafft hatte. Doch jetzt ließ er die Dinge schleifen. Er sagte sich: *Morgen. Morgen ist auch noch ein Tag.* Der Staub kehrte zurück, knirschte leise unter seinen Füßen. In einer feinen Schicht lag er auf dem Papier, dem Stift, dem Schreibtisch.

Binnen weniger Wochen war er in völlige Lethargie verfallen. Es war sehr heiß; das gewaltige Gewicht der Sonne schien alles zu erdrücken. Mittags meißelte das Licht tiefe Kerben in die Gesichter. Selbst einfachste Tätigkeiten schienen übermenschliche Anstrengung zu erfordern.

Stunden über Stunden verbrachte er allein. In seinem alten Leben, in der Großstadt, hatten die Tage eine feste zeitliche Struktur besessen. Nun existierte diese Struktur nicht mehr. Kurz nach seiner Ankunft hatte er seine Armbanduhr abgestreift und beiseitegelegt, in der festen Absicht, sie später wieder anzuziehen. Nur hatte es dazu bis heute keinen Grund gegeben.

Die Zeit veränderte ihre Gestalt. Manchmal hatte er das Gefühl, bloß einen Augenblick über etwas nachgedacht zu haben, und wenn er wieder zu sich kam, waren mehrere Stunden verstrichen. Immer öfter schienen ganze Tage spurlos an ihm vorüberzugehen, abzulesen nur am mikroskopisch feinen Staubschleier, den kriechenden Schatten der Äste, die sich nach der Sonne streckten. Und an der Sonne selbst, die auf ihrer weiten Himmelsbahn zu einem Lichtfleck wurde, der kaum merklich über die Tapete wanderte. Er schaute dem Licht beim Wandern zu. Oder er sah eine Feige vom Baum fallen, und sie fiel und fiel, ohne je auf dem Boden aufzutreffen.

Am Tag seiner Ankunft hatte er gespürt, wie die Zeit durch die Tür hinter ihm ins Haus geflossen war. Er hatte die Zeit ins Haus zurückgebracht. Jetzt aber nahm er eine andere Zeit wahr – alte Zeit, tote Zeit –, die darin gefangen war und nicht wieder hinauskonnte in den Strom. Sie hatte sich der Form der Zimmer angepasst, sich in Schleifen übereinandergelegt und ein kompaktes, vielschichtiges Gewebe gebildet, so dicht und schwer, dass man es fast mit Händen greifen konnte. Da schien es gar nicht so abwegig, dass auch Menschen von früher oder längst vergangene Dinge darin fortlebten, in seiner Nähe.

Manchmal schien sich diese Vergangenheit sogar zu zeigen, und er erhaschte aus den Augenwinkeln eine Bewegung oder hörte Atemgeräusche aus dem Nebenzimmer. Eines Abends ging er früh zu Bett, fand aber keinen Schlaf. Als er schließlich schweißgebadet in einen leichten Schlummer fiel, setzte sich jemand auf das Fußende des Bettes. Er befand sich zwischen Wachen und Träumen, unter der dünnen Haut der Zeit, und auch als er hochgeschreckt und längst wieder hellwach war, konnte er nicht mit Bestimmtheit sagen, ob er sich das Ganze nicht vielleicht doch nur eingebildet hatte. Er lag stocksteif in der Dunkelheit und hörte seinen Herzschlag. Dann drehte er sich blitzschnell zur Seite und tastete nach der Lampe. Er wusste, noch bevor das Licht anging, dass niemand da sein würde. Trotzdem wurde er das Gefühl nicht los, dass ihn jemand beobachtete.

Er war allein, fühlte sich aber nicht allein. Ihm fiel ein, was Charmaine über das Haus gesagt hatte; über die Geister, die darin wohnten. Er erlebte es ein wenig anders. Als eine Häufung winziger Zeichen, Bruchstücke, die sich nach und nach zu einem Ganzen fügten: dem Geist des Hauses, bestehend aus Zeit, Verwahrlosung und aufgegebenen Plänen.

Der Geist war natürlich nicht real. Sondern nur ein Schatten ohne eigene Gestalt. Adam betrachtete ihn als Teil seiner selbst, ein abgespaltenes Fragment seines Bewusstseins, das sich gegen ihn gewendet hatte. Er bewegte sich mit ihm durchs Haus, mal hinter ihm, mal neben ihm. Wachend. Lauschend. Er spürte, wie der Geist alles gierig in sich aufsog, verschluckte wie ein kleines, kaltes Vakuum, das womöglich auch ihm selbst allmählich die Substanz entzog.

Adam fing an, mit ihm zu sprechen. Nicht im Ernst – er glaubte nicht ernsthaft an seine Existenz. Er plapperte vielmehr gedankenlos vor sich hin, um sich die Zeit zu vertreiben. Schließlich gab es sonst niemandem, mit dem er reden konnte. »He, bist du da?«, fragte er. »Hallo, hallo? Erde an Weltraum – hörst du mich?«

Dann überlegte er, was der Geist wohl antworten würde. *Ja, ich bin da. Ich bin immer da. Und höre dich klar und deutlich.*

Er stellte sich eine sanfte, leise, fast unhörbare Stimme vor. Ein vibrierendes Knistern, das all die verlorenen Geräusche in sich trug, die dort draußen umherschwirrten.

»Findest du es nicht langweilig, mich die ganze Zeit zu beobachten?«

Nein, nein. Im Gegenteil. Seit du da bist, kenne ich keine Langeweile mehr. Du hast mir neues Leben eingehaucht. »Ich bitte dich. So interessant bin ich doch nicht.« *Sei dir da mal nicht so sicher.*

Und er lachte – über sich selbst, weil er selbst es war, dessen Stimme er hörte. Es gab keine Gespenster, keinen Geist, kein *Ding* in diesem Haus. Da hatte er nicht den geringsten Zweifel.

»Hier ist niemand«, verkündete er. So laut, dass die Worte von den Wänden widerhallten. Er lauschte, bis das Echo verklungen war. Niemand antwortete.

Außer mir.

*

Gelegentlich kamen ihm Zweifel an seinem Verstand. Von ihm selbst fast unbemerkt, hatte seine Sicht auf die Dinge sich verändert. Ob mit ihm etwas nicht stimmte? Schließlich rief er Gavin an, um sich seiner selbst zu vergewissern, auch wenn er sich das nicht anmerken zu lassen versuchte. »Ich dachte, ich rufe einfach mal an und sage Hallo. Es gibt eigentlich nicht viel zu berichten.«

Sein Bruder war in bester Angriffslaune. »Endlich hören wir mal was von dir. Ich dachte schon, ich muss rauskommen und persönlich nach dir sehen. Wie läuft's? Sprudeln die Gedichte?«

»Na ja, nicht direkt, noch nicht. Aber das wird schon. Ich bin einfach noch nicht so weit.«

»Und wann darf damit gerechnet werden?«

»Wer weiß?« Er hätte ihn nicht anrufen sollen; es war ein Fehler gewesen. »Man kann das nicht einfach an- und abschalten wie einen Motor.«

»Es sind jetzt schon fünf Wochen, Ad.«

»Im Ernst?«

»Und ob. Weißt du etwa nicht, welches Datum wir heute haben?«

»Ähm, ich habe irgendwie das Zeitgefühl verloren.«

»Muss ich mir Sorgen machen? Was *treibst* du da draußen eigentlich den ganzen Tag?«

»Nachdenken, hauptsächlich.«

»Nachdenken? Du solltest nicht zu viel nachdenken, Ad. Das tut dir nicht gut. Du musst dich irgendwie beschäftigen. Kommst du mit dem Garten gut voran?«

»Es geht.«

»Was heißt, es geht?«

»Ehrlich gesagt, habe ich noch gar nicht damit angefangen.«

Gavin seufzte. »Ab in den Garten, Ad. Unkraut jäten. Danach geht es dir sehr viel besser.«

Das Gespräch ließ ihn gereizt zurück. Doch als er aufgelegt hatte, ging er ins Bad und betrachtete sich im Spiegel. Unrasiert, ein bisschen schmuddelig, ein fiebriges Funkeln in den Augen. Vielleicht hatte sein Bruder gar nicht so unrecht. Er war einfach zu viel allein und drehte Däumchen. Sein Geisterglaube war das Symptom eines tiefsitzenden Unbehagens. Sein Verstand war aus den Fugen geraten, im wahrsten Wortsinn leicht verrückt. Eigentlich gar kein so unangenehmes Gefühl – und genau darin lag die Gefahr. Man ging etwas zu weit, und wenn nichts passierte, ging man noch einen Schritt weiter. So kam man langsam, aber sicher vom Weg ab, und ehe man sich's versah, hatte man ein paar Schrauben locker. Der geistige Verfall kam langsam, schleichend, bis man eines Tages in einer Ruine hauste, mit einem Bart bis zu den Knien, und sein Revier mit dem Gewehr verteidigte.

Dagegen musste er dringend etwas unternehmen. Egal, was. Er ließ Wasser in die Badewanne, stieg hinein und wusch sich. Nachdem er sich rasiert und frische Sachen angezogen hatte, sah er schon viel besser aus. Ein gepflegtes Äußeres war die halbe Miete. Dann trat er auf die *stoep* hinaus und starrte auf das Unkraut. Er hatte es lange vor sich hergeschoben, doch nun war es so weit. Wenn er den Garten in Ordnung brachte, brachte das vielleicht auch seine Gedanken in Ordnung. Und damit wollte er auf der Stelle beginnen. Schluss mit dem ewigen *Morgen, morgen, nur nicht heute*.

Er stieg in den Wagen und fuhr zum Agrargroßhandel. Er brauchte Werkzeug, auch wenn er nicht recht wusste, welches. Er wanderte ziellos durch die Gänge und betrachtete die Säcke mit Saatgut und Dünger, die Wasserkästen, Rohre und Armaturen und all die anderen seltsamen Gerätschaften, deren Zweck sich bestenfalls erahnen ließ. Er kam sich wie ein Schwindler vor: Man sah ihm deutlich an, dass er hier, inmitten der Requisiten eines urwüchsigen Landlebens, nichts verloren hatte. Er war anders, ein blasser Stadtmensch, gemacht für Bücher und indirektes Licht.

Er entschied sich für eine Forke und einen Spaten. Er dachte an die dicken, dornigen Unkrautstrünke und packte auch noch ein Paar Arbeitshandschuhe ein. Nachdem er seine Einkäufe im Wagen verstaut hatte, stand er eine Zeitlang reglos da, gelähmt von dem Gefühl, seinem seltsamen Schicksal hilflos ausgeliefert zu sein. Sein Job, sein Haus, seine Familie – all die Sterne, die ihm einst den Weg gewiesen hatten –, wo waren sie geblieben? Was machte er hier? Wie hatte es so weit kommen können?

Da sagte plötzlich jemand: »Nappy.«

GONDWANA

5

ADAM ZUCKT ZUSAMMEN. DEN NAMEN »Nappy« hat er seit fünfundzwanzig Jahren nicht mehr gehört, aber er bleibt sofort wieder an ihm hängen, wie ihm mit einem Anflug von Scham bewusst wird. Der Name trifft ihn wie ein Faustschlag ins Gesicht.

Der Mann, der ihn angesprochen hat, ist untersetzt, etwa genauso alt wie Adam und trägt kurze Hosen, T-Shirt, Tennisschuhe. Er hat einen seltsamen Gesichtsausdruck, angesiedelt zwischen Rührung und Glück.

»Auf diesen Moment habe ich gewartet«, sagt er. »Ich wusste, dass er früher oder später kommen würde.«

Adam mustert ihn. Aber das Gesicht sagt ihm gar nichts. Fahle, helle Haut, beinahe farblos. Das einzige hervorstechende Merkmal ist die wulstige Oberlippe, die sich wie eine Verschlussklappe über die Unterlippe zu stülpen scheint. Das kurze, weizenblonde Haar ist deutlich ausgedünnt, was die ovale Kopfform noch betont – wie ein Osterei, dem ein Kind mit groben Strichen ein Gesicht gemalt hat.

»Du kennst mich nicht mehr«, sagt der Mann. »Ich nehm's dir nicht übel. Ich habe mich ziemlich verändert. Aber du, Nappy. Du siehst noch genau so aus wie früher. Du bist keinen Tag älter geworden.«

»Ach was«, sagt Adam, »Unsinn.« Er deutet auf sein Gesicht, um zu zeigen, was die Jahre angerichtet haben, dabei möchte er bloß Zeit gewinnen. Als ihm sein dümmliches Grinsen bewusst wird, stellt er es augenblicklich ab.

Der Mann kommt näher und klimpert mit dem Schlüsselbund in seiner Hand. Er verströmt einen strengen Körpergeruch, mit Aftershave kaschierter Schweiß. »Ich geb dir einen Tipp«, sagt er. »*Toilette.*«

»Toilette?«

»Denk mal nach.«

Adam fragt sich, ob der Mann geistig verwirrt ist, ein Verdacht, den die beseelte Miene noch verstärkt. Da plötzlich ändert sich sein Gesichtsausdruck und wird gereizt. Er scheint enttäuscht, weil Adam ihn nicht erkennt.

»Na schön«, sagt er. »Ich verrat's dir. Canning.«

»Canning«, sagt Adam. »Mein Gott.«

Sie geben sich die Hand. Cannings Händedruck ist feucht, warm und beharrlich. Als er schließlich doch loslässt, klopft er Adam so fest auf die Schulter, dass der aus dem Gleichgewicht gerät. »Nappy«, sagt er. »Der gute alte Nappy.«

Sie blinzeln einander an, unschlüssig, wie es weitergehen soll.

»Wohnst du hier?«, fragt Adam schließlich.

»Ein Stück außerhalb. Mit meiner Frau. Ich habe eine tolle Frau, Nappy. Und du? Bist du verheiratet?«

»Nein«, sagt Adam. »Ich bin nicht verheiratet.«

»Aber du lebst hier?«

»Ja, ich … bin vor Kurzem hergezogen. Um Gedichte zu schreiben.«

Canning macht ein ernstes Gesicht und nickt. »Ich habe deine Gedichte gelesen, Nappy«, sagt er.

Damit hat Adam nicht gerechnet.

»Im Ernst?«

»Ja. O ja. Na klar.« Wieder nickt er, und dann macht sich ein bewunderndes Lächeln in seinem Gesicht breit.

»Herrliche Gedichte. Herrliche, herrliche Gedichte.«

»Wirklich? Sie haben dir gefallen?«

»Mehr als das. Ich *liebe* sie.«

Adam kann sich nicht helfen: Er ist gegen seinen Willen geschmeichelt. Bislang haben seine Gedichte ihn eigentlich immer nur in Verlegenheit gebracht, und jetzt, endlich, ist da jemand, der sie versteht. »Danke, Canning«, sagt er. »Das freut mich.«

Canning: Er hört sich in den Jargon der Schulzeit zurückfallen. Obwohl inzwischen ein halbes Leben vergangen ist, gehen sie wie zwei Teenager miteinander um.

»Warum kommst du nicht zum Abendessen zu uns?«, fragt Canning.

»Du meinst … heute?«

»Ja, heute Abend.«

»Okay. Gern. Wenn du mir sagst, wie ich zu euch komme.«

»Nein, alleine findest du das nie. Ich hole dich lieber ab. Willst du nicht bei uns übernachten, Nappy? Wir fahren morgen wieder nach Port Elizabeth zurück, da kann ich dich zu Hause absetzen. Wir haben uns so viel zu erzählen. Wo wohnst du denn?«

Adam befällt leise Scham: Er will nicht, dass Canning das heruntergekommene Haus, den verwilderten Garten zu Gesicht bekommt. Einer spontanen Regung folgend, gibt er ihm die Adresse des Nachbarhauses, wo der Mann in Blau wohnt.

»In Ordnung«, sagt Canning. »Ich hole dich um sieben ab. Du musst unser Haus unbedingt sehen, bevor es dunkel wird.«

Er geht davon, zu einem in der Nähe abgestellten *bakkie*, auf dessen Ladefläche ein Tierkadaver liegt – ein Schaf oder eine Ziege. Ein alter Schwarzer mit gelbem Hut steht über das blutige Fleischknäuel gebeugt. Das Lächeln des alten Mannes entblößt zwei braune Zahnstümpfe.

Canning hat sich noch einmal umgedreht. »Ist das Zufall?«, fragt er. »Oder Vorsehung? Dass wir uns nach so vielen Jahren auf einem Parkplatz wiederbegegnen ... Was meinst du?«

»Also ich glaube eigentlich nicht an einen großen Plan.«

»Glaub, was du willst, Nappy. Aber ich wusste, dass es eines Tages so kommen würde.« Canning schlägt sich breit grinsend mit der Faust auf die Brust. »Schicksal«, sagt er.

Als der *bakkie* verschwunden ist, weicht Adams Hochstimmung einem gewissen Unbehagen. Er wird heute mit jemandem zu Abend essen, mit dem er vor langer Zeit die Schulbank gedrückt hat. Nur dass Cannings Name und Gesicht Adam immer noch nichts sagen. Er hat keinerlei Erinnerung an Canning. Er weiß nicht, wer er ist.

*

Als er nach Hause kommt, hat er das Unkraut im Garten längst vergessen. Stattdessen wandert er durchs Haus und starrt blind aus dem Fenster. Er denkt über seine Schulzeit nach.

In seiner Erinnerung zerfällt Adams Kindheit in zwei Teile. Sein Zuhause im östlichen Transvaal, wie es damals noch hieß. Dieser Teil seines Lebens ist von Nostalgie und Sentimentalität durchdrungen. Anders seine Schulzeit in Johannesburg. Das Internat, das Gavin und er besuchten, war ein gewaltiger Komplex von Sandsteinbauten. In Erinnerung geblieben sind ihm Regeln, Strafen und Schikanen. Seine Schulzeit war alles andere als glücklich.

Der Spitzname Nappy wurde ihm schon früh verpasst. Als er auf die Schule kam, war Adam ein verschüchterter, sensibler Junge, der panische Angst hatte vor der neuen Situation, in der er sich unvermittelt wiederfand. In den ersten Monaten brachte sein Körper diese Furcht im wahrsten Sinne des Wortes unwillkürlich zum Ausdruck: Er nässte im Schlaf das Bett. Das bedeutete natürlich den Weltuntergang. Die anderen Jungs waren gnadenlos. Jeden Morgen scharten sie sich um sein Bett, rissen ihm die Decke fort, zeigten lachend und johlend auf seinen durchweichten Schlafanzug. Einer von ihnen meinte, er brauche wohl eine Windel, und da das englische Wort für Windel – *nappy* – seinem Nachnamen, Napier, recht ähnlich war, schien der Name im doppelten Sinne passend. Ein Schandmal, das ihm weit über die Zeit des Bettnässens hinaus erhalten geblieben war.

Gut möglich, dass die anderen Jungs den Vorfall längst vergessen haben. Adam aber hat ihn nie vergessen. Die Demütigung ist ihm eingebrannt wie mit einem heißen Eisen. Er hat diese Zeit weit hinter sich gelassen; er ist ein Mann in mittleren Jahren. Doch in dem Moment, als er den Namen hörte, rissen die alten Wunden wieder auf. Erstaunlich, wie viel Geschichte in zwei kleinen Silben stecken kann.

Er weiß nicht recht, ob er heute wirklich mit Canning zu Abend essen soll. Er hätte die Einladung nicht so bereitwillig annehmen dürfen. Er ist Canning nur deshalb auf den Leim gegangen, weil der seine Gedichte gelesen hat. Nicht nur gelesen, sondern *geliebt*. Das hat großen Eindruck auf ihn gemacht.

Was das Haus angeht, hat er sich allerdings in eine missliche

Lage gebracht. Es war töricht, eine falsche Adresse anzugeben, aber das lässt sich nun leider nicht mehr ändern. Er hat Angst, dass Canning zu früh kommen und an die Tür seines Nachbarn klopfen könnte. Das wäre äußerst peinlich. Also stellt er sich gegen Viertel vor sieben, adrett, aber leger gekleidet und mit einer billigen Flasche Wein in der Hand, auf die Straße und wartet. Er postiert sich vor dem Nachbargrundstück, unweit der Stelle, wo der Mann in Blau seinen Wagen parkt, das einzige schattige Plätzchen weit und breit. So wie er dort steht, in betont lässiger Haltung, im Hintergrund das schmucke kleine Haus mit dem tadellos gepflegten Garten, vermittelt er den Eindruck, als würde er tatsächlich hier wohnen.

Wenn Canning sich drinnen umschauen möchte, wird es natürlich problematisch. In diesem Fall wird er ihm alles beichten müssen. Doch als Canning Punkt sieben eintrifft, würdigt er das Haus kaum eines Blickes; er ist in Gedanken ganz woanders. Auch er trägt legere Kleidung, doch die ist mit Designerlabeln versehen und wirkt an seinem Körper steif und affektiert. Er fährt einen auf Hochglanz polierten silberfarbenen Jeep Grand Cherokee, und er springt heraus, hält Adam die Beifahrertür auf und wartet, bis er eingestiegen ist. Adam hat das beunruhigende Gefühl, umworben zu werden. Das Wageninnere riecht neu, und als Canning sich hinters Steuer setzt, vermittelt die ganze funkelnde Technik, die ihn umgibt, denselben Eindruck wie seine Kleidung: stillos, teuer und affektiert.

»Mein neuestes Baby«, sagt Canning und streicht mit plumper Hand über die Polster. »Wie findest du ihn?«

»Sehr schön. Wie lange hast du ihn schon?«

»Seit letzter Woche.«

Der Motor ist kaum zu hören, und durch das getönte Glas

der Windschutzscheibe wirkt der Ort unwirklich und fremd. Lautlos gleiten sie die Straße entlang zur Kreuzung. Sie biegen rechts ab und halten auf die Berge zu. Als sie an der Abfahrt zur alten Landstraße vorbeikommen, beugt sich eine schrille, grell geschminkte Gestalt in ihre Richtung. Es dauert einen Moment, bis Adam klar wird, dass es sich um eine der Prostituierten handelt, von denen er gehört hat, eine Frau aus dem Ort, die ihren Körper am Straßenrand verkauft. Sie verschwindet hinter ihnen, doch die schreienden Farben ihres Make-ups begleiten sie noch eine Weile.

Der Ort ist nun nicht mehr zu sehen; ringsum erstreckt sich die verwüstete Landschaft. Adam denkt: *Vor zwei Millionen Jahren war das hier alles Sumpf.* Der Gedanke, dass das Land früher einmal ganz anders ausgesehen hat, lässt ihn schaudern. Sex und Tod in kaum vorstellbarer Vielfalt. Prähistorische Wesen, die durch trübes Zwielicht wandern. Jetzt sind diese Tiere nur noch ein verstreut liegender Haufen versteinerter Knochen und die Landschaft selbst bloß ein Fossil jener uralten Zeit. In der meilenweiten Einöde ist ihr Wagen ein winziger Punkt, der sich von nirgendwo nach nirgendwo bewegt.

»Habe ich mich verändert, Nappy?«, fragt Canning plötzlich.

Adam wollte Canning eigentlich bitten, ihn nicht mehr Nappy zu nennen; der Name versetzt ihm jedes Mal einen hämischen Stich. Doch er lässt die Gelegenheit vorübergehen und schweigt. Stattdessen sagt er ausweichend:

»Wir sind alle älter geworden, Canning.«

»Ja, klar. Aber hättest du gedacht, dass ich so aussehe?«

»Ich weiß nicht. Darüber habe ich mir eigentlich gar keine Gedanken gemacht. Ich finde es schon erstaunlich genug, dass wir uns überhaupt begegnet sind.«

Warum sagt er nicht einfach die Wahrheit, nämlich dass der Mann neben ihm ein Fremder ist? Das würde zwar zunächst zu Peinlichkeiten führen, aber darüber kämen sie doch sicherlich hinweg? Ist es denn wirklich so unhöflich und ungewöhnlich, jemanden, den man vor langer Zeit einmal gekannt hat, zu vergessen? Doch Cannings Verhalten lässt Adam davon Abstand nehmen; er spürt, dass sein Geständnis schwerer wiegen könnte, als er denkt.

»Ist es nicht komisch, Nappy?«, sagt Canning. »Da trifft man sich nach so vielen Jahren wieder, und es ist, als wäre nicht ein Tag vergangen. Mir kommt es vor, als würden wir genau da weitermachen, wo wir damals aufgehört haben.«

»Ja«, sagt Adam.

»Und jetzt erzähl. Wie geht es dir? Ich will alles über dich wissen.«

»Da gibt es nicht viel zu erzählen.« Und als er es laut ausspricht, wird ihm klar, wie wenig es tatsächlich zu erzählen gibt: zwei Jahre Wehrdienst. Vier Jahre Studium. Dann zwanzig Jahre in demselben Job, bis alles in die Brüche ging. Obwohl er es stets als bewegt, erfüllt und bedeutsam empfunden hat, erscheint ihm sein bisheriges Leben rückblickend reichlich unerheblich.

»Und du?«, fragt er, als er zu Ende erzählt hat. »Was hast du seit der Schule so getrieben?«

»Ich hab mich ziemlich schwergetan, Nappy. Ich hatte es weiß Gott nicht leicht. Ich war auch bei der Armee, aber ich war G3K3 – wehruntauglich. Du weißt ja, ich war damals noch wesentlich dicker. Außerdem hatte ich Asthma. Also haben sie mir einen Schreibtischjob in Pretoria gegeben. Da habe ich dann meinen späteren Geschäftspartner kennengelernt. Wir haben einen kleinen Betrieb gegründet, einen Importhandel für Chemikalien. Nach einer Weile stieg mein Partner aus, aber ich blieb am Ball. Ein harter Kampf. Nebenbei habe ich geheiratet, ein Mädchen aus der Firma. Wir hatten sogar ein Kind zusammen. Aber das Kapitel ist längst abgeschlossen.«

Adam denkt über diese Worte nach. Der neue Wagen, die neuen Kleider, Cannings souveränes Auftreten: All das verträgt sich nicht recht mit seiner Vorstellung von einem Chemikalienhändler. Vorsichtig fragt er: »Dann bist du also immer noch in der Chemiebranche …?«

»Nein, nein!« Canning lacht laut. »Ich mache jetzt etwas ganz anderes, Nappy. Mein Leben hat sich radikal verändert. Wart's ab, du wirst es ja bald sehen.«

Adam hat nicht damit gerechnet, dass sie so lange unterwegs sein würden; der Ort ist längst nicht mehr zu sehen. Die Berge sind ganz nah und riesengroß und verdecken den Himmel. Es ist, als würde man gut gepolstert auf eine massive Wand zufahren. Hoch droben ist die neue Passstraße zu sehen. Als sie sich der Mautstelle am Fuß der Berge nähern, geht Canning vom Gas. Er zeigt auf das kleine Dorf neben der Straße, das Adam neulich schon gesehen hat – eine sonderbare Mischung aus Armut und Anmaßung –, und sagt: »Das habe ich gebaut.«

»*Du?*«

»Natürlich nicht persönlich. Aber ich habe sowohl das Land als auch das Kapital bereitgestellt.«

»Im Ernst? Warum?«

»Um einer Landklage zuvorzukommen. Die Leute, die hier leben, behaupten, von einer der Farmen meines Vaters vertrieben worden zu sein. Sie haben sich bereit erklärt, im Austausch gegen *Nuwe Hoop* auf eine Klage zu verzichten. Also habe ich ihnen das Land geschenkt und die Häuser kostenlos daraufgestellt.« Canning erzählt all das so beiläufig, als seien solche Großprojekte sein täglich Brot. Dann senkt er die Stimme und setzt, berechnend und verschwörerisch, hinzu: »Ich habe bei der Sache natürlich den besseren Deal gemacht. Jetzt brauche ich mich nicht mehr mit Landklagen herumzuschlagen. Und habe obendrein einen unerschöpflichen Vorrat an billigen Arbeitskräften für den Bau der Passstraße. Und künftige Projekte.«

»Dann gehört die Firma, die die Passstraße gebaut hat, also dir? Liberty Vision?«

»Genau genommen gehört sie einem Freund.« Canning sieht ihn von der Seite an. »Kennst du Mr Genov? Nein? Ein großartiger Mann. Unternehmer und Visionär. Vergiss alles, was du über ihn gehört hast – er hatte eine schlechte Presse.« Er hat die Hauptstraße verlassen und fährt jetzt auf einer Schotterpiste vorbei an den seltsamen, bizarren Umrissen von *Nuwe Hoop*. »Dass es den Leuten hier so gut geht, haben sie nur ihm zu verdanken … und natürlich auch mir. Eine Partnerschaft zwischen Big Business und den ehemals benachteiligten Schichten – das ist die Lösung für ein neues Südafrika.«

Zwischen den Häusern erblickt Adam eine Handvoll im Dreck kauernder Gestalten, die über einem Glücksspiel die Köpfe zusammenstecken. Schwerlich eine gloriose Vision der Zukunft, doch er schweigt, bis sie die Siedlung hinter sich gelassen haben und an einem hohen Zaun mit einem Tor und einem großen Schild davor zum Stehen kommen.

»Gehört die etwa dir? Du hast eine Wildfarm?«

»Der Traum meines Vaters«, sagt Canning, »nicht meiner.« Er drückt dreimal kräftig auf die Hupe. Aus einem Betonbau in der Nähe kommt ein Wachmann in khakifarbener Uniform mit einem Revolver an der Hüfte. Hinter ihm sind weitere khakifarbene Gestalten zu sehen, ebenfalls bewaffnet. Der Wachmann öffnet ihnen eilig das Tor, und sie schaukeln über einen Gitterrost auf das Gelände. Dann geht es in rasender Geschwindigkeit über eine Schotterpiste, zwischen *koppies*, Termitenhügeln und Felsbrocken hindurch, die im kupferfarbenen Glanz der Abendsonne erstrahlen. Plötzlich eröffnet sich ihnen eine unglaubliche Aussicht auf eine raue, scheinbar unbewohnte Wildnis, ein Eindruck, der nur von einer Reihe von Telefonmasten und einer am Wegesrand gelegenen Ansammlung von Farmgebäuden gestört wird. Adam hat angenommen, dass Canning dort wohnt, doch als sie näher kommen, sieht er, dass der Hof verlassen ist. Mehr noch: Das Dach ist eingestürzt, und die Wände bröckeln, sodass er im Vorbeifahren durch das löchrige Mauerwerk ins Innere sehen kann.

»Wie geht's deinem Vater, Nappy?«, fragt Canning.

Darauf war Adam nicht gefasst. »Äh, er ist tot. Er ist vor ein paar Jahren gestorben, kurz nach meiner Mutter.«

»Ja«, sagt Canning. »Am Ende sterben sie alle.« Triumph und Selbstgerechtigkeit liegen in seiner Stimme.

»Was hat er eigentlich gemacht, dein Vater?«

»Er war Ingenieur.«

»Hat er dich gut behandelt?«

»Ja, er hat jeden gut behandelt. Er war einfach ein netter Mensch.«

»Schön für dich«, sagt Canning wütend.

Sie fahren schweigend weiter, und Adam spürt und schmeckt den Staub in seinem Mund. Sie befinden sich auf einer befestigten Straße im Windschatten der Berge, von der immer wieder holprige Feldwege abzweigen, die sich durch die Ebene schlängeln. Nach etwa zehn Minuten biegen sie scharf ab, und plötzlich ist alles anders. In der Bergwand öffnet sich ein Spalt, ein langer grüner Keil, der sich leuchtend wie ein Brillant gegen den dunklen Stein abhebt. Adam riecht und ahnt Wasser. Und dann sieht er es – ein Fluss blitzt funkelnd durch die Bäume. Die dichte, üppige Vegetation steigt wellenförmig an. Nach der immensen Leere, durch die sie gefahren sind, trifft diese smaragdene Fülle Adam wie ein Schock. Als hätte man eine Tropeninsel hierhergeschleppt und in dieser fremden Umgebung vertäut.

Es geht bergauf, ins kühle Grün, die hohen Felswände links und rechts der Straße rücken näher. Sie passieren ein zweites Tor in einem zweiten Zaun, vorbei an einem Gesindehaus, vor dem Hühner und ein Hund umherlaufen. Die Straße führt in einem weiten Bogen auf ein großes strohgedecktes Gebäude zu, dessen Außenwände bunte Muster zieren. Umgeben ist es von einer Ansammlung von *rondawels* im gleichen pseudoafrikanischen Stil. Die Straße verliert sich in einem schimmernden, mit Bäumen bestandenem Rasenmeer, frisch gemäht und akkurat geschnitten.

Ein eigentümliches Gebäude. Es wirkt wie ein alter Kolonialtraum von Kultiviertheit und Exklusivität, der eigentlich in dem Moment hätte zerplatzen müssen, als der Träumende erwachte. Und doch steht es hier, real und unverrückbar, und in seinen Fenstern brennt einladendes Licht – vielleicht aber auch nur das Spiegelbild der sinkenden Sonne. Es ist früher Abend, fahl und freundlich, und durch die langen Schatten auf dem Rasen stolziert ein einsamer Pfau.

»Gondwana«, murmelt Canning.

»Bitte?«

»So hat mein Alter, dieses prätentiöse Arschloch, es getauft.«

Als sie über den Rasen auf das Haus zugehen, stößt der Pfau einen herzzerreißenden Schrei aus.

*

Es ist das erste Mal, dass er sie sieht: Sie kommen um die Ecke, und da steht sie im Gras, mit dem Rücken zu ihnen. Die Sonne versinkt als ausblutendes Farbgeflecht am Horizont, doch die Frau scheint völlig unberührt von dem Spektakel. Wie in einer geheimen Fantasie gefangen, zieht sie trotz der Hitze einen langen Wildledermantel um sich. Als sie die beiden hört, fährt sie herum. Unter dem Mantel trägt sie ein kurzes, leuchtend blaues Kleid, und ihre Beine sind sehr lang. Obwohl sie barfuß ist, scheint sie hohe Absätze zu tragen. Noch bevor er in ihr grell geschminktes Gesicht gesehen hat, muss Adam unwillkürlich an die Frau denken, die sich am Straßenrand verkauft hat. Sie scheint hierhergebeamt worden zu sein, schrill, hinreißend und unwirklich.

Erst als dieser Eindruck langsam verblasst, sieht er, wie schön sie ist. Wie eine exotische Puppe, mit unendlich feinen, makellosen Zügen. Außerdem ist sie jung; mindestens zehn Jahre jünger als Canning – und damit auch zehn Jahre jünger als Adam.

»Meine Frau Baby«, sagt Canning. »Baby, das ist Nappy.«

Sie streckt die Hand aus. Ihre langen Nägel bohren sich in seine Handfläche. Das Gefühl löst etwas in ihm aus – eine Mischung aus Abscheu und Verlangen. Er hält ihre Hand ein wenig länger als nötig.

»Ich habe schon viel von Ihnen gehört«, sagt sie. »Mein Mann spricht oft von Ihnen.«

Ihre Stimme ist tief, rauchig, leicht lethargisch. Ihr Akzent ist neutral, herkunftslos, schwer einzuordnen. Ihre Augen ruhen einen Moment auf ihm, erst abwägend, dann gleichgültig.

»Na, habe ich dir zu viel versprochen?«, fragt Canning stolz. »Ist sie nicht unglaublich?«

»Ja«, murmelt Adam. Er weiß nicht, was er sagen soll. Es stimmt; sie ist unglaublich – wenn auch nicht unbedingt in dem Sinne, wie Canning es versteht. Und was ist Baby überhaupt für ein Name?

»Ich führe Nappy ein bisschen herum.«

»Ja, tu das«, sagt sie.

Aber Canning rührt sich nicht von der Stelle. Er steht da, mit einem versteinerten, hilflosen Lächeln im Gesicht, und starrt seine Frau an, als hätte er und nicht Adam sie gerade zum ersten Mal gesehen. Sie rafft den Mantel noch ein wenig enger um sich und zuckt gelangweilt mit den Schultern, bevor sie sich umdreht und wieder in die Ferne schaut. Jetzt erst setzt Canning sich – sichtlich widerstrebend – in Bewegung. Adam folgt ihm die letzten paar Schritte ins Haus hinein. Auf der Schwelle drehen sich die beiden noch einmal um und werfen einen Blick auf die einsame Gestalt auf dem Gras.

Sie betreten eine hohe, düstere Eingangshalle, an die sich Adams Augen erst einmal gewöhnen müssen. Einzelheiten schälen sich aus der Dunkelheit, bevor er den Raum als Ganzes wahrnimmt: Schieferböden, das hohe, kegelförmige Dach, Drucke mit Tierszenen an den Wänden, dazwischen Hinweisschilder mit Aufschriften wie *Rezeption, Wellness-Center, Tagungsräume*. Eigentlich müsste es gerammelt voll sein, doch es ist niemand hier.

Kühl hallen ihre Schritte von den Wänden wider.

»Was ist das? Eine Jagdhütte?«

»Voilà. Du hast's erfasst.«

Er erkennt weitere Details: die ausgestopften Tierköpfe an den Wänden der Lodge. Der von zwei strahlend weißen Stoßzähnen eingerahmte offene Kamin, das Zebrafell davor.

»Aber wo sind die Leute?«

»Wieso? Wir sind doch hier.«

Canning scheint Adams Verwirrung zu genießen. Er führt seinen Gast eine Treppe hinunter zu einer gut bestückten Bar. Auf einer Seite gibt eine Flügeltür den Blick frei in die Küche, in der hektische Betriebsamkeit zu herrschen scheint. »Nein, nein«, sagt Canning, als Adam ihm den mitgebrachten Wein hinhält. »Lass stecken. Ich mixe dir einen von meinen tödlichen kleinen Cocktails. Ich habe Jahre gebraucht, um das Rezept zu perfektionieren.« Er braut eine scheußlich aussehende, giftblaue Mixtur, füllt sie in zwei hohe Gläser und reicht Adam eins davon. »Prost«, sagt er. »Auf alte Freunde.«

»Auf alte Freunde«, sagt Adam und trinkt.

»Hast du dich über meine Frau gewundert?«, fragt Canning plötzlich.

»Gewundert? Nein. Warum sollte ich?«

»Nun ja. Zum Beispiel, weil sie schwarz ist.«

»Na und?«

Nichts an dieser Frau war weniger verwunderlich als das.

»Wir sind ein neues südafrikanisches Paar«, sagt Canning.

Adam ist verärgert. Gemischtrassige Paare sind weder besonders neu noch ungewöhnlich und deshalb eigentlich nicht der Rede wert. Andererseits ist Canning auch nicht gerade der Prototyp des modernen Südafrikaners. Doch Adams Verwunderung gilt Canning und nicht Baby, und als hätte er das bemerkt, wechselt Canning mit einem Mal den Tonfall, aus Stolz wird Panik.

»Ich liebe meine Frau, Nappy. Ich liebe sie schrecklich! Ich möchte sie nicht verlieren.«

Als Adam das Gespräch später Revue passieren lässt, sticht für ihn vor allem dieses eine Wort – »schrecklich« – hervor. Wie kann man jemanden *schrecklich* lieben? Stattdessen sagt er mit beschwichtigender Stimme: »Aber warum solltest du sie denn verlieren?«

Cannings Stimmung hat sich verdüstert, als sei die Dämmerung ihm aufs Gemüt geschlagen. Doch dann ist er plötzlich wieder bester Laune. »Komm mit«, sagt er. »Ich muss dir unbedingt was zeigen.«

Es wird schon dunkel, als sie den Rasen betreten. Adam blickt sich suchend um, aber Baby ist verschwunden. Canning führt ihn fort von dem Gebäudekomplex, zum Fluss hinunter. Schweigend gehen sie durch ringförmig angelegte Pflanzungen, eine wilder und verwahrloster als die andere. Erst ein Obstgarten, dann, zerfurcht und aufgewühlt, ein offenes, brachliegendes Feld. Dann plötzlich erhebt sich eine Wand von Bäumen, knorrig und verwachsen, in vollem Saft, weil nah am Wasser. Und überall die bizarren, grünlich blauen Umrisse von Pfauen.

»Was hat es denn mit den Vögeln auf sich?«

»Mein Vater hatte eine Schwäche für die Viecher. Ursprünglich waren es nur zwei, aber dann wurden es immer mehr.«

»Dann hat dein Vater die Farm gebaut?«

Canning gibt keine Antwort. Es ist fast dunkel, und Adam will nicht in den Wald. Doch Canning geht mit ihm an den Bäumen entlang zu einer hohen Böschung, von der aus man auf eine große, von einer Mauer umschlossene Grube blickt. Eine

Art Arena. Dort bleiben sie stehen und sehen auf dunkle, wilde Vegetation hinab. Ein Geruch steigt ihnen in die Nase, widerlich und rätselhaft.

»Das sollte eigentlich der Swimmingpool werden«, sagt Canning, »dient aber vorerst anderen Zwecken. Na, was sagst du?«

»Wozu?«

Da sieht er ihn. Oder besser: Er sieht die Augen. Sie sind leuchtend gelb und scheinbar körperlos, als würde ihn das Unterholz anstarren. Er tritt einen Schritt zurück.

»Meine Güte«, sagt er. »Ist das …?«

Ja, es ist. Jetzt erkennt er auch den Körper hinter dem glühenden Blick. Er würde am liebsten weglaufen, rührt sich jedoch nicht vom Fleck.

»Ein Löwe«, sagt Canning mit süffisantem Unterton.

»Papas Liebling.«

»Und was macht er hier?«

»Er sollte eigentlich gar nicht hierbleiben. Zumindest nicht auf Dauer. Mein Vater hatte eine ganze Familie, wie sagt man noch gleich, ein ganzes *Rudel*, das er da draußen freilassen wollte.« Er zeigt in das Halbdunkel ringsum. »Der hier ist als Einziger übrig geblieben.«

»Was ist aus den anderen geworden?«

»Die habe ich verkauft«, sagt Canning. »An Jäger und Zirkusse. Eigentlich wollte ich auch ihn längst loswerden, fand es dann aber doch amüsanter, ihn erst mal zu behalten.«

Da plötzlich erscheinen zwei Arbeiter. Sie tragen die gleiche khakifarbene Uniform wie die Wachleute am Tor. Sie schleppen einen schweren Sack, den sie zum Rand des Geheges schleifen. Unter ihnen, im blauen Dämmer, läuft der Löwe unruhig auf und ab: hin und her und her und hin, eine rastlose Kraft, die sich nirgends entladen kann. Die Arbeiter sehen zu Canning herüber. Er macht träge eine zustimmende Geste, wie ein römischer Kaiser im Circus. Die Arbeiter heben den Sack hoch, kippen ihn aus, und ein klumpiger Schwall aus rotem Fleisch und Knochen ergießt sich in die Grube – der Tierkadaver, den Adam heute Morgen auf der Ladefläche des *bakkie* gesehen hat.

Der Löwe fällt nicht gleich darüber her. Er läuft weiter auf und ab und bleibt nur hin und wieder stehen, um drohend zu den beiden Zuschauern hinaufzublicken. Die Arbeiter falten ihren Sack zusammen und gehen. Adam kann sich das alles nicht erklären: Er ist von einem Mysterium umgeben, das sich um den seltsamen Mann zu drehen scheint, der neben ihm steht und geräuschvoll seinen blauen Cocktail schlürft. Er hat das Gefühl, durch ein Loch in eine andere Welt gefallen zu sein.

»Ich verstehe das nicht«, sagt er.

»Was?«

»Das. Das alles hier.« Er deutet in die Umgebung.

»Ah.« Canning nimmt ihn wörtlich. »Eine kleine geografische Anomalie. Das hängt mit den Bergen zusammen: eine Art Mikroklima in der *kloof*, vulkanische Mineralien im Boden, eine Wasserschicht, Kondensation …« Er bricht gereizt ab. »Ich weiß auch nicht, Nappy. Es ist da. Genügt das nicht?«

»Ich meinte nicht die *kloof*.«

»Sondern?«

»Das alles hier«, wiederholt er.

»Ah«, macht Canning. »Ach so. Das ist eine lange Geschichte. Aber ich will versuchen, es kurz zu machen.«

Adam wartet. Der Löwe in der Grube hat angefangen zu

fressen. Sie hören, wie er das Fleisch in Stücke reißt, dann ein kehliges Schlucken.

»Im Prinzip«, erklärt Canning, »war das hier der große Traum meines Vaters. Er hat sein Leben lang nur auf dieses eine Ziel hingearbeitet – seinen Wildpark. Er hat gespart, mehrere Farmen aufgekauft und sie zusammengelegt. Vierzig Jahre hat er dazu gebraucht. Und als es schließlich so weit war – bumm! Herzinfarkt.«

»Und er hat dir alles hinterlassen?«

»Mein Vater und ich hatten schon seit dem Ende meiner Schulzeit keinen Kontakt mehr. Zwei Jahrzehnte Schweigen. Darum hatte er eigentlich nicht vor, mir alles zu hinterlassen, nein. Aber er hatte kein Testament gemacht, und andere Erben gab es nicht. Du weißt ja, meine Mutter ist bei meiner Geburt gestorben. Also war ich sein nächster Verwandter. Sie brauchten Monate, um mich ausfindig zu machen. Und natürlich hat das mein ganzes Leben auf den Kopf gestellt. Mit meiner Firma ging es bergab, ich stand kurz vor dem Ruin. Und dann das! Der Neuanfang. Ein Wunder! Das ist jetzt drei Jahre her, und ich habe es keine Sekunde bereut. Mein Vater hätte die Farm eher abgefackelt, als sie mir zu überlassen, aber erstens kommt es anders, und zweitens als man denkt.« Canning kichert. »Typisch für ihn, sich keine Gedanken über die Zukunft zu machen. Er hielt sich allen Ernstes für unsterblich.«

»Wie alt war er denn?«

»Sechsundsechzig. Eigentlich noch ziemlich jung. Aber seine Bosheit hat ihn ins Grab gebracht.«

Adam fragt sich, ob Canning das vielleicht ironisch meint. »Aus dir scheint eine gewisse Bitterkeit zu sprechen«, sagt er vorsichtig.

»Bitterkeit?« Schnaubend leert Canning sein Glas. »So kann man das natürlich auch sagen. Du kennst die Geschichte ja. Du erinnerst dich doch an unser langes Gespräch auf der Schule?«

»Ja, natürlich«, versichert Adam eilig.

»Du hast deinen Vater geliebt, oder, Nappy?«

»Ja«, sagt Adam. Er hat fast schon ein schlechtes Gewissen: Die Ambivalenz seiner Liebe ist nichts, verglichen mit dem Hass, den Canning zu empfinden scheint.

Hass ist Gewissheit; Gewissheit ist Stärke.

»Das habe ich mir gedacht. Das habe ich dir angehört, als du vorhin über ihn gesprochen hast. Dann kannst du wohl nicht nachfühlen, wie es mir geht.«

»Wahrscheinlich nicht.«

Canning starrt eine Zeitlang verdrossen auf seine Füße. Dann sagt er: »Komm, Nappy, gehen wir zurück. Es wird dunkel, und mein Glas ist leer.«

*

Sie sitzen auf der vorderen *stoep* der Lodge und sehen zu, wie der alte Schwarze mit dem gelben Hut, der morgens auf der Ladefläche des *bakkie* gestanden hat, unter der Eiche vor dem Haus ein Feuer macht. Eine alte Frau, vermutlich seine Ehefrau, trägt Besteck, Grillsaucen und Schüsseln mit Salat zu einem eigens aufgestellten Tisch. Aber die drei, denen der ganze Aufwand gilt, rühren keinen Finger, räkeln sich in einem angenehmen Vakuum.

Canning hat bereits drei Cocktails intus und ist sichtlich wacklig auf den Beinen. Doch kaum hat er sein Glas geleert, stürzt er auch schon ins Haus, um sich mit Nachschub zu versorgen, und lässt Adam mit Baby allein. Sie sitzt ein Stück entfernt auf dem Geländer, an eine steinerne Säule halb gelehnt, halb hingesunken, mit geschlossenen Augen und schiefgelegtem Kopf. Sie sieht aus, als würde sie schlafen – aber plötzlich geht ein Schauder durch ihren Körper, und sie reißt die Augen auf. »Hören Sie sich das an«, sagt sie. »So geht das jeden Abend um diese Zeit. Ich kriege davon jedes Mal eine Gänsehaut.«

»Was?«

Da hört er es: ein schuppiges Scharren und Rascheln, wie ein Huschen am Himmel.

»Die Vögel«, sagt sie. »Sie schlafen auf dem Dach.«

Sie starrt ihn an – oder vielmehr durch ihn hindurch –, und das Grauen steht ihr ins Gesicht geschrieben. Ihm fällt etwas Merkwürdiges auf: Sie hat grüne Augen, was er bei Schwarzen noch nie gesehen hat. Und nicht nur das – das eine Auge ist deutlich größer als das andere. Dieses winzige Ungleichgewicht scheint etwas Unstetes in ihrem Charakter widerzuspiegeln, das ihn zugleich anzieht und verstört.

»Mögen Sie die Vögel nicht?«, fragt er.

Sie fixiert ihn, doch ihre Miene bleibt unverändert. Wie als Antwort auf seine Frage murmelt sie: »Ich finde es zum Kotzen hier.«

»Das kann nicht Ihr Ernst sein?«

»Und ob das mein Ernst ist. Diese endlose Weite. Diese … Wildnis. Meinetwegen könnte man das alles zubetonieren.«

»Aber es ist *wunderschön*«, sagt er.

Sie gibt ein schnaubendes Lachen von sich. »Man sieht es sich einmal an, und dann? Hier kann man doch nichts unternehmen. Es ist stinklangweilig. Ich brauche die Großstadt – in der Großstadt fühle ich mich wohl. Clubs, Partys und Menschen, da ist immer etwas los.«

»Ich bin hierhergezogen, weil ich aus der Stadt wegwollte.«

Sie mustert ihn mit mildem Interesse. »Was machen Sie eigentlich?«

»Ich? Ich bin Dichter.«

»Ja«, sagt sie. »Aber was *machen* Sie? Beruflich, meine ich.«

»Das *ist* mein Beruf«, sagt er, und seine Selbstzweifel schnüren ihm die Kehle zu, sodass seine Stimme mit einem Mal ganz piepsig klingt.

Ihr Interesse an ihm verblasst; sie wendet den Kopf. »Wahrscheinlich gefällt es Ihnen hier deswegen so gut.«

»Ich finde es unglaublich hier«, sagt er leise. Er lässt ungewollt seine Gefühle durchblicken, und dazu gehört nicht zuletzt eine unbestimmte Wut auf sie. »Es erinnert mich … das klingt jetzt vielleicht albern, aber es erinnert mich an meine Kindheit. Grün und voller Leben – Leben, das nicht totzukriegen ist.«

Sie wirft den Kopf leicht in den Nacken, zeigt ihm buchstäblich die kalte Schulter. »Ich bin auch auf dem Land groß geworden«, sagt sie. »Trotzdem finde ich es grässlich.«

Inzwischen hat er eine heftige Abneigung gegen sie entwickelt. Er schweigt einen Augenblick und fragt dann:

»Wo sind Sie denn aufgewachsen?«

»Ach … hier und da. Wir sind häufig umgezogen.«

»Und wo genau? In welchem Teil Südafrikas?«

»Kleinstädte. Im ganzen Land.« Sie klingt, als würden ihr vor lauter Langeweile gleich die Augen zufallen. »Als Kind habe ich weiß Gott genug Natur gesehen. Ein einziger Kampf, ein einziges Fressen und Gefressenwerden. Also erzählen Sie mir nichts von Natur.«

Plötzlich kommt Canning polternd aus dem Haus gestürzt. »Wo steckt ihr beiden? Ach, da drüben. Habt ihr euch nett unterhalten? Schön. Ihr seid meine beiden liebsten Menschen auf dieser Welt, da möchte ich, dass ihr euch versteht. Aber kommt doch mit rüber zum Feuer, es wird langsam Zeit, das Fleisch auf den Grill zu legen. Schön, dass du da bist, Nappy.«

Der alte Schwarze ist verschwunden, und das Feuer lockt mit Licht und Wärme. Als Adam hinter Canning von der *stoep* steigt, wirft er einen Blick über die Schulter. Baby sitzt noch immer regungslos auf dem Geländer, als am Himmel plötzlich etwas aufblitzt. Die Pfauen auf dem Dach heben sich als seltsame Silhouette gegen den Lichtschein ab.

»Meine Güte«, sagt er. »Was ist denn das?«

»Was?«

»Das Licht da oben.«

Da flackert es wieder auf, ein geisterhafter gelber Schimmer, als ob ein Gott mit einer Taschenlampe durch die Wolken leuchten würde.

»Nur ein Auto auf der Passstraße«, sagt Canning nüchtern. Seiner Frau ruft er jammernd zu: »Warum setzt du dich nicht zu uns?«

Statt einer Antwort gleitet sie vom Geländer und verschwindet ohne einen weiteren Blick im Haus.

»Lass sie nur«, sagt Canning zu Adam, als ob der sie angesprochen hätte.

Sie sitzen in Liegestühlen und sehen zu, wie die Flammen herunterbrennen. Das Gespräch verläuft sprunghaft, fragmentarisch, hangelt sich mühsam von Cannings Vater über Adams Gedichte zur Farm. Spät erst gelingt es ihnen, eine Zeitlang bei einem Thema zu verweilen, nämlich als mit Canning nach dem fünften oder sechsten Cocktail eine merkwürdige Verwandlung vor sich geht. Er starrt Adam finster an und weist ihn mit hoher nasaler Stimme zurecht: »Das ist meine letzte Warnung … das nächste Mal setzt es sechs Hiebe … hör gefälligst auf zu grinsen, Junge, deine Zähne interessieren mich nicht, oder sehe ich etwa wie ein Zahnarzt aus?«

Adam ist derart verblüfft, dass ihm erst nach ein paar Sekunden klar wird, was Canning da macht. Er imitiert einen ihrer alten Lehrer, und das erstaunlich gut.

»Mr Groenewald«, sagt Canning. »Weißt du noch, wie wir immer aus dem Fenster geklettert sind, einer nach dem anderen, sobald er uns den Rücken zugekehrt hat …?«

»Ja«, sagt Adam, als die Erinnerung mit ungeahnter Macht zurückkehrt – sie muss irgendwo in ihm verschüttet gewesen sein.

»Und der alte Mr Joubert, der es auf Miss Weir, die Physiklehrerin mit den dicken Titten, abgesehen hatte. Erinnerst du dich noch, wie ihr bei einem Experiment einmal eine Brust aus dem Kleid quasi auf den Tisch gehüpft ist? Und Mr Kleynhans, der Sportlehrer, der uns immer beim Duschen zugesehen hat? Und Bennie Broome mit dem roten Fahrrad, das wir nur Periodenschaukel genannt haben?«

»Ja«, sagt Adam. »Ich erinnere mich!«

Eigentlich hat er für Leute, die ihre Schulzeit zu einem Quell der Unschuld und des Glücks verklären, nichts als Verachtung übrig. Er misstraut solchen Schwärmereien, weil er noch genau weiß, wie elend er sich damals gefühlt hat. Heute Abend jedoch lässt er sich aus irgendeinem Grunde gern von diesen zwanglosen, nostalgiegetränkten Plaudereien mitreißen – vielleicht liegt es an den blauen Cocktails.

Er beschließt, eine eigene Erinnerung beizusteuern.

»Weißt du noch, die außerordentliche Schülerversammlung«, fragt er, »als der erste Schwarze an die Schule kam?«

Canning legt blinzelnd die Stirn in Falten. »Nein«, sagt er. »Daran kann ich mich nicht erinnern.«

»Doch, doch«, sagt Adam aufgeregt.« Wir wurden alle in die Aula gerufen, wo der Direx eine Ansprache hielt. Er sagte, dies sei ein bedeutender Tag – ein Diplomatensohn aus Swasiland käme an die Schule, und wir sollten ihn mit offenen Armen bei uns aufnehmen.«

»Bist du sicher, Nappy?«

»Hundertprozentig.« Schon damals war Adam bewusst gewesen, dass er miterlebte, wie Geschichte geschrieben wurde. »Als wir hinterher in die Klassenzimmer zurückgingen, war unser Afrikaans-Lehrer stinksauer und sagte irgendwas von wegen, dass er seinen Sohn eigentlich immer auf unsere Schule habe schicken wollen, aber damit sei es ja nun vorbei.«

»Im Ernst? Da klingelt bei mir gar nichts.« Canning schüttelt stirnrunzelnd den Kopf. »Aber weißt du was? Ich bin vor ein paar Jahren mal an der Schule vorbeigefahren, als ich zufällig in der Gegend war, und die meisten Kinder waren schwarz.«

»Ja«, sagt Adam. »Aber er war der Erste.«

»Und?«, fragt plötzlich eine Stimme hinter ihnen.

Die beiden drehen sich erschrocken um. Baby ist lautlos aus dem Haus gekommen und hat sich ein paar Schritte entfernt im Schatten niedergelassen; sie hat ihnen vermutlich schon eine Weile zugehört.

»Und was?«

»Habt ihr ihn mit offenen Armen aufgenommen«, fragt sie, »den kleinen, schwarzen Jungen?« Ein komisches, leicht perverses Lächeln spielt um ihren Mund, und plötzlich wird Adam klar, dass sie ihn ansieht.

»Äh, ja«, sagt er ein wenig zu emphatisch. »Natürlich habe ich das!«

Doch das stimmt nicht. Er war ihm ein paarmal auf dem Flur begegnet und hatte seinen verlorenen, verwirrten Gesichtsausdruck bemerkt. Der schwarze Junge war etwas Neues, Exotisches gewesen, etwas, an das man sich erst gewöhnen musste. Aber er hatte nie ein Wort mit ihm gesprochen.

*

Am Ende des Abends hievt Canning sich hoch, steht auf unsicheren Beinen zwischen Schwarten, Knochen und fast verglühten Kohlen und sagt: »Zeit fürs Bett. Wir schlafen gleich hier in dem *rondawel*, Nappy, warum nimmst du nicht den nebenan?«

»Ich hole den Schlüssel«, sagt Baby, den Ledermantel fest um sich gezogen. Sie hat ein Stück abseits in einem Liegestuhl gesessen, versonnen ins Feuer gestarrt und den ganzen Abend kaum ein Wort gesprochen. Jetzt erwacht sie aus ihrer Starre, streckt die Beine aus, steht auf und geht ins Haupthaus.

Es ist sehr spät geworden; ringsum ist es stockdunkel. Der Himmel ist mit Sternen übersät. Canning kommt auf Adam zugetorkelt. »Der heutige Abend hat mir sehr viel bedeutet«, sagt er. Im rötlichen Widerschein der Kohlen, das Gesicht vom Alkohol ein wenig aufgedunsen, wirkt seine trotzige Oberlippe leicht geschwollen, sinnlich beinahe.

»Mir auch, Canning.« Und dem ist tatsächlich so, auch wenn er nicht recht weiß, warum.

Canning breitet die Arme aus, zieht Adam an sich und drückt ihm einen feuchten Kuss auf die Lippen. Adam ist wie vor den Kopf geschlagen, und als er endlich wieder halbwegs klar denken kann, hat Canning ihn längst stehen lassen und verschwindet schwankend und mit erkennbarer Schlagseite im Dunkel.

Als Baby mit dem Schlüssel in der Hand aus der Lodge tritt, folgt Adam ihr zu einem *rondawel* in der Nähe. Drinnen ist es sauber und behaglich; von der Bauart her ähnelt es dem Haupthaus: die gleiche pseudofolkloristische Schlichtheit, gestampfter Lehmboden, zwischen den hölzernen Dachstreben lugt das Stroh hervor. Doch über dem Doppelbett hängt ein Moskitonetz, und in einem Schränkchen steht dezent versteckt ein Fernsehapparat; durch die offene Badezimmertür sieht Adam schimmernde italienische Kacheln. Fünf-Sterne-Luxus, mit einem kunstvollen Anstrich der Bescheidenheit versehen.

Sie hält ihm den Schlüssel hin; kaum hat er ihn entgegengenommen, ist sie auch schon auf dem Weg zur Tür.

»Baby«, sagt er.

Er hat sie zum ersten Mal beim Namen genannt, und beide wirken ein wenig steif, als sie sich zu ihm umdreht. Einen Moment lang mustern sie einander mit kühlem, festem Blick.

»Ja?«, sagt sie.

»Vorhin haben Sie gesagt, er hätte schon oft von mir gesprochen. Was hat er Ihnen denn erzählt?«

Aus ihren ungleichen grünen Augen spricht entweder Mitleid oder Belustigung – schwer zu sagen. »Dass Sie mit ihm zur Schule gegangen sind. Dass Sie sein Held waren.«

»Das ist alles? Weiter nichts?«

»Es gab da einen bestimmten Abend, sagt er. Er war kurz

vor dem Durchdrehen. Aber dann haben Sie mit ihm geredet, und danach war nichts mehr wie zuvor. Sie haben sein Leben völlig verändert.«

»Inwiefern? Was habe ich denn gesagt?«

Ihre natürlichste Geste ist ein Achselzucken. »Sie waren dabei«, sagt sie. »Sie wissen das besser als ich.«

Sie sehen sich noch einen Moment lang in die Augen. Es ist, als führten sie ein wortloses Gespräch – ein Gespräch, das mit dem Gesagten nichts zu tun hat –, und dann dreht sie sich um und geht ein zweites Mal zur Tür.

Als sie weg ist, steht er eine Zeitlang reglos da. Er hört die leisen Geräusche – Stimmen, Schritte, Fenster, die geöffnet und geschlossen werden – von nebenan, wo sich die beiden schlafen legen. Mit einem Mal ist er todmüde. Er lässt seine Kleider einfach zu Boden fallen und sinkt ins Bett.

6

ALS ER KURZ VOR MORGENGRAUEN aufwacht, hat er zunächst keine Ahnung, wo er ist. Das Moskitonetz umfängt ihn wie die letzten Fetzen eines Traums. Da fällt es ihm ein, und als er sich, etwas zu hastig, aufsetzt, fährt ihm ein schmerzhafter Stich vom Hinterkopf bis ins Genick. Der Rausch der Begeisterung ist ausgeschlafen, und er hat einen leichten Kater: Eine säuerliche Übelkeit steigt in ihm auf.

Er wälzt sich aus dem Bett und tritt ans Fenster. Irgendetwas hat ihn geweckt: ein Geräusch, das noch immer unter seiner Haut vibriert. Da ist es wieder, ein langgezogener kehliger Laut, als würde gleich nebenan ein schweres Möbelstück verrückt. Es ist das Gebrüll des Löwen in seinem Gehege, einen halben Kilometer entfernt.

Er zittert, gefangen in primitiver, atavistischer Furcht. Durchs Fenster sieht er den mondbeschienenen Rasen und die hohen Felswände links und rechts; und wieder wundert er sich über diese kleine, grüne Insel. Was ist das nur für ein sonderbarer Ort, der tagsüber von Pfauenschreien widerhallt und nachts von diesem grässlichen Gebrüll?

Seine Gedanken wandern zurück zu Canning. Er glaubt, ihn durchschaut zu haben. Canning ist ein Neureicher, der ein schlechtes Verhältnis zu seinem Vater hatte und durch einen glücklichen Zufall dessen Vermögen erben konnte. Denn was wäre Canning ohne dieses – wie heißt es noch gleich – Gondwana?

Ein Chemikalienhändler aus Port Elizabeth, um Gottes willen! Ein Nichts, ein Niemand! Er wäre immer noch mit seiner ersten, vermutlich wenig attraktiven Frau zusammen, und sie würden in einem kleinen Häuschen irgendwo in der Provinz wohnen, in wohlverdienter Bedeutungslosigkeit. Stattdessen ist ihm dieser traumhafte Reichtum in den Schoß gefallen, mit einer bildschönen schwarzen Frau als Dreingabe. Obwohl Baby und ihre Herkunft ein gewisses Geheimnis umgibt, besteht kein Zweifel, dass sie die treibende Kraft in der Beziehung ist. Cannings Liebe und Zuneigung werden von ihr nicht erwidert. Das ist offensichtlich. Sie hat ihren Mann den ganzen Abend kaum eines Blickes gewürdigt, geschweige denn ein Wort mit ihm gesprochen. Diese Ehe ist zum Scheitern verurteilt.

Ihm ist klar, wer Canning ist. Er weiß jedoch noch immer nicht, wer Canning *war*. Plötzlich ist ihm diese Frage wichtig. Es muss doch irgendein Bild geben, ein pickeliges Schuljungengesicht, das sich aus seinem Gedächtnis hervorholen lässt? Doch wenn er es zu orten versucht, trifft er auf eine Leerstelle, ein Vakuum. Canning kommt ihm zwar irgendwie bekannt vor, doch abgesehen davon ist da – nichts.

Schlimmer noch, in Cannings Leben spielt Adam offenbar eine zentrale Rolle. Er scheint sich genau an ihn zu erinnern. Und noch dazu etwas für ihn zu empfinden, eine Art Verliebtheit, eine jugendliche Schwärmerei; Adam fühlt sich bedrängt, unangenehm berührt, als würde er zu nah an einem Feuer sitzen. Einen schrecklichen Augenblick lang fragt er sich, ob es damals nicht vielleicht sogar zu einer homosexuellen Handlung gekommen ist, die er verdrängt hat. Aber nein – das hätte er wohl kaum vergessen.

Der Versuch, sich zu erinnern, setzt etwas in ihm frei. Er hat das Gefühl, gegen eine Mauer anzurennen, eine unsichtbare, federnde Wand, hinter der seine Vergangenheit verborgen liegt. Mit einem Mal steht ihm die Uniform, die sie in der Schule tragen mussten, deutlich vor Augen: graue Hosen, weißes Hemd, blau-roter Blazer. Und, wenn auch nur flüchtig, das Bild einer Schulbank, in die jemand mit dem Federmesser die Initialen DG geritzt hat. Wer war DG, und warum kamen seine Initialen ihm ausgerechnet jetzt in den Sinn? Warum diese Erinnerung und keine andere? Warum die Bank, aber nicht Canning?

Diese Fragen sind ermüdend; er schüttelt sie ab. Draußen ist der Mond verblasst, und die Sonne geht auf. Da er weiß, dass er ohnehin keinen Schlaf mehr finden wird, zieht er sich rasch an und geht hinaus. Die Luft ist kühl. Auf dem Rasen liegt silbriger Tau, in dem Pfauenfüße kryptische Hieroglyphen hinterlassen haben. Es ist weit und breit niemand zu sehen, als er die Hütte hinter sich lässt und sich den Bäumen nähert. Eigentlich wollte er zum Löwengehege, doch als er feststellt, dass er hinter dem Obstgarten falsch abgebogen ist, folgt er einfach dem Weg, auf dem er sich befindet, wo auch immer der ihn hinführen mag.

Nach fünf Minuten ist er im Wald. Irgendwo ganz in der Nähe plätschert Wasser. Erste Sonnenstrahlen stechen durch das dichte Laub. Ein blau-gelb gemusterter Schmetterling flattert um ihn herum und prahlt mit seiner Schönheit. Der Weg folgt der *kloof* bis zu ihrer schmalsten Stelle. Bald ist er nur noch ein Trampelpfad, und schließlich zerrt das Unterholz an Adams Füßen. Die Bäume bedrängen ihn von allen Seiten, sprechen mit den Stimmen von Vögeln und Insekten.

Als er schon umkehren möchte, dünnt die Vegetation plötzlich aus, und er steht am Ufer eines Flusses, an der Stelle, wo er aus den Bergen herunterstürzt. Links und rechts ragen wie

Portale dunkle Wände auf; das Wasser schießt zwischen Felsblöcken hervor und sammelt sich sofort in einem weiten, stillen natürlichen Pool. Im Licht der Dämmerung erscheint die Oberfläche majestätisch und massiv, erstarrt zu einem makellosen Spiegelbild des anderen Ufers und des Himmels.

Jetzt erst wird ihm klar, dass dies derselbe Fluss sein muss, der durch den Ort fließt. Es ist äußerst unwahrscheinlich, dass es hier, am Ende der Welt, zwei Flüsse dieser Größe gibt. Plötzlich besteht eine Verbindung, in Gestalt einer pulsierenden blauen Ader, zwischen dem Ort, an dem er lebt, und diesem wundersamen grünen Paradies.

Er tritt näher ans Ufer. Das klare Wasser gibt den Blick frei auf eine geheimnisvolle Unterwelt aus Felsen, Baumstämmen und Licht. Er sieht einen Fisch reglos im Wasser stehen, schwebend wie ein Vogel.

Vorsichtig schaut er sich um, ob er allein ist, und entledigt sich dann seiner Kleider. Er reckt die Brust der Sonne entgegen, versucht ihre Wärme in seinen bleichen Körper aufzunehmen. *Komm! Ins Offene!* Der Dichter in ihm wird solche Augenblicke einst besingen.

Er zögert einen Moment, bevor er ins Wasser gleitet. Die Kälte hüllt ihn ein. Er schwimmt zur Tümpelmitte, wo es am tiefsten ist. Die Strömung ist kaum wahrnehmbar, ein sanftes Streicheln auf der Haut, doch er stellt sich vor, wie sie ihn reinwäscht, die Vergangenheit mit sich davonträgt. Es ist wie eine Taufe, nur dass man dazu vollständig untertauchen muss: Er steckt den Kopf ins Wasser. Lautlos birst der Spiegel und fügt sich dann um ihn herum wieder zusammen – Himmel, Bäume, Uferböschung.

Seine Füße finden einen großen Stein, und er hockt sich hin, die eine Hälfte seines Körpers in der Schwebe, während die andere in die Welt ragt. Er ist wie ein Ruhepunkt in der Mitte von allem. Der erste Mensch, allein am allerersten Morgen.

Nicht ganz.

Denn da ist noch jemand.

Erst fühlt er die Blicke nur. Ein Gefühl, und weiter nichts – ein Warnsignal, ein verkümmerter, in seiner Zellstruktur verankerter animalischer Instinkt. Er muss an das unheimliche Gebrüll des Löwen denken, als er forschend in den Wald hineinspäht, kann jedoch nur Licht und Schatten ausmachen und die fließenden Bewegungen der Vögel in den Bäumen. Er fährt herum. Das andere Ufer ist noch undurchdringlicher. Er schaut und schaut – da plötzlich sieht er es.

Es ist ein schrecklicher Moment. Sein Körper wird schlagartig kälter als das Wasser. Die Geschichte von Jahrhunderten findet ein abruptes Ende: Der Wald selbst starrt ihn an – in ihn *hinein* –, aus einem dunklen Gesicht, zerfurcht, verbraucht und greis, getränkt mit uralter Verachtung. Das Gesicht gehört hierher. Adam ist der Eindringling, unerwünscht und fremd; das einzige Detail, das nicht ins Bild passt. All seine heidnischen Hymnen an die Landschaft gehen ungeschrieben dahin. Gleich wird auch er spurlos verschwinden, und vor Schreck rutscht er von seinem Stein, zurück ins tiefe Wasser.

Und so starren sie einander an, das schwarze Gesicht im Wald und der nackte weiße Mann, der Wasser tritt.

Da sieht er den Hut. Einen schmutzig-gelben Hut, schräg in die dunkle Stirn gezogen. Er kennt diesen Hut; er hat ihn gestern schon gesehen, auf dem Kopf des alten Schwarzen, der über diese Begegnung vermutlich ebenso erschrocken ist wie Adam. Er kehrt in die Zeit zurück, und plötzlich ist die Welt wieder normal.

»Sie haben mir einen ziemlichen Schrecken eingejagt!«, ruft Adam gereizt und versucht zu lächeln.

Doch der Mann ist schon wieder weg, und die Blätter beben hinter ihm wie eine zugeschlagene Tür.

Adam schwimmt noch eine Weile betont zwanglos herum. Aber sein lichter Moment ist vorüber: Er fühlt sich ausgeliefert und verwundbar, so allein unter freiem Himmel. Bald darauf strampelt er schnaufend und keuchend ans Ufer. Er ist nicht mehr der grandiose Urmensch: Er ist ein Mann in mittleren Jahren, arbeitslos, mit Bauchansatz und dürren Beinen, sein rosig schimmerndes Fleisch wie eine Zielscheibe. Er kann sich gar nicht schnell genug anziehen.

Dann trabt er langsam durch den Wald, blickt immer wieder ängstlich hinter sich, und die Kleider kleben an ihm wie eine klamme zweite Haut. Erst als er sich wieder auf offenem Terrain befindet, auf dem brachliegenden Feld, verlangsamt er seine Schritte. Im Obstgarten sprühen schwarze Arbeiter in den allgegenwärtigen khakifarbenen Uniformen die Bäume; der süßliche Giftgeruch von Pestiziden steigt ihm in die Nase. Sie ziehen die Mütze und grüßen ihn lächelnd: servile Höflichkeit, wie sie auf dem Land einst üblich war.

Canning steht vor dem Haus und schlägt mit einem Putter ziellos Golfbälle über den Rasen. Er ist leichenblass, verzerrt den Mund zu einem gequälten Lächeln.

»Wie ist dein Handicap?«, fragt er.

»Was?«

»Wie viel über Par? Dein *Handicap?*«

»Ich weiß nicht, wovon du sprichst.«

»Spielst du etwa kein Golf, Nappy? Der Sport der Götter.«

»Nein«, sagt Adam gereizt. »Tut mir leid.« Er will dieses Gespräch nicht führen, nicht hier, in der prallen Sonne, mit rasenden Kopfschmerzen; er will nur nach Hause. Zu seinen Füßen liegt eine einsame Pfauenfeder; er hebt sie auf und betrachtet sie mit gespieltem Interesse.

»Wir fahren gleich, Nappy«, sagt Canning. »Sobald Baby mit Packen fertig ist.«

Auf dem Weg in den Ort wird kaum gesprochen; alle schweigen, aus verschiedenen Gründen. Doch sie tauschen Telefonnummern aus, und Canning verkündet, dass sie nächstes Wochenende wiederkommen werden. »Du kannst jederzeit vorbeischauen«, sagt er. »Du brauchst nicht extra anzurufen.«

»Ist gut«, sagt Adam, auch wenn er noch nicht recht weiß, ob er die beiden wiedersehen möchte.

Als Adam aussteigt, spricht Baby zum ersten Mal an diesem Tag ein Wort. Sie trägt eine riesige dunkle Brille, deren Gläser sich wie zwei Blutergüsse gegen die satten Farben ihres Make-ups abheben. Jetzt setzt sie die Brille ab, wendet den Kopf und starrt durch die Heckscheibe. Canning hat an genau derselben Stelle gehalten, an der Adam gestern Abend auf ihn gewartet hat, vor dem Haus des Mannes in Blau, mit seinem gepflegten Garten voll üppiger Blumenbeete. Doch sie würdigt sein vermeintliches Zuhause kaum eines Blickes und starrt stattdessen wie gebannt auf sein tatsächliches Haus. Das Entsetzen steht ihr ins Gesicht geschrieben.

»Wer wohnt denn *da*?«, fragt sie.

»Ach, da«, sagt Adam eilig. »Ich glaube, das steht leer.«

»Was für eine elende Bruchbude. Ob es da spukt?«

»Es ist ein Schandfleck«, pflichtet Canning bei. »Vielleicht solltest du es bei Gelegenheit versehentlich in Brand stecken.«

»Haha«, macht Adam.

7

NOCH AM SELBEN ABEND RUFT er seinen Bruder an. Sie tauschen ein paar Belanglosigkeiten aus, und dann bringt Adam das Gespräch auf ihre Schulzeit. Sie unterhalten sich nur selten über dieses Thema; ein reservierter, defensiver Unterton schleicht sich in Adams Stimme.

»Sag mal«, sagt er. »Erinnerst du dich noch an einen Jungen namens Canning?«

»Hmmm. Ich glaube, ja. Er war in deinem Jahrgang, nicht in meinem.«

»Wie sah er aus?«

»Gott, Ad, woher soll ich das wissen? Langweilig und unscheinbar. Warum?«

»Ich bin ihm hier neulich über den Weg gelaufen. Aber ich kann ihn nicht richtig einordnen. War er ein Freund von mir? Haben wir viel zusammen unternommen?«

»Weiß ich nicht. Warum sollte ich mich an ihn erinnern, wenn du dich nicht an ihn erinnerst? Er war ein Nobody, ein gesichtsloser Typ.« Gavin gähnt. »Und wie läuft es sonst so? Hast du das Unkraut schon in Angriff genommen?«

Das Unkraut. Es scheint alles zu überwuchern, es knistert und raschelt, verspottet ihn in einer fremden Sprache. Nach dem Gespräch mit Gavin geht er auf die *stoep* hinaus und starrt es an. Könnte es einen besseren Neuanfang geben, als Unkraut zu jäten?

Am nächsten Tag ist er bei Sonnenaufgang auf den Beinen. Er möchte möglichst früh beginnen, bevor es richtig heiß wird. Der massive Stiel der Hacke in seiner Hand verleiht ihm ein machtvolles Gefühl der Entschlossenheit. Doch schon nach fünf Minuten ist er schweißgebadet und schnappt schwankend nach Luft. Der Boden ist hart und unnachgiebig wie Stahl. Die Hacke prallt immer wieder ab, hinterlässt kaum eine Spur und wirft seine Kraft mit voller Wucht auf ihn zurück. Die Sonne steht inzwischen hoch über dem Horizont.

Er arbeitet eine Weile, ruht sich eine Weile aus, arbeitet weiter. Nach einer Stunde hat er eine winzige Fläche geräumt, kaum größer als er selbst. Dabei hat er bislang nicht einen einzigen Strunk ausgraben können: Er hat die Stiele lediglich am unteren Ende gekappt und die Wurzeln im Boden stecken lassen. Trotz der Handschuhe sind seine Hände von Dornen zerstochen und mit Blasen übersät. Die Sonne taucht ihn in geschmolzene Glut. Als er sich den Schweiß aus den Augen wischt, erscheint ihm der Garten plötzlich riesengroß.

Da sagt eine Stimme: »Nein, mein Freund, so wird das nichts.«

Der Mann in Blau steht an den Zaun gelehnt.

»Warum nicht?«

»Sie müssen den Boden erst mal wässern, damit er sich lockern kann. Dann können Sie die Dinger rausreißen.«

Der Mann in Blau hat eine heisere Stimme und spricht leise und mit starkem Afrikaans-Akzent; Adam muss sich vorbeugen, damit er ihn versteht. Aus der Nähe sieht er die Falten in seinem Gesicht, die wässrigen blauen Augen hinter seinen Brillengläsern, die wenigen verbliebenen Haarsträhnen, die er sich quer über den Kopf gekämmt hat, um seine Glatze zu kaschieren. Seine Finger und die Spitzen seines Schnurrbarts sind nikotingelb. Er ist um die sechzig und – jetzt, wo Adam und er sich direkt gegenüberstehen – ein ganz normaler Mensch. Er wirkt onkelhaft und freundlich, ein Nachbar wie jeder andere.

»Wie ich sehe, ist Ihr Windrad kaputt«, sagt er. »Kleinigkeit. Wenn Sie wollen, repariere ich es Ihnen. Dann können Sie das Sammelbecken vollaufen lassen und den Boden wässern.«

»Im Ernst? Das wäre wirklich nett. Danke.«

Sie sind ganz beiläufig ins Gespräch gekommen. Erst wochenlanges Schweigen, und nun eine zwanglose Plauderei am Gartenzaun. Warum haben sie nicht schon viel früher miteinander gesprochen? Adam beschließt, sich vorzustellen. Inzwischen sind Namen nebensächlich, unnötig, trotzdem vollziehen sie das Ritual. Der Mann in Blau sagt »Blom«, und sie geben sich die Hand.

Blom. Das könnte sowohl ein Vor- als auch ein Nachname sein. Manchmal spielt das keine Rolle: Ein Wort reicht als Benennung aus, wie bei Canning. Nein, Canning ist ein schlechtes Beispiel. Der Nachname ist an Canning haften geblieben, weil er ein Echo aus Schulzeiten ist. Bei »Blom« handelt es sich um etwas anderes: um ein mehr oder minder belangloses Kuriosum, wie ein Hut.

Der Mann in Blau zwängt sich durch den Drahtzaun und trottet zum Windrad hinüber. Er nimmt Maß und brummt etwas in seinen Bart. »Ich glaube, ich habe noch ein passendes Rohr«, sagt er. Er geht davon und kommt mit einem Rohr und einem Werkzeugkasten wieder.

Dann klopft, hämmert und schweißt er ein paar Stunden vor sich hin. Obwohl es sich angeblich um eine Kleinigkeit handelt, erweckt er den Eindruck größter Anstrengung und Konzentration. Adam kocht Tee und bringt ihm einen Becher, kommt sich überflüssig vor, unmännlich. Und als sie so dort stehen, ihren Tee trinken und die braunen, sich im Wind wiegenden Strünke betrachten, sagt Blom: »Ich habe Sie schon oft gesehen.

Von drüben.«

»Ja. Das ist mir nicht entgangen.«

»Ich bin auch erst vor Kurzem hergezogen. Nur ein oder zwei Monate vor Ihnen. Wir sind beide Zugereiste!« Er lacht übertrieben laut.

»Ja«, sagt Adam. »Ich fühle mich noch ein bisschen fremd hier. Ich habe noch nie auf dem Land gelebt.«

»*Ja*, das ist mir klar, *ou maat*. Dass Sie ein Stadtmensch sind, habe ich gleich gesehen. Sie wissen ja nicht, wo oben und unten ist. Aber *moenie* Sorgen machen, Sie werden schon Gefallen daran finden. Nicht mehr lange, und es kommt Ihnen vor, als hätten Sie schon immer hier gelebt.«

»Na, ich weiß nicht«, sagt Adam und sieht beklommen auf die metallenen Innereien des Windrades. »Ich glaube eigentlich nicht, dass der Mensch sich ändern kann.«

»Unsinn«, sagt Blom, plötzlich ernst. »Haben Sie etwa noch nie mit dem Gedanken gespielt, irgendwohin zu ziehen, wo Sie niemand kennt, die Vergangenheit hinter sich zu lassen … und einen Neuanfang zu wagen?«

»Doch, schon. Wer wollte nicht manchmal vor allem davonlaufen? Aber das ist doch Selbstbetrug. Man würde nur so tun, als ob. Man kann schließlich nicht von heute auf morgen ein anderer Mensch werden.«

»Glauben Sie an Gott, Adam?«

»Nein. Das heißt, ich weiß nicht.«

»Das sollten Sie aber. Wer den Herrn in sein Herz lässt, der beginnt ein neues Leben, der kann die Last der Vergangenheit abwerfen. Und zwar nicht nur zum Schein – sondern in echt. Aber ich will nicht den Stab über Sie brechen. Vor Gott sind wir alle Sünder. Ich mehr noch als andere. Zum Glück liegt diese Prüfung hinter mir. Mein Glaube ist stärker denn je.«

»Wie schön«, sagt Adam und nippt an seinem Tee.

»Als ich wiedergeboren wurde, habe ich beschlossen, noch einmal von vorne anzufangen. Ein ganz neues Leben! Ich habe meine alten Gewohnheiten abgelegt. Mich von meinen Sünden reingewaschen. Ich bin ein neuer Mensch geworden.«

»Das kann ich nachfühlen«, sagt Adam. »Ich bin auch gerade dabei, mein Leben zu ändern.«

»*Ja*? Inwiefern?«

»Ach, ich wollte … einfach mal raus. Mir Zeit zum Nachdenken nehmen.« Dabei lässt er es auch bewenden. Poesie contra Religion: Er bezweifelt, dass sie eine gemeinsame Sprache finden werden.

Später, am frühen Abend, ist Blom fertig. Er tritt einen Schritt zurück, stemmt die Hände in die Hüften und begutachtet sein Werk. Aus den Rohren, die ins Sammelbecken führen, kommen erst ein Klopfen und Pochen, dann eine Flut braunen Wassers. Sie verebbt und schwillt dann wieder an. Mit jeder Drehung der schweren alten Windradflügel ergießt sich ein jäher Schwall aus dem Rohr. Das Wasser wechselt allmählich die Farbe, es wird klarer.

Adam wird von einem unbändigen Glückstaumel erfasst. Es ist ein schönes Gefühl, erfolgreich mit den Elementen gerungen zu haben. Dieses reine Nass zu empfangen, das die Kraft des Windes aus dem Boden pumpt – es ist wie ein Wunder.

Obwohl er nicht selbst Hand angelegt hat, ist er der Welt einen Schritt näher gekommen.

Blom begleitet ihn ins Haus, um sich frisch zu machen. Im Bad zieht er sein Hemd aus, bevor er sich am Becken wäscht. Als er ihm ein sauberes Handtuch bringt, bemerkt Adam eine schlimme Narbe auf Bloms Rücken. Sie sieht nicht so aus, als ob sie von einer Operation herrühren würde; eher von einem Unfall. Er würde ihn gern danach fragen, aber dazu kennen sie sich noch nicht gut genug. Narben sind Zeugnisse der Vergangenheit; die Geschichten, von denen sie erzählen, sind womöglich zu persönlich, um über sie zu sprechen.

Danach trinken sie in der Küche noch eine Tasse Tee. »Vielen Dank für Ihre Mühe«, sagt Adam, doch Blom nickt bloß. Adam kommt der Gedanke, dass Dankbarkeit vielleicht nicht ausreicht. »Darf ich Sie für Ihre Mühe bezahlen?«, fragt er.

Blom hebt abwehrend die Hand. »Man muss sich gegenseitig helfen«, sagt er. »Aber wenn Sie mir unbedingt etwas geben möchten, können Sie mir die da überlassen.«

Er zeigt auf die Pfauenfeder, die Adam in Gondwana gefunden hat. Seit er wieder da ist, liegt sie auf dem Sideboard; er hat sie nicht einmal angesehen. »Die? Klar. Können Sie haben.«

Er kann sich zwar nicht vorstellen, was Blom damit will, trennt sich aber gern von ihr. Letztlich braucht die Welt keine Schönheit. Wieder beschleicht ihn ein Gefühl der Rührung, als er die einsame Gestalt seines Nachbarn kurz darauf durch das verdorrte Unkraut heimwärts stapfen sieht, in der einen Hand den Werkzeugkasten, in der anderen die lange, glänzende Feder.

Er denkt an Canning und seine Frau, und ihm wird klar, dass sie niemals auf diese Art und Weise helfen würden. Nein, sie sind typische Stadtmenschen, korrumpiert und kompliziert – kurz, sie sind genau wie er. Blom hingegen ist ein ungeschliffener Diamant, anständig und rechtschaffen, das Salz der Erde. Sein Akt der Nächstenliebe ist so rein und klar wie das Wasser, das in Adams Sammelbecken rinnt. Endlich lernt er das echte Landleben kennen!

Als Adam abends auf der Treppe sitzt und sieht, dass der Mann in Blau an seiner Hintertür steht und eine Zigarette raucht, haben sie jeder ein Gesicht und einen Namen für den anderen. Adam hebt die Hand zum Gruß, und Blom winkt zurück.

*

Die ganze Nacht hört er Wasser ins Sammelbecken rinnen. Er stellt sich vor, dass es dasselbe Wasser ist, in dem er vor ein paar Tagen gebadet hat. Wer weiß, vielleicht hat es sich einen Weg durchs Land gebahnt und ist dann durch das Flussbett in ein unterirdisches Reservoir gesickert, aus dem das Windrad es jetzt heraufpumpt?

Am nächsten Morgen geht er nach draußen und starrt auf die dunkle, spiegelglatte Wasseroberfläche. Seltsame Dinge treiben darauf umher, die vermutlich im Schlamm am Grund des Beckens eingeschlossen waren. Blätter und Federn. Die leblose Hülle einer Libelle. Er dreht den Hahn am Abflussrohr auf und lässt das Wasser laufen. Wie in einer Zeitlupenexplosion ergießt es sich über den ausgedörrten Boden. Anfangs ist das Erdreich noch zu hart, um es aufzunehmen, doch schon nach wenigen Minuten saugt der Boden es begierig auf. Die braune Erde verfärbt sich schwarz. Dann ist das Sammelbecken leer.

Er schließt den Hahn, damit es sich von Neuem füllen kann. Er wartet, bis die stehenden Pfützen versickert sind und den Boden aufgelockert haben, dann holt er die Hacke.

Diesmal leistet die Erde keinen Widerstand: Die Strünke lassen sich mitsamt den Wurzeln mühelos herausziehen. Sie sind schwach und zerbrechlich. Er wirft sie auf einen Haufen, um sie später zu verbrennen. Er arbeitet schnell; er will den ganzen Garten von Unkraut befreien. Doch schon nach kurzer Zeit ist der Boden wieder hart und trocken. Das Wasser ist nur in einen kleinen Bereich im vorderen Teil des Gartens eingedrungen. Ihm wird klar, dass er schrittweise wird vorgehen müssen: eine Laufrinne für das Wasser graben, den nächsten Abschnitt fluten und dann jäten. Es wird Wochen, wenn nicht Monate dauern, das ganze Gestrüpp zu beseitigen.

Aber das macht nichts. Der Mensch gegen die Erde: eine alte Geschichte, vielleicht sogar die älteste aller Geschichten. Schon fühlt er sich besser, obwohl er erst ein kleines Stück geschafft hat. Das macht die Befriedigung durch körperliche Arbeit: durch ehrlichen Schweiß und zerschrundene Haut. Und die Befriedigung darüber, dass sich das Unkraut auf dem Rückzug befindet und aufgebrochene Erde seinen Platz einnimmt.

8

DIE WOCHE ÜBER HAT ER hin und wieder an Canning und Baby gedacht, wütend und erwartungsvoll zugleich. Er ist sich der Tatsache, dass das Wochenende näher rückt, geradezu körperlich bewusst, wehrt sich jedoch gegen die Anziehungskraft, die dieser Umstand auf ihn ausübt, und als er samstagvormittags nach Gondwana fährt, geschieht dies fast zufällig, als habe er in Wirklichkeit ein anderes Ziel. Erst als er vor dem Tor steht, überkommt ihn ein Gefühl der Unvermeidlichkeit, das sich um ihn schließt wie eine samtene Faust.

Er ist auf eine längere Verhandlung mit dem Wachmann eingestellt. Aber der Mann – ein anderer als beim letzten Mal – grinst nur und sagt: »Mr Canning hat Bescheid gegeben, dass Sie kommen.« Dann öffnet sich ringsum die schier endlose Landschaft mit ihren schattenlosen Weiten, den verlassenen, halb verfallenen Gehöften. Und vor ihm, wie ein dunkles, verbotenes Geheimnis, die grüne Kluft in den Bergen.

Unter den Bäumen steht ein zweiter Wagen, ein Mercedes. Gäste. Und als er das Haus betritt, hört Adam plötzlich eine fremde Stimme. Er bleibt einen Augenblick stehen und horcht – nicht um zu lauschen, sondern um herauszufinden, woher sie kommt.

»Wie es aussieht«, sagt die Stimme, »kann das Projekt so nicht genehmigt werden. Die UVU ist zu negativ. Wir brauchen ein neues Gutachten, mit positivem Ergebnis. Dann steht der Genehmigung nichts mehr im Weg.«

Cannings Stimme antwortet. »Ist schon in Arbeit. In zwei Wochen habt ihr eine neue UVU auf dem Tisch. Aber ich bezweifle, dass ihm das genügt.«

»Stimmt, er ist unberechenbar. Aber wenn Sie die kleine Spende leisten, von der wir gesprochen haben, ist die Sache unter Dach und Fach.«

»Keine Angst. Ich habe alles hier. Es muss nur noch überbracht werden.«

»Tun Sie das. Dann geht die UVU anstandslos durch. Dafür lege ich die Hand ins Feuer, ich habe heute Morgen erst mit ihm gesprochen.«

Adam kann zunächst nicht orten, wo dieser Dialog stattfindet. Er steht im hohen Mittelraum, wo sich der Schall bricht und von allen Seiten widerhallt. Ein paar Schritte weiter jedoch sieht er in dem großen Spiegel über der Rezeption, dass die beiden in den Sesseln vor dem Kamin kauern. Sie stecken die Köpfe zusammen, als wollten sie zwei Verschwörer parodieren, und unterhalten sich mit konspirativ gedämpfter Stimme.

»Ich werde langsam nervös«, sagt Canning. »Das hält das ganze Projekt auf. Mr Genov will endlich loslegen.«

»Ich auch. Das brauche ich Ihnen wohl nicht extra zu erklären. Für mich steht schließlich eine Menge auf dem Spiel.«

»Ich weiß. Ich sag ja bloß.«

Der Besucher ist ein kleiner, elegant, aber leger gekleideter Mann von Anfang dreißig mit schimmernder schwarzer Haut. Selbst im Profil, aus dieser Entfernung, kommt er Adam irgendwie bekannt vor. Er beugt sich vor, in Cannings Richtung, und schreckt sofort zurück, als er den Eindringling bemerkt.

»Ach«, sagt Canning und springt auf. Einen winzigen Augenblick lang wirkt er unschlüssig, doch dann ist seine übliche Herzlichkeit urplötzlich wieder da. »Immer rein in die gute Stube«, sagt er. »Das ist Sipho Moloi, der heute Morgen extra aus Kapstadt raufgekommen ist. Sipho, das ist Nappy.«

Als er seinen Spitznamen hört, zuckt Adam innerlich zusammen, und sie geben sich die Hand. Sipho Moloi setzt ein strahlendes Grinsen auf. Ja, Adam hat ihn schon einmal gesehen, vermutlich im Fernsehen – und prompt sagt er, mit betontem Nachdruck und der aufgesetzten Fröhlichkeit eines TV-Ansagers: »Es ist mir eine große Freude, Sie kennenzulernen.« Einen Moment lang herrscht betretenes Schweigen.

»Wir müssen eben etwas Geschäftliches besprechen, Nappy«, sagt Canning. »Darf ich dich so lange Babys Obhut übergeben? Sie ist draußen, in unserem Zimmer. Warum plauderst du nicht ein bisschen mit ihr?«

Adams Augen haben sich an das Halbdunkel im Haus gewöhnt; als er wieder auf den Rasen hinaustritt, ist er einen Augenblick lang wie geblendet. Er hat Mühe, unter all den identischen *rondawels* den Richtigen zu finden, und muss an drei Türen klopfen, bevor er Babys Stimme hört. Sie klingt mürrisch und gereizt.

»Oh, auf Besuch war ich nicht eingestellt«, sagt sie. »Ich bin gar nicht geschminkt.«

Die fehlende Schminke scheint noch das Geringste: Sie liegt im Nachthemd im Bett, das Haar fällt ihr offen auf die Schultern. Um sie herum, wie Weltraumschrott, der um einen Planeten kreist, ein wildes Sammelsurium aus Pappbechern, Mascarastiften, Haarbürsten und Kleidungsstücken. Auf der Bettdecke irgendein Kartenspiel, das sie anscheinend nach der

Hälfte aufgegeben hat. Das Chaos scheint allein von Baby auszugehen; von Canning keine Spur, bis auf ein Jackett über der Stuhllehne.

»Wie geht's?«, fragt sie tonlos, ohne ihn anzusehen; sie blättert weiter mit langen Nägeln in einem Modemagazin.

»Gut.« Er muss fast schreien, um den lärmenden Fernseher und das plärrende Radio im Bad zu übertönen. »Was haben Sie? Sind Sie krank?«

»Ja«, sagt sie. »Ich bin krank – vor Langeweile.« Sie fegt die Karten mit einer unwirschen Handbewegung vom Bett auf den Boden.

»Warum kommen Sie nicht mit nach draußen? Es ist ein herrlicher Tag.«

»Nach draußen? Was soll ich da?«

»Sie könnten sich zum Beispiel in die Sonne setzen oder einen Spaziergang machen.«

»Kommen Sie rein«, sagt sie statt einer Antwort. »Setzen Sie sich.« Und kaum hat er das Zimmer betreten und sich in einem Lehnstuhl niedergelassen, scheint ihre Laune sich auch schon zu bessern: Sie setzt ein strahlendes Lächeln auf und wirft das Magazin beiseite. »Möchten Sie etwas zu trinken?«

Er bittet um einen Kaffee; auf der Küchenanrichte stehen eine Kaffeemaschine, Zucker und Kaffeeweißer. Doch sie rührt sich nicht vom Fleck; stattdessen greift sie zum Telefon und bellt eine Anweisung in den Hörer. Während sie warten, klaubt sie einen Handspiegel und diverse Make-up-Utensilien zusammen und beginnt, sich ungeniert zu schminken. Nach ein paar Minuten kommt die alte Schwarze, die er vorige Woche schon gesehen hat, mit einer Tasse. Alt, faltig und verhuscht, ist sie das genaue Gegenteil von Baby. Dennoch würdigen sich die beiden

Frauen keines Blickes, keines Wortes, es sei denn in Form eines Befehls.

»Der Kaffee ist für den Herrn, Grace. Stell ihn da hin.«

Adam nimmt ihr die Tasse ab. Einen Sekundenbruchteil lang berühren sich ihre Hände, und er sinnt darüber nach, was Grace wohl dabei empfindet, wenn Baby sie herumkommandiert. Noch vor wenigen Jahren standen beide auf einer Stufe: machtlos, ohne Chancen, ohne Zukunft. Für Baby hat sich das Blatt gewendet, während für Grace alles beim Alten geblieben ist. Er mustert die greise Frau, doch ihr Gesicht zeigt keine Regung; sie hebt beim Hinausgehen noch nicht einmal den Blick.

Baby hat das leere Oval ihres Gesichts erstaunlich schnell mit Farbe ausgemalt – Lippen, Augenbrauen, Wangenknochen haben Kontur gewonnen. Als er sieht, wie sie grellgrünen Lidschatten auflegt, verspürt Adam mit einem Mal dieselbe Wut, die sie auch letzte Woche schon in ihm geweckt hat. Wer ist dieses eitle, geistlose, wunderbare Püppchen, das die üppige Schönheit dort draußen als quälend und langweilig empfindet? Doch seine Verärgerung ist untrennbar mit Verlangen verbunden, und mit diesen gemischten Gefühlen ertappt er sich unwillkürlich bei der Frage: »Wie habt ihr euch eigentlich kennengelernt?«

»Ich und Kenneth?«

Es passt in das mehr als merkwürdige Bild, dass er nicht weiß, von wem sie spricht. Dann wird ihm klar: Canning hat auch einen Vornamen. »Ja«, sagt er. »Sie und Kenneth.«

»In Johannesburg. Ein gemeinsamer Freund hat uns bekannt gemacht. Auf einer Party.«

»Und es war Liebe auf den ersten Blick?«

»So ähnlich.«

Ihr Gesicht ist fertig; sie betrachtet es prüfend im Spiegel und legt ihn dann beiseite. Jetzt nimmt sie ein Fläschchen Nagellack und macht sich an den gespreizten Fingern ihrer linken Hand zu schaffen. Sie scheint Adam gar nicht zu bemerken. Er spürt, wie seine Wut und sein Verlangen wachsen, und fragt: »Worüber reden die beiden da drinnen eigentlich?«

»Kenneth und Sipho? Nichts Besonderes. Geschäfte eben.«

»Es tut mir leid, dass Sie meine Gegenwart ertragen müssen.«

»Ach was, ich freue mich, dass Sie da sind.«

Doch sie wirkt nicht erfreut; sie wirkt gleichgültig. Er hat den Kaffee ausgetrunken und will sich gerade unter einem Vorwand verabschieden, als sie ihn aus leuchtenden grünen Augen anblickt und fragt: »Würden Sie mir vielleicht kurz helfen?«

»Was soll ich denn tun?«

»Könnten Sie die Nägel meiner rechten Hand lackieren? Wären Sie so nett? Ich schmiere immer alles voll.«

Unsicher nähert er sich dem Bett. Sie streckt ihm kühl die Hand entgegen. Er setzt sich auf die Matratzenkante und macht sich mit dem Pinsel ans Werk. Der Lack ist grün, dieselbe Farbe wie ihre Augen, und sein künstlicher Geruch sticht ihm in die Nase. Zugleich ist er sich ihrer langen, schlanken Finger, die in seiner Hand liegen, bewusst und der Nähe ihrer Brüste unter dem hauchdünnen, zarten Stoff. Er spürt, dass sie ihn ansieht, erwidert den Blick aber nicht.

»Gleich verschütten Sie etwas«, sagt sie.

»Tut mir leid.«

»Ihre Hand zittert.«

»Nein«, sagt er, obwohl er es deutlich spürt. Er versucht, sich auf seine Aufgabe zu konzentrieren. »Ihr Name interessiert mich«, sagt er mit scharfer Stimme.

»Woher kommt er?«

»Baby? Das ist doch bloß ein Name.«

»Ja, aber er ist ungewöhnlich. Wer hat ihn ausgesucht, Ihre Mutter oder Ihr Vater?«

»Keine Ahnung«, sagt sie gereizt. »Ich war nicht dabei.« Sie zieht die Hand ruckartig zurück. »Lassen Sie«, sagt sie. »Sie schmieren ja alles voll. Ich mache das schon.«

Er will ihr eben eine Antwort geben, als er von draußen Cannings Stimme hört. Sofort springt er auf und tritt ein paar Schritte zurück. Eine unwillkürliche Reaktion; dass er Baby so nahe ist, erscheint ihm ungehörig und gefährlich, und er hat das Gefühl, es verhehlen zu müssen. Sie hingegen pustet seelenruhig auf ihre Nägel, als ihr Mann polternd zur Tür hereinstürzt und sofort mit einer Entschuldigung herausplatzt.

»Tut mir leid, Nappy, ich musste dringend etwas regeln. Ich hoffe, Baby hat sich um dich gekümmert?«

»Und wie ich mich um ihn gekümmert habe«, sagt sie mit festem Blick und fester Stimme. Sie nimmt den Pinsel und lackiert den letzten Fingernagel, säuberlich und akkurat.

*

Adam, Canning und Sipho Moloi sitzen im gewölbeartigen Restaurant der Lodge, die einzigen Gäste in einem Dickicht aus Tischen und Stühlen. Bedient werden sie von dem alten schwarzen Ehepaar, das durch eine Schwingtür ein und aus geht, die in die unsichtbare Küche führt. Je länger Adam ihnen dabei zusieht, desto größer wird seine Verwunderung. Er wendet sich an Canning. »Ist es nicht ziemlich ungewöhnlich …«

Als er sich Siphos Gegenwart bewusst wird, hält er inne.

»Dass es hier Schwarze gibt, meinst du?« Canning knabbert an einem Hühnchenschlegel, reißt das Fleisch mit den Fingern ab. »Die beiden waren die treuesten Diener meines Vaters. Sie sind mit ihm von einer Farm zur anderen gezogen, quer durchs ganze Land. Vom Oranje-Freistaat in den hohen Norden, fast bis hinauf zum Limpopo, und dann hierher. Ich kenne sie schon, seit ich ein kleiner Junge war. Ezekiel war damals noch ein junger Mann, Anfang zwanzig.« Nachdenklich richtet er den Blick auf den alten Mann, der annimmt, Canning habe einen Wunsch, und sofort an ihren Tisch tritt.

»*Ja, my Kleinbaas*…?«

»Nein, nein, ich habe dich nicht gerufen, Ezekiel. Aber Mr Adam würde interessieren, ob du den *Oubaas* leiden konntest.«

Ezekiels Lächeln entblößt die Stümpfe seiner beiden Eckzähne. »*Ja, ja, die Oubaas, hy was baie goed vir ons*…«

»Und wie viele Jahre hast du für ihn gearbeitet, Ezekiel?«

»*Meer as veertig jaar, Kleinbaas.*«

»Und warst du zufrieden, Ezekiel?«

»*Ja, hy was goed vir ons, die Oubaas*…«

»Danke, Ezekiel. Wenn du mir dann bitte ein paar Zahnstocher bringen würdest.«

Während des gesamten Wortwechsels hat Sipho Moloi den Blick schamhaft gesenkt gehalten und ausdauernd vor sich hin gekaut. Adam geht es ähnlich wie zuvor im *rondawel*, und er fragt sich, wie dieser junge, gut betuchte Yuppie und der alte Familienangestellte übereinander denken. Aber vielleicht ist er ja der Einzige, der es bemerkt: Die soziale und historische Distanz zwischen den beiden ist so groß, dass sie buchstäblich in zwei verschiedenen Welten leben. Und so ist es Adam, dem mit einem Mal schmerzlich bewusst wird, wie dieses Leben ausgesehen haben muss, das Canning mit seinem gedankenlosen Kreuzverhör beschworen hat: die blinde wirtschaftliche Abhängigkeit, das ziellose Hin und Her im Gefolge des *Oubaas*, das ungewisse Schicksal…

»Er kann mich nicht besonders gut leiden«, sagt Canning, als Ezekiel wieder in der Küche verschwindet. »Mein Vater war ihm lieber. Der Alte konnte wenigstens seine Sprache.«

Sipho hebt den Blick, und zum ersten Mal blitzt echtes Interesse auf in seinen Augen. »Im Ernst?«, fragt er. »Ihr Vater konnte isiXhosa?«

»Aber ja. Und Zulu noch dazu. Er war ein feudaler Lehnsherr alten Stils. Der den Lakaien in ihrer eigenen Sprache Anweisungen geben konnte.«

»Und Sie wollten das nicht lernen?«

»Ich habe, ehrlich gesagt, nie einen Gedanken daran verschwendet. Und jetzt ist es dazu zu spät. Das Hirn ist eingerostet.« Er hat den Hühnerknochen abgenagt, und seine Lippen glänzen fettig. »Ich weiß nicht, was ich mit Grace und Ezekiel machen soll«, sagt er nachdenklich. »Sie sind eigentlich zu nichts mehr zu gebrauchen. So kann das nicht weitergehen. Ich muss irgendetwas unternehmen.«

Sipho hat seine Mahlzeit beendet; er legt Messer und Gabel beiseite und wischt sich die Finger an seiner Serviette ab. »Leider muss ich Sie jetzt verlassen«, sagt er. »Ich habe noch eine lange Fahrt vor mir.«

»Wie schade, Sipho. Wollen Sie nicht doch lieber über Nacht bleiben?«

»Nein, das kann ich mir zeitlich nicht leisten. Aber ich beehre Sie bestimmt bald wieder.«

»Na schön. Ich bringe Sie gleich raus, aber vorher muss ich mal kurz pinkeln.« Als Sipho und Adam allein sind, suchen sie verlegen lächelnd nach einem Gesprächsthema. Das Summen der Fliege am Fenster neben ihnen ist unangenehm laut.

»Und wie passen Sie ins Bild?«, fragt Sipho schließlich.

»Ich? Ich, äh, ich kenne Canning aus der Schule.«

»Aha. Dann kennen Sie sich wohl sehr gut.«

»Das könnte man so sagen. Und Sie? Wo haben Sie sich kennengelernt?«

»Nicolai hat uns bekannt gemacht.« Er sieht Adam an. »Mr Genov, meine ich. Kennen Sie Mr Genov?«

»Ich habe von ihm gehört. Aber ich kenne ihn nicht persönlich. Sein Name klingt nicht besonders … afrikanisch.«

»Nun ja, er lebt jetzt hier. Ursprünglich kommt er aus dem Ausland. Russland, glaube ich. Oder doch Bulgarien …? Ist ja auch egal, jedenfalls irgendwo aus Osteuropa. Er ist viel herumgekommen. Er ist ein Mann von Welt. Sind Sie sicher, dass Sie ihm nie begegnet sind?«

»Nein. Oder vielmehr ja.«

»Dann haben Sie also nichts mit dem Projekt zu tun?«

»Mit welchem Projekt?«

Er sieht weg. »Ähm, ich meine … Sie und Kenneth sind keine Partner?«

»Nein, nein. Ich bin kein Geschäftsmann.« Wieder Schweigen, dann fragt Adam: »Und Sie? Sie sind beim Fernsehen, nicht?«

»Fernsehen?« Sipho macht ein ratloses Gesicht. »Ich verstehe nicht ganz.«

Canning kommt wieder herein. »Wie kommst du denn darauf? Sipho arbeitet für die Regierung.«

»Für die Regierung…? Ach, verzeihen Sie, ich dachte…«

»Jetzt muss ich aber wirklich los, Kenneth. Es ist schon spät.«

Adam folgt ihnen zum Wagen. Sein Fauxpas ist ihm peinlich, dafür weiß er jetzt, wer Sipho ist: Sein Name, sein Gesicht taucht hin und wieder in den Medien auf. Er ist ein Politiker mittleren Ranges, einer von der neuen, jungen Garde, bekannt und unbekannt zugleich, wie so viele Amtsträger mit unklarer Funktion. Das erklärt immerhin sein billiges Promi-Gehabe. Mehr aber auch nicht.

*

Canning macht mit Adam eine Spritztour. Nachdem sie die *kloof* verlassen haben, fahren sie durch die staubige Ebene, über mäandernde, zur Wildbeobachtung angelegte Schotterpisten. Entsprechend ziellos scheint die Fahrt, ein Eindruck, der dadurch verstärkt wird, dass Canning ohne ersichtlichen Grund beschleunigt oder bremst. Unterwegs kommen sie an weiteren zerstörten Gehöften vorbei, und Canning erklärt, sein Vater habe auf seinen diversen Farmen alle noch bewohnbaren Gebäude sprengen lassen, damit sich dort keine Hausbesetzer einnisten konnten. Es sieht aus, als hätte ein Krieg das Land verwüstet.

»Wenn ich deinen Freund eben beleidigt haben sollte, tut mir das leid«, sagt Adam, nachdem sie eine Weile geschwiegen haben.

»Was? Ach, du meinst Sipho…? Er ist nicht mein Freund. Er ist ein Wichser.«

Adam ist perplex. Die traute Kameradschaft, die er vor kaum einer Stunde im Speisesaal erlebt hat, schien natürlich, ungezwungen. Und jetzt wischt Canning sie mit einer wegwerfenden Geste beiseite.

Kurz darauf, an einer beliebigen Stelle in der weiten Ebene, hält Canning an. »Ich möchte dir was zeigen«, sagt er.

Adam folgt ihm nach draußen, in die Hitze und das grelle Licht. Ein Stück abseits der Straße, neben einem ausgetrockneten Wasserlauf, befindet sich eine kleine Höhle. Eine winzige dunkle Grotte, nichts Besonderes, doch Canning deutet auf eine Reihe von Malereien entlang der Felswand.

Adam geht in die Hocke. »Buschmannkunst?«, fragt er. »Sind die echt?« Die dargestellten Figuren sehen aus wie Strichmännchen, sind aber dennoch expressiv, die Farben hell und satt. Es scheint sich um eine Jagdszene zu handeln: Menschen mit Pfeil und Bogen, die Tieren nachstellen.

»Ja, natürlich sind die echt«, sagt Canning unwirsch. »Aber vergiss die Dinger, ich wollte dir was anderes zeigen.«

Es dauert eine Weile, bis Adam die andere Gravur entdeckt hat. Zwei verschlungene, in den Fels geritzte Namen. *Kenneth/ Lindile.* Darunter, unleserlich, ein Datum.

»Das verstehe ich nicht«, sagt Adam ratlos.

»Mein erster Spielkamerad«, erklärt Canning, »war ein kleiner schwarzer Junge namens Lindile. Er war der Sohn von Ezekiel und Grace – du weißt schon, das alte Ehepaar in der Lodge.«

»Das stammt von dir?«

»Von mir und ihm. Aus einer Zeit, als wir noch jung und unschuldig waren und nicht wussten, wie kompliziert die Welt ist.« Canning hat tatsächlich feuchte Augen. »Ich denke oft an damals zurück, Nappy. Was würde ich nicht alles dafür geben, die Zeit zurückdrehen zu können.«

»Wo ist Lindile jetzt?«

»Keine Ahnung. Irgendwo hier in der Gegend. Aber wir sind nicht mehr befreundet. Wie gesagt, die Welt ist kompliziert geworden. Mein Vater hat ihm das Studium in Kapstadt finanziert, bis Lindile die Politik für sich entdeckte und auf die Barrikaden ging. Da strich mein Vater ihm die Unterstützung, und er tauchte unter. Ich habe ihn seit Jahren nicht gesehen.« Er starrt noch immer auf das kindliche Graffito, von Gefühlen überwältigt.

In Cannings Geschichte gibt es Widersprüche, die Adam vor ein Rätsel stellen. Einerseits spricht er voller Verachtung und Bitterkeit von seiner Kindheit, und dann gibt es immer wieder Momente wie diesen, in denen er wunderlich, nostalgisch wird. Er schildert seinen Vater als zornigen, hartherzigen Mann, als feudalen Lehnsherrn alten Stils, und erwähnt dann ganz nebenbei, dass er zwei Stammessprachen sprach und für die Ausbildung des Sohnes seiner treuen Diener aufkam. Adam schwankt zwischen Ablehnung und Sympathie.

Und das ist keineswegs das einzig Widersprüchliche an Canning. Er spricht von Adam als einem Helden seiner Kindheit, und doch scheint sich sein Interesse an ihm auf eine diffuse Verehrung zu beschränken. Von ein paar allgemeinen Fragen abgesehen, hat er sich noch nicht einmal danach erkundigt, was Adam seit letzter Woche so getrieben hat, geschweige denn nach seinem Leben unten im Ort. In Cannings Gegenwart kommt Adam sich nicht wie ein Mensch aus Fleisch und Blut vor, sondern wie ein Symbol aus grauer Vorzeit, dessen volle Bedeutung er nicht versteht.

Andererseits ist Canning zu ungeahnten menschlichen Gesten fähig. Auf der Rückfahrt zur Lodge sagt er plötzlich: »Also,

Nappy, ich möchte dir ja nicht zu nahe treten ...« Er zögert und fährt dann mit verlegener Miene fort: »Aber mir ist aufgefallen ... du bist momentan anscheinend nicht besonders gut bei Kasse. Ich meine, dein Wagen, deine Klamotten ... mit anderen Worten, wenn du Geld brauchst, musst du es nur sagen.«

Damit hat Adam nicht gerechnet. »Das ist wirklich sehr nett von dir, Canning.«

»Ach was«, entgegnet Canning nachdrücklich. »Ich weiß, was Armut bedeutet. Ich habe in jungen Jahren selbst lange genug damit gekämpft. Die Chemiefirma hat mir fast das Genick gebrochen. Aber jetzt läuft alles wie geschmiert. Ich habe großes Glück gehabt! Und dieses Glück möchte ich mit dir teilen, Nappy.«

»Danke, Canning.«

»Und jetzt kein Wort mehr darüber, wenn es nicht unbedingt sein muss.«

Sie fahren schweigend weiter, und Adam befindet sich in einem Zwiespalt. Cannings innere Zerrissenheit scheint auch ihn angesteckt zu haben. Denn die Offerte war zwar ein wenig linkisch vorgetragen, hat ihn aber durchaus nicht unberührt gelassen. Zugleich jedoch regt sich sein Stolz: Schließlich kennen sie sich kaum, insofern empfindet er das Angebot als einen anmaßenden Eingriff in seine Privatsphäre. Und was, bitte, sollte die Anspielung auf seinen Wagen und seine Kleidung?

Zurück in der Lodge, wiederholt sich der Abend der vergangenen Woche: das Barbecue unter dem Baum, unzählige blaue Cocktails, die alkoholgeschwängerten Gespräche am Feuer. Baby kommt nicht aus ihrem *rondawel*, und weder Canning noch Adam erwähnen ihren Namen, und doch ist sie für beide durch ihre Abwesenheit mehr als präsent.

9

WIEDER BLEIBT ER ÜBER NACHT. Als sie am nächsten Morgen zum Abschied die üblichen Nettigkeiten austauschen, schlägt Canning sich plötzlich mit der flachen Hand gegen die Stirn. »Fast hätte ich's vergessen«, sagt er. »Ich wollte dich um einen kleinen Gefallen bitten. Könntest du für mich eventuell ein Päckchen im Ort abliefern? Es sind nur ein paar Unterlagen, und ich würde es ja selber machen, aber ich bin ein bisschen in Eile.«

»Kein Problem.«

»Danke, Nappy. Du ersparst mir einen Umweg. Einen Augenblick, ich bin gleich wieder da.«

Adam wartet neben seinem Wagen und beobachtet einen Pfau, der majestätisch über den Rasen stolziert. Alle paar Schritte bleibt der Vogel stehen und schlägt ein prächtiges Rad. Das Schauspiel scheint keinem anderen Zweck zu dienen als der Schönheit. Das ist ganz in Adams Sinn: Anmut um ihrer selbst willen ist ein nobles Credo, denkt er. Dennoch hat er, seit er hier ist, noch kein einziges Gedicht geschrieben.

Canning kehrt mit einem Päckchen zurück. »Die Adresse steht vorne drauf«, sagt er. »Könntest du es noch heute Abend abgeben? Ich sorge dafür, dass jemand da ist, sagen wir, so gegen acht?«

»Ist gut«, sagt Adam und wiegt das Päckchen in der Hand. Es ist kompakt, aber schwer und macht ein angenehm knisterndes Geräusch. »Diese Straße kenne ich nicht.«

»Sie ist im Township. Fahr einfach über den Fluss und frag dich durch. Und Adam – es ist wichtig. Bitte erledige das.«

»Alles klar«, sagt Adam betont beiläufig, um sein Unbehagen zu verbergen. Etwas im Township abzuliefern fällt – auch hier draußen auf dem Land – normalerweise nicht in seinen Tätigkeitsbereich, aber das sagt er Canning lieber nicht.

»Ich hoffe doch, wir sehen uns nächstes Wochenende wieder? Warte nicht bis Samstag. Komm am Freitag – bleib übers Wochenende. Du gehörst jetzt zur Familie.«

Auf der Heimfahrt sinnt er über Cannings Worte nach. Die Familie: Cannings kleiner Kreis. Allmählich dämmert ihm, was es damit auf sich hat. Angesichts seiner schwarzen Frau und seiner multiethnischen Geschäftspartner klingt Cannings wiederholte Behauptung, ein neuer Südafrikaner zu sein, nicht mehr ganz so hohl wie noch vor acht Tagen. Dafür kommt Adam sich inzwischen ein wenig wie ein Außenseiter, wenn nicht überflüssig vor.

Er fragt sich, was wohl in dem Paket ist. Unterlagen, hat Canning gesagt, nur: was für welche? Es geht um ein gewinnbringendes Geschäft, so viel steht fest. Und hat vermutlich mit der Wildfarm zu tun, die nach dem Tod von Cannings Vater wieder in Betrieb genommen werden soll. Das ist wahrscheinlich nicht ganz einfach, denkt Adam, obwohl er keine Ahnung hat, wie man so etwas anstellt. Die Welt von Business, Geld und Macht: Sie war ihm immer schon ein Rätsel. Dafür fehlt ihm schlichtweg das Verständnis. Nein, er ist für einfachere, bescheidenere Dinge gemacht, auch wenn er sich nicht recht darüber im Klaren ist, was für Dinge das sind.

Gegen acht Uhr abends fährt er über die Brücke auf die andere Seite des Flusses. Obwohl er das Township jeden Tag aus der Ferne sieht, betritt er es zum ersten Mal. Trotzdem, die winzigen Häuser, die kümmerlichen, ausgebrannten Gärten, die holprigen Straßen, das flackernde Straßenlicht: Das alles kommt ihm bekannt, vertraut vor. Er hat es sich ein wenig harmloser vorgestellt als die Townships in der Stadt, ungefährlicher. Doch bei der Suche nach einem Straßenschild fallen ihm gleich mehrere Gruppen stark angetrunkener Männer auf. Sein Wagen sorgt für Aufsehen; die Leute starren ihn im Vorbeifahren an, und irgendjemand schreit ihm etwas Unverständliches hinterher. Ein Sonntagabend in der Provinz, noch dazu nach einem durchzechten Wochenende: Eine Aufgabe wie diese erledigt man vielleicht doch lieber bei Tageslicht.

Er will eben umkehren und nach Hause fahren, als er an einer einsamen Fußgängerin vorbeikommt. Er hält an und fragt sie nach dem Weg. Ja, das da vorn sei die Smit Street, sagt sie; und kaum ist er in die Straße eingebogen, hat er das gesuchte Haus auch schon gefunden. Es ist größer und gepflegter als die umliegenden Häuser, mit einem halbwegs ansehnlichen Garten. Er stellt den Wagen ab und eilt zur Tür, die, kaum dass sein Klopfen verhallt ist, von einem jungen Mann geöffnet wird, der ihm irgendwie bekannt vorkommt. Sie geben sich die Hand, und der Mann sagt, mit freundlicher, nervöser Stimme: »Guten Abend.«

»Ich soll das hier bei Ihnen abliefern. Mr Canning, von der Wildfarm ...«

»Kommen Sie doch einen Moment rein.«

Er betritt die düstere Diele, von der aus man ins Wohnzimmer blickt, wo eine Frau und ein Kind vor dem Fernseher sitzen. Der junge Mann schließt die Zimmertür und dreht sich erwartungsvoll zu Adam um.

»Danke«, sagt er, als Adam ihm das Päckchen aushändigt.

Er hält es auf Armeslänge von sich, mit den Fingerspitzen, als könnte er sich die Hände daran schmutzig machen. Sie stehen unangenehm dicht beieinander, als würden sie darauf warten, dass etwas Bedeutendes geschieht. Die Atmosphäre ist zwar nicht direkt feindselig, aber auch nicht unbedingt gelöst; die Spannung, die in der Luft liegt, hat keine eindeutige Ursache.

»Tja«, sagt Adam. »Dann will ich mal wieder.«

Eine Stimme aus dem Fernseher dringt metallisch durch die Tür. »Die Bäume sind noch da«, sagt der Mann.

»Bitte …?«

»Die drei ungebetenen Gäste. In Ihrem Vorgarten. Das habe ich neulich im Vorbeifahren gesehen. Sie sind noch da.«

Adam starrt ihn verständnislos an. Da fällt es ihm wieder ein. »Ach, *Sie* sind's«, sagt er. »Ich habe Sie gar nicht erkannt.«

Der junge Mann nickt, obwohl auch er erstaunt scheint. »Für wen haben Sie mich denn gehalten?«, sagt er. »Was macht die Dichtkunst?«

Die kurze Fahrt zurück ans andere Ende des Ortes kommt Adam unverhältnismäßig lang vor. Die Begegnung hängt ihm nach, macht ihn nervös. Als sei der Gegenstand in einer Zimmerecke, den er eben noch unbewusst aus den Augenwinkeln wahrgenommen hat, beim nächsten Hinsehen plötzlich verschwunden. Eine winzige, fast unmerkliche Verschiebung, die ihm dennoch keine Ruhe lässt. Als er zur Tür hereinkommt, klingelt das Telefon, und als er den Hörer abnimmt, fragt Cannings Stimme grußlos: »Alles klar?«

»Ja, ich bin gerade zurückgekommen.«

»Ah, guter Mann, ja, gut.«

Erst als Cannings Stimme ihre Schärfe verliert, wird Adam bewusst, wie herrisch sie zuvor geklungen hat. »Du bist ein echter Freund, Nappy. Jemanden wie dich trifft man nicht alle Tage.«

»Das war der Bürgermeister«, sagt Adam.

»Ähm, ja«, sagt Canning, etwas reservierter jetzt. »Und?«

»Nichts und. Aber… davon hattest du mir nichts gesagt.«

»Ach nein? Tut mir leid, muss ich vergessen haben. Also, nochmals vielen Dank, Nappy, ich kann dir gar nicht sagen, wie viel es mir bedeutet, dass du das für mich erledigt hast. Dann bis Freitag?«

»Dann bis Freitag«, sagt er.

*

Noch ist nicht Freitag, und Adam sitzt an seinem Schreibtisch. Was ihn dorthin getrieben hat, weiß er nicht; er hat sich schon seit Wochen an keinem Gedicht mehr versucht. Doch kaum hat er sich hingesetzt, beginnen die Worte auch schon zu fließen – Worte, die sich, von namenlosen Empfindungen an die Oberfläche befördert, wie ein Lavastrom aus seinem Innersten ergießen. Nach zwei Stunden liegt sein erstes fertiges Gedicht seit über zwanzig Jahren vor ihm.

Weitere Gedichte folgen. Im Lauf der nächsten Tage zieht ihn dasselbe Gefühl immer wieder an den Schreibtisch. Als würde er den unausgesprochenen Worten, die sich in ihm aufgestaut haben, eine Stimme geben. Manchmal spürt er sie fast körperlich: Wort um Wort, wie Ziegelsteine übereinandergeschichtet, fügt sich zu einer Mauer aus Sprache.

Jetzt, wo sie heraus sind, gewinnen diese Worte ein Eigenleben. Er hört sie als ein Rascheln, ein fortwährendes Flüstern am letzten Saum der Dinge. Anfangs stechen weder besondere Formulierungen noch bestimmte Sinnzusammenhänge aus ihnen hervor. Er betrachtet sie als die schuppigen Überreste des täglichen Geredes, alles je Gesagten, das sich in endlosen Wellen durchs All bewegt und nie erstirbt.

Mit der Zeit jedoch übertragen sich die Worte auf den Geist, dessen unstete Präsenz er bisweilen deutlich spürt, am stärksten bei Nacht, wenn die Welt auf die Größe seiner vier Zimmer zusammenschrumpft. Er hat ihn nie als bedrohlich oder bösartig empfunden, diesen Geist, und seine gelegentliche Nähe ist ihm eine willkommene Gesellschaft. Er redet nach wie vor mit ihm, halb im Ernst, halb im Scherz. Doch neuerdings haben seine Antworten einen eigenen Tonfall, einen eigenen Willen.

Ich muss schon sagen, sagt er und blickt ihm über die Schulter. *Gar nicht so übel.*

»Tja, ich bin eben doch ein Dichter.«

Da hatte ich allmählich meine Zweifel.

»Ich musste mich erst einmal sammeln. Nach einer so langen Pause kann man das nicht einfach übers Knie brechen.«

Ja, ich weiß. Trotzdem, ich bin erstaunt. Ich hätte dich nie für einen solchen Schwerenöter gehalten.

»Schwerenöter?«

Mmm. So einen Möchtegern-Casanova.

»Ich habe keine Ahnung, wovon du redest.«

Erst als er die Gedichte nochmals liest, wird es ihm klar. Vor lauter Begeisterung darüber, sein Talent wiederentdeckt zu haben, erschien ihm die Bedeutung der Worte beinahe zweitrangig. Trotzdem haben sie natürlich ein Thema, ein Motiv. Es ist zwar nicht direkt erkennbar, nicht einmal für ihn selbst, aber auf den zweiten Blick springt es einen förmlich an.

Er hat über *sie* geschrieben – über Baby. Genauer gesagt,

über sein Verlangen nach ihr. Nicht als Möchtegern-Casanova, das ist Unsinn, sondern mit geradezu metaphysischer Begierde. Er hat die ganze Zeit über die Wildnis schreiben wollen, über eine menschenleere Welt, während er in Wahrheit einen Menschen brauchte, den er in den Mittelpunkt seiner Gedichte stellen konnte. Und jetzt endlich ist sie da, schiebt sie sich zwischen ihn und die Landschaft – nicht als eindeutig erkennbare Person, sondern als weibliche Symbolfigur, gesehen vor dem Hintergrund eines primitiven Urgartens. Alles sehr biblisch.

Die Gedichte sprengen auch in anderer Hinsicht den Rahmen seines ersten Lyrikbandes. Was ihm im Weg stand, war unter anderem seine Fixierung auf Metrum und Reim – den technischen Aspekt der Übung. Was ihm jetzt, wo er sein Thema gefunden hat, aus der Feder fließt, sind freie Verse, eine spontane Explosion von Sprache, bei der die äußere Form hinter seine Leidenschaft zurücktritt. Das ist auch nur recht und billig, konsequent: Es kann gar nicht anders sein. Und doch eignet seinen Gedichten etwas Laszives und Enthemmtes, etwas Selbstvergessenes, das ihn mit leiser Scham erfüllt. Bei einem Halbwüchsigen ginge das durchaus in Ordnung, aber er ist ein gestandener Mann, der über solche Gefühlsausbrüche eigentlich längst hinaus sein müsste.

Nach einigem Zögern erzählt er Baby am nächsten Wochenende von den Gedichten. Er weiß nicht, was er von ihr will oder erwartet, aber sie starrt ihn bloß an.

»Gedichte? Über mich?«

»Nun ja, nicht direkt. Eher über jemanden wie Sie. Oder, nein – was rede ich denn da? Schon über *Sie*, wenn auch in idealisierter Form. Ein Art Traum-Sie, wenn Sie wissen, was ich meine.«

»Nein«, sagt sie. »Ich weiß nicht, was Sie meinen.«

Sie sitzen in Liegestühlen draußen im Schatten. Es ist Samstagnachmittag, und Canning hat sich zu einer Telefonkonferenz in sein Büro zurückgezogen. Wieder hat er Adam gebeten, sich so lange mit Baby zu beschäftigen, und dieser Bitte kommt Adam nur allzu gerne nach.

»Sie sind so eine Art Muse«, erklärt er ihr.

»*Was* bin ich?«

Er tritt den Rückzug an, von ihrer Ahnungslosigkeit gegen seinen Willen verletzt. »Vergessen Sie's«, murmelt er. »Ist sowieso bloß Gekrakel.«

»Ich verstehe nicht viel von Gedichten«, sagt sie und sieht in eine andere Richtung.

»Vergessen Sie's«, wiederholt er.

»Kenneth hat mir Ihre anderen Gedichte gezeigt. Ihr Buch. Er hat mir sogar ein paar vorgelesen. Das ist schon eine Weile her, als ich Sie noch nicht kannte. Aber verstanden habe ich sie nicht.«

»Ach«, sagt er. »Ich verstehe sie ja selbst nicht.«

Er wechselt das Thema und lenkt ihr Gespräch in anderes, weniger gefährliches Fahrwasser. Doch der Wortwechsel lässt ihn nicht los und erfüllt ihn mit Freude und Schmerz, wenn er daran zurückdenkt. Seine Gefühle für sie sind kühler, distanzierter geworden, das Verhältnis zu ihrem Mann hingegen herzlicher und enger. Hatte Canning das wirklich getan – ihr seine Verse vorgelesen?

Trotzdem sagt er Canning nichts von den Gedichten.

10

DIE WORTE FLIESSEN NACH WIE vor. Zwar hat seit dem großen Durchbruch der Druck ein wenig nachgelassen, doch nach jedem Wochenende auf Gondwana setzt er sich immer noch mit jener tiefen inneren Freude an den Schreibtisch, die den Akt des Schreibens überdauert: Selbst wenn er nichts tut, fehlt es ihm nicht an Überzeugung und Gewissheit, ist er erfüllt von einem unbändigen Triumphgefühl. *Darum* ist er hierhergekommen; *das* ist das Ich, das er entdecken wollte.

Er kümmert sich nicht weiter um das Unkraut. Das war ohnehin nur eine Ersatzhandlung. Inzwischen quälen ihn keine Gewissensbisse mehr, wenn er den Wind durch die Halme streichen hört. Auch das Schreiben von Gedichten ist eine Form der Reinigung, der Läuterung. Und doch befällt ihn leichtes Unbehagen, als er eines Morgens auf der Hintertreppe sitzt und sieht, dass an der Stelle im vorderen Teil des Gartens, die er von den vertrockneten Strünken befreit hat, frisches Unkraut sprießt. Er geht näher heran, und siehe da: Ein zarter Flaum, weiche, grüne Stoppeln drängen ans Licht. Ebenso schnell, wie er das verdorrte Unkraut beseitigt hat, schießt plötzlich neues aus dem Boden.

Er bückt sich und reißt eine der kleinen Pflanzen aus. Sie lässt sich leicht herausziehen, eine durchscheinende Faser mit zwei leuchtend grünen Blättern. Monate werden vergehen, bis sie zu einem jener dornigen, zählebigen Dinger herangewachsen ist, die sich ihm so beharrlich widersetzt haben. Dennoch wird es unweigerlich so kommen: Die Zukunft liegt in ihren Zellen verschlüsselt. Das Wasser ist schuld daran – das Wasser, mit dem er den Boden aufgelockert hat. Generationen von Samen schlummern unter der Oberfläche und warten nur darauf, dass er sie mit seiner Hände Arbeit zum Leben erweckt. Genau das, was ihm geholfen hat, das Unkraut zu beseitigen, wird es von Neuem wuchern lassen. Er gewinnt eine traurige Ahnung von Kräften, die er nicht begreift: Es sind Tausende und Abertausende von Gewächsen, eine anschwellende, alles verschlingende grüne Flut der Fruchtbarkeit, und in ihnen wirkt eine Intelligenz, die größer ist als jede einzelne Pflanze und sich mittels einer geheimen Strategie regeneriert.

Das jähe Erscheinen seines Nachbarn am Zaun reißt ihn aus diesen metaphysischen Grübeleien. Blom hat die Angewohnheit, sich lautlos anzuschleichen und dann plötzlich einen Gruß zu bellen. »Morgen! Wie ich sehe, haben Sie ein Problem.«

Adam fährt zusammen. »Ja, sie wachsen nach.«

»Da hilft nur Unkrautvernichter. Das ist das Einzige, was den Mistdingern den Garaus macht.«

»Dann müsste ich ja den ganzen Garten mit Gift tränken. Und dazu habe ich eigentlich keine große Lust.«

Blom zuckt hämisch grinsend die Achseln. »Dann graben Sie, mein Freund. Graben Sie.«

In letzter Zeit haben sie mehrere solcher Unterhaltungen geführt. Seit er das Windrad repariert hat, ist Blom nicht mehr so zurückhaltend und distanziert wie früher. Er pflegt mit Adam, ganz im Gegenteil, einen vertrauten, kumpelhaften Umgangston. Ihre Gespräche sind gewöhnlich kurz, finden am Zaun statt und drehen sich im Wesentlichen um den

Garten. Doch wenn der kleine Plausch beendet ist, verweilt Blom immer noch ein bisschen länger als nötig. Statt Adam anzusehen, blickt er mit schiefgelegtem Kopf in die Ferne, und in einem Mundwinkel glimmt wie eine brennende Lunte eine Zigarette. Es scheint, als habe er etwas auf dem Herzen, etwas, das er gerne loswerden würde. Nachdem er eine Zeitlang unruhig herumgestanden hat, macht er normalerweise abrupt kehrt und geht zurück ins Haus.

Heute jedoch nicht. Heute druckst er eine Weile herum und sagt dann plötzlich: »Wissen Sie was? Als ich Sie das erste Mal gesehen habe, hatte ich Angst vor Ihnen.«

»Am ersten Morgen?«, fragt Adam. »Als ich hier draußen saß?«

Blom nickt. »Ich dachte, das Haus steht leer. Ich hatte mit niemandem gerechnet. Und dann guck ich über den Zaun, und da sind Sie.«

»Das ist doch ganz natürlich«, sagt Adam. »Dass man da einen Schreck bekommt.«

Blom starrt mit weit aufgerissenen Augen in eine andere Richtung. »Einen Moment lang dachte ich«, sagt er mit einem erstickten Lachen, »Sie wollten mich umbringen.«

Adam blinzelt. »Warum sollte ich das tun?«

»Ich weiß auch nicht.« Wieder lacht er – ein schriller, beunruhigender Laut. »Es schoss mir einfach durch den Kopf: Der Mann wird mich umbringen. Ich weiß auch nicht, wie ich darauf gekommen bin.«

»Ich werde Sie nicht umbringen«, sagt Adam. »Was für ein Unsinn.« Dennoch lässt ihn dieser verstörende Gedanke den ganzen Tag nicht los.

Was ist von Blom zu halten? Er ist durchschaubar und geheimnisvoll zugleich. Bislang haben die beiden nie über Persönliches gesprochen, und dabei würde Adam es auch gern belassen: Die nachbarliche Distanz zwischen ihnen ist ihm durchaus angenehm. Doch dann klopft es eines Abends an der Küchentür, und als er öffnet, steht Blom mit einer Flasche Brandy in der Hand draußen auf der *stoep*. Er wirkt leicht benebelt und schon ein wenig wacklig auf den Beinen. »Ich dachte, ich komm mal rüber, einen *dop* mit Ihnen heben, mein *pêl*«, verkündet er.

Adam ist entsetzt, lässt ihn aber trotzdem herein. Damit ist die Grenze eindeutig überschritten. Denn so hat Adam sich die Beziehung zu dem Mann in Blau nicht vorgestellt – dass sie zusammen im Wohnzimmer sitzen, Brandy-Cola trinken und sich aus ihrem Leben erzählen. Doch der Alkohol macht Adams Zurückhaltung zunichte, und je weiter der Abend fortschreitet, desto wohler fühlt er sich in Bloms Gesellschaft.

Dessen Geschichte ist nichts Besonderes – ein ganz normales Kleinstadtleben an verschiedenen Orten in der Karoo. Er habe sich als Hilfsarbeiter durchgeschlagen, als Handwerker, Monteur und Eisenbahnmechaniker. Er sei vierzig Jahre lang verheiratet gewesen, sagt er. Leider sei seine Frau vor Kurzem gestorben, und das habe er zum Anlass genommen, ein letztes Mal umzuziehen, von Middelburg hierher. Er sei nur wenige Wochen vor Adam in den Ort gekommen.

»Aber ich kann Ihnen sagen, *ou maat*«, seufzt er, »das war mit Sicherheit das letzte Mal. Man kann doch nicht ewig so ein Zigeunerleben führen! Nein, damit ist endgültig Schluss, hier bleibe ich, bis ich den Löffel abgebe.«

Er hat seine Geschichte in beiläufigem, entspanntem Ton zum Besten gegeben. Doch bei aller Trägheit wirkt Blom fiebrig und nervös. Jetzt blickt er Adam gespannt an, als warte er auf eine Reaktion, auf Ablehnung oder Zustimmung.

»Das gefällt mir«, sagt Adam. »Es ist schön, wenn … wenn man sich irgendwo zu Hause fühlt.«

Blom denkt einen Augenblick nach, dann geht ein strahlendes Lächeln über sein Gesicht. Seine Erleichterung ist ihm deutlich anzusehen. »Danke«, sagt er. »Sie sind mein einziger richtiger Freund!«

Adam ist perplex. Die beiden kennen sich schließlich kaum, aber selbst wenn sie noch so viele Stunden wie jetzt beieinandersäßen, kann Adam sich nicht vorstellen, dass sie jemals Freunde werden würden. Blom ist ein ländlich geprägter Afrikaaner aus der Unterschicht, Adam hingegen ein bürgerlicher Großstadtmensch. Dass sie Nachbarn sind, ist purer Zufall.

Nicht zuletzt, um Blom das nahezubringen, erzählt Adam ihm von sich, von seinem letzten Job, seinem Umzug hierher, der, wie er betont, nur kurzfristig, vorübergehend sei. Damit möchte er Blom klarmachen, wie unterschiedlich sie sind, doch als er seine Gedichte erwähnt, wird Blom auf einmal hellhörig und ernst. »Ich mache auch Gedichte«, sagt er.

»Ich verstehe nicht ganz.«

»Sie müssen mich unbedingt mal besuchen kommen, dann zeige ich Ihnen meine Gedichte.«

»Soso«, sagt Adam. »Okay.« Er ist verblüfft, will aber eigentlich gar nicht wissen, was dahintersteckt. Für heute Abend hat er genug von aufgesetzter Freundlichkeit, darum ist er erleichtert, als Blom sich kurz darauf verabschiedet und geht.

In den nächsten Tagen und Wochen kommt es zwar zu dem einen oder anderen Plausch am Zaun, aber Blom steht nicht noch einmal unangemeldet vor der Tür. Er deutet an, dass er einen Gegenbesuch von Adam erwartet, als dieser jedoch ausbleibt, kehrt ihre vorsichtige Zurückhaltung nach und nach zurück. Sie gehen wieder auf Distanz. Ihr Verhältnis ist freundschaftlich, mehr aber auch nicht.

*

All das bringt Harmonie in Adams Leben, erleichtert es ihm, sich in seiner neuen Existenz zurechtzufinden, die in zwei Hälften zerfällt: Da sind einerseits die Wochentage im Ort. Und andererseits die Wochenenden auf Gondwana, bei Canning und Baby. Wenn er dort ist, spielt alles andere keine Rolle. Selbst die Zeit vergeht dann schneller, streicht wie eine Brise über ihn hinweg.

Wenn er hinterher an diese Besuche zurückdenkt, kommen sie ihm abstrakt und künstlich vor, wie eine Bühneninszenierung voll farbenprächtiger Kulissen und raffinierter Lichteffekte, mit einer Reihe dösender Pfauen als Publikum. Die Komparsen sind ebenso zahlreich wie namenlos. Überall im Hintergrund Bedienstete in khakifarbener Kleidung. Sie bewachen das Tor, schuften auf den Feldern, flicken Zäune. Wie sich herausstellt, sind sie die Einwohner von *Nuwe Hoop*, der Siedlung an der Einfahrt zur Farm. Außerhalb des Zauns ist jeder einzelne von ihnen allein mit seiner Armut, hier drinnen aber, in ihrer einheitlichen khakifarbenen Uniform, verschmelzen sie zu einem Ganzen, zu einem stimmlosen Chor. Die Nebenrollen spielen Ezekiel und Grace, aus irgendeinem Grund die einzigen Angestellten, die das leere, widerhallende Haupthaus und die umliegenden Gebäude betreten dürfen. Sie haben Namen und eine dunkle Vergangenheit, die in jedem ihrer Schritte zum Ausdruck kommt, aber ihr Text beschränkt sich auf wenige unverständliche Zeilen. In der Bühnenmitte stehen Canning und seine Frau mit ihren kryptischen Dialogen, ihren rätselhaften Auftritten und Abgängen. Sie scheinen die Hauptrollen eher zufällig bekommen zu haben und wirken wie eine Zweitbesetzung, die man jäh ins Rampenlicht gestoßen hat.

Sein Part in diesem Stück ist noch unklar. Mal hält er sich für die Hauptfigur, dann wieder ist er bloßer Zuschauer. Auch steht noch nicht ganz fest, ob es sich um eine Tragödie handelt oder um eine Farce.

Bei seinen Besuchen schläft er stets in demselben *rondawel*, in dem er schon beim ersten Mal die Nacht verbracht hat, und bald fühlt er sich dort so sehr zu Hause, dass er seine Kleider einfach im Wandschrank hängen lässt. Die Wochenenden sind ihm rasch zur Gewohnheit geworden, und es fällt ihm schwer zu glauben, dass er diese Leute noch bis vor Kurzem gar nicht kannte. Wenn Canning davon spricht, was für alte Freunde sie doch seien, stellt Adam das kaum noch in Frage. Anfangs war er sich ein wenig wie ein Schwindler, ein Betrüger vorgekommen. Inzwischen aber ist er fast schon überzeugt, dass sie eine tiefergehende Beziehung verbindet, die zurückreicht bis ins Knabenalter. Er scheint sich irgendwie an Canning und die gemeinsame Schulzeit zu entsinnen, und nach einer Weile ist er sich nicht mehr sicher, ob diese nebelhafte Reminiszenz tatsächlich echt ist oder nur erfunden.

Er verbringt diese Wochenenden größtenteils mit Canning, und mit der Zeit schleicht sich eine gewisse Routine ein. Abends sitzen sie am Feuer unter dem Baum und trinken ungezählte blaue Cocktails. Bei Sonnenuntergang geht Canning zum Löwengehege hinunter und schaut der Fütterung zu. Und an den langen, heißen Tagen machen er und Adam Ausflüge in den Busch, entweder mit dem Jeep oder zu Fuß.

Diese Exkursionen wecken Erinnerungen an ihre Kindheit, und wie zwei Halbwüchsige ohne erwachsene Sorgen oder Pflichten stürzen sie sich Hals über Kopf ins Abenteuer. Canning schleppt einen Rucksack mit Sandwiches und zwei Thermoskannen Tee. Er hat einen Stock, der ihn auf ihren anstrengenderen Touren begleitet. In seiner Designer-Outdoorkleidung, mit Schlapphut und dunkler Brille, zentimeterdick mit Sonnencreme eingerieben, hat Canning verblüffende Ähnlichkeit mit einem pummeligen, passionierten Pfadfinder im Ferienlager.

Adam ist da nüchterner, verhaltener. Es war noch nie seine Art, sich zu verkleiden und auf Entdeckungsreise zu gehen. Aber das üppige Grün der *kloof* hat etwas in ihm freigesetzt, das seine Kindertage lebendig werden lässt. Dort draußen fühlt er sich wieder jung und frisch, und das verleiht ihm neue Energie. Zu seinem Erstaunen hat er Spaß an diesen kleinen Streifzügen durch die Natur, weil er sich körperlich verausgaben kann und sich in Cannings Gesellschaft – wie er inzwischen gestehen muss – eigentlich recht wohlfühlt.

Und so schlagen sie sich durchs Unterholz, um einen *koppie* zu erklimmen, auf den Canning schon als kleiner Junge geklettert ist, oder einen Schwimmteich aufzusuchen, in dem er schon mit Lindile, seinem ersten schwarzen Spielkameraden, geplanscht hat. Viele dieser Expeditionen sind nostalgischer Natur und führen zu besonderen Stätten aus Cannings Vergangenheit. Einmal nimmt er Adam mit zu einem Flussabschnitt, der für seine Fossilien berühmt ist. Kaum sind sie angekommen, stolpert Adam buchstäblich über einen Stein, der sich bei näherem Hinsehen als eine prähistorische Molluske erweist. Er ist überwältigt und erstaunt, bis er sich auf die Suche macht und ganz in der Nähe weitere Abdrücke und Versteinerungen findet, die verstreut herumliegen oder aus der bröckeligen Uferböschung ragen.

»Unglaublich«, sagt er. »So etwas müsste zum nationalen Kulturerbe erklärt werden.«

»Ja«, sagt Canning verächtlich. »Das hier war vor Urzeiten einmal ein Überschwemmungsgebiet mit einer Unmenge von Schlick. Beste Voraussetzungen für die Fossilienbildung. Einige davon sind zweihundertfünfzig Millionen Jahre alt. Hier kannst du reiche Beute machen. Als ich ein kleiner Junge war, hatten wir ein Forscherteam von irgendeiner Universität hier. Ich durfte bei den Ausgrabungen zuschauen. Aber dann sind sie bei meinem Vater in Ungnade gefallen, und er hat sie zum Teufel gejagt.«

Auf dem Rückweg fahren sie am Außenzaun entlang, der dicht neben der Straße verläuft. Nach einer Weile hält Canning an, um eine Stelle zu inspizieren, wo der Zaun aufgebogen ist, sodass man darunter hindurchkriechen kann. »Wilderer«, sagt er. »Die waren eine Zeitlang eine echte Plage.« Er holt ein Stemmeisen aus dem Kofferraum und schlägt damit auf den Zaun ein, um den Draht wieder in Form zu bringen.

»Eins verstehe ich nicht«, sagt Adam. »Du sprichst von Wilderern, und das hier ist angeblich eine Wildfarm. Nur: Wo sind die Tiere?«

In all der Zeit, die er durch die Gegend gefahren und gewandert ist, hat er außer Vögeln oder Insekten und einer verschreckten Antilope kaum ein Tier gesehen.

»Na ja, als mein Vater starb, hatte er gerade angefangen, die Farm mit Tieren zu bestücken. Es gab Zebras und Kudus und so, aber die richtig großen Viecher fehlten noch. Er wollte sie alle haben, die großen Fünf. Und dann kippte er tot um. Und während die Anwälte nach mir suchten, um die Sache mit dem Erbe zu regeln, ging der Laden den Bach runter. Damals fing die Wilderei an, und das in ziemlich großem Stil. Wir haben jede Menge Wild verloren. Als ich hierherkam, war die Farm so gut wie leer. Da habe ich Einheimische aus *Nuwe Hoop* als Wachmannschaften rekrutiert. Dummerweise stellte sich heraus, dass sie die Wilderer waren, sprich, Wachen und Wilderer waren ein und dieselben – Südafrika in Reinkultur.«

Eine für Cannings Verhältnisse erstaunlich zynische Bemerkung. Er ergeht sich so oft in blumigen Beschwörungen von Hoffnung und Glück, dass diese kleinen, galligen Seitenhiebe umso schockierender wirken. Doch mit der Zeit gewöhnt Adam sich an die beiden widerstreitenden Extreme, die Cannings Charakter in sich vereint. Bisweilen lässt er seinen schwärmerischen Gefühlen freien Lauf, und dann, von einem Augenblick zum anderen, verkehrt diese Schwärmerei sich in ihr Gegenteil, und er wird ruppig und gemein. Mitunter wechseln sich Hochstimmung und Trübsal in so rascher Folge ab, dass man meinen könnte, er sei zwei Personen in einer.

Kaum etwas bleibt von seinem vernichtenden Kontrapunkt verschont. Häufig wird aus einem Loblied auf das herrliche neue Südafrika schon im nächsten Atemzug eine Hasstirade auf diesen Pfuhl des Lasters und der Gewalt. Und was Menschen angeht, ist er nicht minder zwiegespalten. Von vielen Besuchern Gondwanas spricht er in den höchsten Tönen, nur um sie schon im nächsten Augenblick als korrupt und unfähig zu geißeln. Cannings emotionales Vokabular kennt selbst für Baby nur zwei Begriffe: Sie ist entweder grausam oder wunderbar.

Das einzige Thema, bei dem er keinerlei Ambivalenz erkennen lässt, ist sein Vater. In dieser Hinsicht sind seine Gefühle eindeutig und klar. Sein Vater war – und ist – eine dräuende, verabscheuungswürdige Figur, auf alle Zeit erstarrt in der Ablehnung, die er Canning stets entgegenbrachte. Es bleibt Adam überlassen, die Widersprüche auszuloten.

»Erzähl mir von der Farm«, sagt er eines Tages zu Canning. »Du hast gesagt, sie war der große Traum deines Vaters. Warum? Was wollte er hier auf die Beine stellen?«

Eine bleierne Schwere kommt über Canning, scheint ihn förmlich zu erdrücken. »Ich weiß nicht, wie ich dir das erklären soll«, sagt er.

»Probier's wenigstens.«

»Mein Vater hatte für andere Menschen von jeher wenig übrig. Nach dem Tod meiner Mutter hasste er die ganze Welt. Vor allem aber hasste er mich. Ich glaube, er wollte mitten in der Wildnis leben, ohne einen Menschen um sich. Tiere, Pflanzen, die Berge, der Himmel – er ganz allein in der weiten Natur. Er wollte das Land in seinen Urzustand versetzen. So wie es vielleicht einmal ausgesehen hat, bevor die Zivilisation hier Einzug hielt.«

»Daher der Name Gondwana.«

»Genau. Er recherchierte, fand heraus, was für Tiere und Pflanzen es hier gab, bevor der Mensch kam und alles zerstörte. Er wollte diese alten Arten, soweit möglich, wieder ansiedeln. Wenn er die Dinosaurier hätte wiederauferstehen lassen können, hätte er auch das getan.« Canning sinnt eine Weile über diesen Gedanken nach, dann nimmt sein Gesicht den gewohnten rührseligen Ausdruck an. »Das alte Arschloch«, sagt er leise, halb zu sich selbst. Doch zum ersten Mal schwingt dabei ein deutlicher Hauch von Wehmut mit in seiner Stimme.

Cannings Widersprüche scheinen weit in die Vergangenheit hineinzureichen, die von der schattenhaften Gestalt seines Vaters überragt wird. Adam versteht das beim besten Willen nicht. »Warum hat er dich gehasst?«, fragt er, in der Hoffnung, dass Canning in Redelaune ist.

»Weil ich fett und zu nichts nütze war. Aber das weißt du ja selbst. Besonders kräftig oder männlich war ich jedenfalls nicht. Und Schwäche konnte mein alter Herr nicht ausstehen. Er hasste alles, was auch nur im Entferntesten bedürftig oder verletzlich schien. Und genau das war ich als Kind. Aber ich hatte natürlich auch keine Mutter.«

»Hast du nicht gesagt, sie sei bei deiner Geburt gestorben?«

»Ja. In Wirklichkeit hasste er mich vermutlich vor allem deshalb so sehr. Er konnte mir einfach nicht verzeihen, dass ich sie umgebracht und überlebt hatte.« Er denkt nach, und aus Rührung werden Klarsicht und Gelassenheit. »Aber er hätte mich wahrscheinlich so oder so gehasst. Er liebte meine Mutter, und als sie tot war, gab es für ihn keine Liebe mehr. Nur noch Hass.«

»Aber die Farm«, insistiert Adam. »Sie passt irgendwie nicht ganz ins Bild, oder? Allein wäre er hier jedenfalls nicht gewesen. Er hat die Lodge und die *rondawels* gebaut … Er hat auf Gäste spekuliert.«

»Stimmt. Tja. Er war eben nicht nur ein Träumer, sondern auch Pragmatiker. Der Traum musste sich schließlich finanzieren. Aber er hätte sich von allem ferngehalten.«

»Wie das? Er hätte mittendrin gesessen.«

»Nein. Du hast sein Haus noch nicht gesehen.«

»Was?«

»Ich zeig's dir«, sagt Canning. »Nächstes Wochenende.«

Und er hält sein Versprechen. Obwohl Adam kein weiteres Wort darüber verloren hat, führt Canning ihn bei seinem nächsten Besuch in den Wald hinter der Lodge. Zunächst denkt Adam, dass Canning zu dem Teich will, in dem er am ersten Morgen gebadet hat, doch sie folgen einem anderen Pfad, der vor einem windschiefen, primitiven kleinen Haus am Fuß der Berge endet, erbaut aus dem grauen Stein der Felswand, sodass es mit dem Hintergrund buchstäblich zu verschmelzen scheint. Es ist wie aus einem Märchen: ein Hexenhaus im tiefen Wald.

»Da«, sagt Canning. »In dem Haus bin ich aufgewachsen.«

»Das ist ja unglaublich. Ich hatte keine Ahnung, dass hier ein Haus steht.«

»Genau so war es auch gedacht. Während die Wildfarm da unten quasi von selbst lief, wollte er hier oben leben, im Verborgenen, von den anderen unbemerkt.«

Und das ist nicht annähernd so widersinnig, wie es scheint. Die Berge, der dichte Wald: Sie bilden einen Halbkreis um die Lichtung, schirmen sie ab, verwandeln sie in eine Insel.

»Und wer wohnt jetzt hier?«

»Niemand. Seit dem Tod meines Vaters steht es leer.«

»Können wir mal reingehen?«

»Tu dir keinen Zwang an. Die Tür ist offen. Aber ich setze keinen Fuß da rein.«

Canning bleibt zurück, und seine Angst und seine Abscheu sind so deutlich zu spüren, dass Adam seine Neugier als Verrat empfindet. »Ein andermal«, sagt er.

Bevor sie den Rückweg durch den Wald antreten, sieht Canning sich auf der Lichtung um. »Die Asche meiner Mutter ist hier verstreut«, sagte er betont beiläufig, doch die Worte bleiben ihm im Halse stecken; einen Augenblick lang klingt er wie ein Teenager im Stimmbruch.

Bald darauf betritt er das Haus, doch ohne Canning. Stattdessen führt Baby ihn herum wie eine sardonische Reiseführerin einen Touristen. Bei fast allen seinen Besuchen auf Gondwana ist Adam irgendwann mit Baby allein. Canning hat häufig geschäftlich zu tun: Entweder bekommt er Besuch von Leuten wie Sipho Moloi, oder es stehen dringende Telefonate, Briefe, Konferenzen an. Immer wieder fallen versteckte Andeutungen zu Verträgen und »Vereinbarungen«, nicht selten unter Berufung auf den geheimnisvollen Mr Genov. Adam weiß nicht, was das alles zu bedeuten hat, nimmt jedoch an, dass es mit dem Wiederaufbau der Farm zusammenhängt. Er fragt vor allem deshalb nicht danach, weil er in Gedanken ganz woanders ist: Wenn Canning zu tun hat, überlässt er es Baby, sich um Adam zu kümmern.

Die ersten paar Mal sitzen sie nur zusammen und reden, und sie steckt ihn mit ihrer Langeweile an. Doch mit der Zeit kann er sie dazu bewegen, mit ihm im Wald spazieren zu gehen. Er betrachtet dies als einen kleinen Sieg über ihre Missachtung der Schönheit. Ihr dritter oder vierter Ausflug führt sie fast zufällig zu dem windschiefen Häuschen am Fuß der Felswand.

»Ich würde mich gern mal drinnen umsehen«, sagt er.

»Nur zu. Da gibt's nicht viel zu sehen, ich war schon mal drin.«

»Aber nur, wenn Sie mitkommen. Bitte.«

»Hu! Sie haben doch nicht etwa Angst?«, frotzelt sie, geht

dann aber doch voran. Vier Zimmer mit kleinen Fenstern, niedrigen Decken. Wortlos gehen sie durch eine Küche und ein schmuckloses Bad, das so gar nichts Heimeliges, Behagliches hat. Ein Wohnzimmer gibt es nicht; dies ist das Haus eines Mannes, dem Ruhe und Muße fremd waren. Es ist alles sehr schlicht, sehr einfach. Es gibt auch keinen Strom; halb heruntergebrannte Kerzen stehen erstarrt auf Untertassen. Die Wände sind mit rätselhaften Flecken übersät, die aussehen wie die Karten unbekannter Kontinente, und ein undefinierbarer Geruch hängt in der Luft. Es hat etwas von einem Geisterhaus, was jedoch vermutlich an den Hinterlassenschaften seines einstigen Bewohners liegt, die überall zu finden sind: Im Flur stehen wartend Lederstiefel, denen man immer noch die Form der Füße ansieht, die einst in ihnen steckten, und hinter der Tür hängt, wie der Umriss eines Körpers, ein dicker Mantel. Hüte und Tassen baumeln an Haken, und ein Jagdgewehr klemmt in einem Halter an der Wand.

Adam schaudert; das Haus ist ihm unheimlich. Es ist, als ob der *Oubaas*, Cannings Vater, nur kurz vor die Tür gegangen wäre und jeden Moment wiederkommen könnte. Das Gefühl, beobachtet zu werden, wird noch verstärkt durch die zahlreichen Glasaugen in den Köpfen toter, ausgestopfter Tiere, für die im Haupthaus wohl kein Platz mehr war. Adam sieht Vögel, Antilopen und Paviane und sogar ein verirrtes Warzenschwein, für die Nachwelt präpariert und auf Holzscheiben montiert. Ein wimmelndes Bestiarium, wie die Menagerie auf der Arche Noah.

»Der Mann hatte anscheinend einen Hang zum Töten«, sagt Adam.

»Mh-hm.«

»Haben Sie ihn noch gekannt – Ihren Schwiegervater?«

»Er war schon tot, als ich auf der Bildfläche erschien. Aber wenn man Kenneth glauben darf, hätte er auch mich erschossen und ausgestopft.«

Er lacht nervös bei der Vorstellung, dass sie als Trophäe zwischen den Tieren hängen könnte.

»Sehen Sie«, sagt sie. »Hier hat Kenneth geschlafen.«

Er glaubt ihr aufs Wort, auch wenn nichts darauf hindeutet, dass dies einmal ein Kinderzimmer war. Ein Bett, ein Schreibtisch und ein Schrank, alles leer. Das Fenster geht geradewegs auf die Felswand, die den Blick versperrt wie eine nackte Mauer. Es fällt nicht schwer, sich den jungen Canning vorzustellen, wie er hier die Schulferien verbringt – obwohl sich das Zimmer ebenso leicht *ohne* ihn vorstellen lässt, ausgeräumt und seinem ursprünglichen Zweck entfremdet. Nein, Canning hat hier keine Spuren hinterlassen; hier wohnen mächtigere Geister.

Nirgends ist dieses Gefühl stärker als im letzten Zimmer. Ein altes Doppelbett mit Messinggestell. Die nackte Matratze. Kaum andere Möbel, von einer Kommode abgesehen. Und an der Wand – besonders bizarr – ein zähnefletschender Leopardenkopf.

»Stellen Sie sich vor«, sagt sie. »In diesem Bett wurde Kenneth gezeugt.«

Obwohl die Bemerkung scherzhaft gemeint war, lässt ihn der Gedanke nicht mehr los. Der *Oubaas*, der sich vor dreiundvierzig Jahren zwischen den Schenkeln seiner Frau dem Höhepunkt entgegenkämpfte. Genau hier, an dieser Stelle – eine Explosion zahlloser potenzieller Cannings, von denen nur ein einziger den Weg zum Ziel fand.

»Genug«, sagt er, weil er sowohl der Vorstellung als auch dem Haus entkommen will. »Bloß raus hier.«

Schweigend gehen sie zurück zur Lodge. Adam ist zu seinem Erstaunen seltsam gerührt von Cannings Vergangenheit, die er trotz allem immer noch nicht ganz versteht. Hier der übermächtige, zornige Vater; dort die sanftere, liebende Mutter – mit ihrem Tod sind sie zu mythischen Figuren geworden, zwischen denen der verängstigte kleine Canning undeutlich Gestalt annimmt. Adam ist nach wie vor gedrückter Stimmung, als Baby ihm – kaum dass sie den Wald verlassen haben – plötzlich die Hand auf die Schulter legt.

»Fehlt Ihnen etwas?«, fragt sie leise.

»Mir? Nein … Nein, alles bestens.« Sein Lächeln fällt eine Spur zu strahlend aus.

Zwischen den beiden herrscht eine eigentümliche Vertrautheit, die nur dann zum Tragen kommt, wenn sie allein sind. Seit sie ihn gebeten hat, ihr die Fingernägel zu lackieren, knistert es zwischen ihnen; ein unausgesprochenes Gefühl, das sich – was Adam betrifft – aus Frustration und Sehnsucht speist. Was Baby empfindet, ist nicht ganz klar, doch ist sie sich der Wirkung, die sie auf ihn ausübt, zweifellos bewusst. Sie führt häufig körperliche Berührungen herbei, indem sie ihn bittet, ihr das Haar zu bürsten oder die Schultern zu massieren, und in diesen Momenten regt sich in ihm ein gefährliches Verlangen. Ebenso oft aber verfällt sie in schlechte Laune und behandelt ihn wie einen Eindringling. Er hat das Gefühl, dass zwischen ihnen ein Spiel stattfindet, an dem sie zwar beide beteiligt sind, dessen Regeln freilich nur sie kennt.

Dann wieder wird sie – wie jetzt – zu einem völlig anderen Menschen: mitfühlend, zärtlich, ohne Hintergedanken. In solchen Augenblicken öffnet er sich und wendet sich ihr zu. Aber dann ist der Moment auch schon vorbei; sie lässt die Hand sinken, und sie eilen weiter zur Lodge.

Canning erwartet sie bereits; er geht auf der *stoep* unruhig auf und ab. »Da seid ihr ja endlich«, ruft er, als er sie erblickt. »Ich hatte schon angefangen, mir Sorgen zu machen.«

Canning macht sich häufig Sorgen, wenn Adam und Baby spazieren gehen, aber seine Unsicherheit hat nichts mit Eifersucht zu tun. Er scheint vielmehr Angst zu haben, dass seine Frau spurlos verschwinden könnte, wenn er nicht hinsieht. »Es ist verrückt, ich weiß«, gesteht er Adam wenig später, als sie allein sind. »Aber ich habe das Gefühl, dass irgendetwas sie mir wegnimmt, wenn ich sie nicht im Auge behalte.«

»Du hast Angst, sie zu verlieren. Aber sie will dich doch gar nicht verlassen, Canning.«

»Meinst du wirklich? Ach, ich bin dir ja so dankbar!«

Adam mustert Canning. Sein neuer alter Freund ist ein komplizierter, bisweilen sogar interessanter Mann, und obwohl Adam manches an ihm irritiert, hat er doch mehr Tiefgang, als Adam anfangs dachte. Er kennt ungeahnte Abgründe der Trauer und der Qualen, und das weckt Adams Mitleid.

»Sie ist urplötzlich in mein Leben getreten«, sagt er. »Was also sollte sie daran hindern, genauso schnell wieder zu verschwinden?«

»Warum sollte sie? Sie ist glücklich mit dir.«

»Ja, natürlich«, sagt Canning nachdenklich, doch sein Gesicht verrät Zweifel. Dann plötzlich hellt sich seine Miene auf. »Ich bin ja so froh, dass du Gelegenheit hattest, sie näher kennenzulernen, Nappy. Ich bin froh, dass ihr euch versteht.«

»Ja, sie ist reizend. In ihrer Gesellschaft fühle ich mich wohl.«

Canning nickt feierlich, mit leuchtenden Augen. »Ihr beiden seid die einzigen Menschen auf der Welt, an denen mir wirklich etwas liegt«, sagt er. »Ich möchte, dass ihr Freunde werdet.«

Baby ist der Dreh- und Angelpunkt in Cannings neuem Leben; so viel steht fest. Er spricht in einem fort von ihr, in begeisterten, überschwänglichen Worten, wobei er in fiebrige Erregung gerät, wie ein religiöser Eiferer. Doch auch die dunkle Seite seines Gefühlslebens bleibt Adam nicht verborgen. Oft verfällt er, nachdem er sich minutenlang darüber ausgelassen hat, wie »toll« Baby doch sei oder wie sehr sie sein Leben verändert habe, unversehens in dumpfes Grübeln und beklagt sich bitterlich über ihre Gefühlskälte.

»Ich glaube, sie nimmt mich gar nicht wahr«, sagt er einmal zu Adam.

»Aber das ist doch Unsinn.«

»Nein, es stimmt, Nappy. Glaub mir. Manchmal spricht sie tagelang kein Wort mit mir.«

»Na ja, sie wirkt sehr distanziert. Anderen Menschen gegenüber.«

»Aber ich bin ihr Mann! Wir sind verheiratet!« Canning wird rot vor Zorn. »Ich hatte Frau und Tochter. Ich habe eine glückliche Familie zerstört, nur um mit ihr zusammen zu sein. Hier.« Er tastet nach seinem Portemonnaie und holt ein abgegriffenes Foto von einer brünetten jungen Frau mit einem kleinen Mädchen auf dem Arm daraus hervor. Sie sieht genauso aus, wie Adam sich Cannings Frau vorgestellt hat: dick wie er, ein wenig hausbacken und müde. »Adele«, verkündet er stolz. »Und mein Töchterchen Celeste.«

»Wo sind sie jetzt?«

»In Johannesburg. Aber ich habe sie seit einer Ewigkeit

nicht mehr gesehen. Adele hat das Sorgerecht und lässt mich nicht in ihre Nähe. Ich fürchte, ich habe mich ziemlich danebenbenommen. Ich habe ihnen sehr weh getan.«

Adam gibt ihm das Foto zurück. Canning sieht es sich einen Moment lang an, mit einem unbestimmten Ausdruck im Gesicht, und steckt es dann wieder ein. »Ich habe vieles aufgegeben, um mit Baby zusammen zu sein«, sagt er tonlos. Dann packt er Adam am Arm und setzt ängstlich hinzu: »Ich hoffe, du nimmst es mir nicht übel, dass ich dir das alles erzähle, Nappy. Du musst verstehen – ich bete sie an. Ich würde sie niemals verlassen.«

»Ich verstehe.«

»Ich weiß. Du bist mein bester Freund, Nappy. Du bist der Einzige, mit dem ich darüber reden kann.«

In solchen Momenten empfindet Adam jedes Mal eine Mischung aus Mitleid und Ekel; traurige Geständnisse sind nicht sein Fall. Zugleich jedoch möchte er unbedingt mehr über Baby erfahren. Die Fragen, die er ihr gestellt hat, zu ihrer Person, ihrer Vergangenheit, sind größtenteils unbeantwortet geblieben. Es scheint ihr perverse Freude zu bereiten, sich mit einer geheimnisvollen Aura zu umgeben. Darum ist er auf Canning angewiesen, wenn er mehr über sie wissen will.

Mit der Zeit wird ihre zwiespältige Beziehung immer enger, und Canning rückt mit ein paar schmerzlichen Wahrheiten heraus. So eröffnet er ihm eines Abends, als sie dem Löwen zusehen, wie er in seinem Gehege einen frischen Kadaver verspeist, dass er und Baby nicht mehr miteinander schlafen. Anfangs, erzählt er Adam, habe Leidenschaft noch eine Rolle gespielt, aber seit ihrer Hochzeit meide Baby jeglichen Körperkontakt. Zwar sei es noch ein paarmal zum Geschlechtsverkehr gekommen, eines Abends jedoch habe sie ihn unwiderruflich abgewiesen, und seitdem verweigere sie sich.

»Warum?«, fragt Adam. »Aus welchem Grund? Was sagt sie dazu?«

»Wir sprechen nicht darüber.«

»Du hast sie nie danach gefragt?«

»Nein. Das ist einfach zu verletzend, Nappy.« Die Kränkung ist Canning deutlich anzusehen; er blinzelt hektisch, um seine Tränen zu kaschieren. »Hin und wieder versuche ich mein Glück«, setzt er traurig hinzu, »aber immer ohne Erfolg.«

Adam ist gegen seinen Willen gerührt, kann seine heimliche Freude jedoch nur schwer verbergen. Und Canning hat Angst, dass er zu viel von sich preisgegeben hat. Auf dem Rückweg vom Löwengehege zur Lodge sagt er plötzlich: »Nappy… was ich dir gerade erzählt habe. Das bleibt doch unter uns, oder?«

»Aber ja, Canning. Selbstverständlich.«

»Danke.« Er legt Adam den Arm um die Schultern, und die Wärme seiner Hand ist wie ein geheimes Brandzeichen der Freundschaft. »Das habe ich noch nie jemandem erzählt, Nappy. Niemandem auf der ganzen Welt!«

»Schön, dass du das Gefühl hast, dich mir anvertrauen zu können, Canning.«

»Ja, Nappy. Ich vertraue dir hundertprozentig.«

Was vermutlich sogar die Wahrheit ist, denn nur eine Woche später folgen weitere Offenbarungen. Diesmal löst der Alkohol Canning die Zunge. Nach ihrem üblichen Samstagabendmahl sitzen sie zu zweit am Feuer unter der Eiche. Baby hat sich zurückgezogen, entweder ins Haupthaus oder in ihren *rondawel*. Canning gibt noch ein Holzscheit in die Glut, und die Flammen lodern auf und werfen gigantische, verzerrte Schatten auf den Rasen. Auf dem Dach sitzen die Pfauen stumm und schauen. Nach langem Schweigen sagt er: »Weißt du, was? Sie heißt eigentlich gar nicht Baby.«

Diese Mitteilung kommt völlig unvermittelt, wie aus heiterem Himmel. Adam erstarrt, aus Angst, eine unbedachte Bewegung könnte Canning davon abhalten, ihm sein Herz auszuschütten.

»Sie hat sich nach einer Figur aus einer Fernsehserie benannt. Aus einer Seifenoper, glaube ich. Sie mochte die Figur, weil… Ach, was soll's, ich hab's vergessen. Alles«, sagt er, und seine Stimme klettert in schmerzhafte Höhen, »alles eine einzige beschissene Lüge!«

Adam hat ihn noch nie so aufgewühlt erlebt. Es folgt eine Pause, in der Cannings Atem sich beruhigt und er irgendwie zu schrumpfen scheint. Dann sagt er leise: »Und ich spiele mit. Ich decke sie. Ich wahre den Schein.«

Adam erwacht aus seiner Starre und befeuchtet seine trockenen Lippen. Endlich kann er gefahrlos einhaken. »Welchen Schein?«

Ein Schauder geht durch Cannings Körper, doch die Wahrheit kommt ihm jetzt fast mühelos und ohne zu stocken über die Lippen. »Als wir uns kennenlernten«, sagt er, »arbeitete sie als Callgirl in Johannesburg. Ihre Geschichte, dass wir uns privat, über einen gemeinsamen Freund kennengelernt haben – die ist nicht wahr. Oder bestenfalls eine Halbwahrheit. Schönfärberei.«

»Im Ernst?«, fragt Adam. Sein Versuch, sich in stiller Neutralität zu üben, ist gescheitert; er hört das Entsetzen in seiner eigenen Stimme.

Auch Canning kann es nicht entgangen sein, denn er wirft

Adam einen bangen Blick zu und tritt sofort den Rückzug an.

»Nicht, dass du mich falsch verstehst, Nappy, sie war keine ordinäre Straßenhure. Nein, sie arbeitete für einen Escortservice. Einen ziemlich exklusiven Laden.«

»Ich … Ich maße mir kein Urteil an.«

»Sie hatte einige Hürden zu überwinden. Ich kann dir sagen, Nappy, ihre Jugend war ein Albtraum. Ich könnte dir Geschichten erzählen, da kommen dir die Tränen. Sie stammt aus schwierigen Verhältnissen. Sie hatte es weiß Gott nicht leicht. Sie hat eine Menge durchgemacht.«

»Das glaube ich dir«, sagt Adam mit aufrichtigem Ernst. Plötzlich fügen sich allerlei rätselhafte Details zu einem Bild – ihre Art zu sprechen, diese gefasste, beherrschte, durch und durch künstliche Stimme ohne eindeutig bestimmbaren Akzent. Oder die kaum verhohlene Härte, die von Zeit zu Zeit in ihren Zügen aufblitzt, die gelegentlichen Anflüge von Vulgarität. Vor allem aber ihre Heimlichtuerei erscheint dadurch in einem völlig neuen Licht: das Bedürfnis, ihre Vergangenheit zu verschleiern, auszulöschen.

»Bitte, bitte«, sagt Canning, plötzlich sehr besorgt, »du darfst deshalb nicht schlecht über sie denken. Ich hoffe, das ändert nichts daran, wie du sie siehst.«

»Keine Angst.« Dabei ändert das natürlich alles; er wird sie nie wieder so sehen wie zuvor.

»Sie ist nämlich wirklich bemerkenswert, Nappy. Wenn du ihre ganze Geschichte kennen würdest … Sie ist eine tolle Frau.«

»Ich weiß.«

Und zum ersten Mal ist er sich sicher, dass es stimmt. Adam fühlt sich ihr nicht fremd: Im Gegenteil, das Band zwischen ihnen ist noch stärker geworden. Er ist nicht der Einzige, dessen Beziehung zu Canning auf Lügen gründet; er ist nicht der einzige Betrüger. Doch die brennende Neugier, die sie in ihm geweckt hat, ist mit einem Schlag dahin; er weiß nicht recht, ob er ihre Geschichte wirklich hören will, in all ihren schäbigen Details. Er kann sich nur zu gut vorstellen, wie dieses Leben verlaufen ist: der beschwerliche Aufstieg aus der Armut, die skrupellose Ausbeutung ihrer Schönheit, um nach oben zu kommen, die tristen Zimmer und trostlosen Begegnungen, die sie hat erdulden müssen ... Nein, lieber nicht. Das könnte alles verderben. Es ist möglich, zu viel zu wissen.

Eine Frage aber lässt ihm aus irgendeinem Grund keine Ruhe. »Sag mal«, sagt er, beugt sich vor und legt Canning die Hand auf den Arm, »wie heißt sie denn nun wirklich?«

Canning sieht ihn an, öffnet den Mund und möchte ihm eben eine Antwort geben, als Baby aus dem Haupthaus tritt und in ihre Richtung kommt. Sie geht an einer der Lampen auf der vorderen *stoep* vorbei, und einen Augenblick lang ist ihr Körper eine dunkle, undeutliche Silhouette; dann ist sie wieder eine ganz normale Frau, zierlich, hinreißend und zornig. Sie lässt sich in einen Liegestuhl fallen.

»Worüber habt ihr geredet?«, fragt sie.

»Nichts«, sagt Canning.

Und tatsächlich scheint es, als ob sie über nichts geredet hätten.

11

ES WIRD HOCHSOMMER. DAS LICHT scheint von morgens bis abends im Zenit zu stehen. Auf den Hügeln ein Stück außerhalb des Ortes bricht ein Feuer aus; es wütet tagelang, lässt die Sonne hinter einem Rauchschleier verschwinden und taucht die Nacht in rote Glut, als hinge eine bizarre Galaxie tief am Firmament. Das Jahr geht zu Ende, und die bunten Lichter, die noch vom letzten Fest an den Laternenmasten hängen, werden eingeschaltet. Auf den Straßen sieht man immer mehr Betrunkene. Fanie Prinsloos Hotel wirbt mit einem »All-You-Can-Eat«-Weihnachtsbüfett. Die Supermarktangestellten tragen Nikolausmützen, und viele Schaufenster entlang der Hauptstraße sind mit Flitter und billigem Weihnachtsschmuck dekoriert. Doch diese Inseln aufgesetzter Fröhlichkeit lassen die sonnengedörrte Leere der Schotterpisten und die melancholischen Weiten, die sich bis zum Horizont erstrecken, nur noch trostloser erscheinen.

Ein paar Tage vor Weihnachten klopft es an der Hintertür. Es ist das erste Mal seit seinem unangemeldeten Besuch, dass der Mann in Blau sich Adam direkt nähert, aber diesmal möchte er nicht bleiben. Stattdessen ringt er sich mit schüchterner Verlegenheit zu der Frage durch, ob Adam an Weihnachten schon etwas vorhabe. »Ich brate nämlich einen riesigen Truthahn, und da dachte ich, Sie möchten vielleicht …«

»Oh, das tut mir leid, aber ich kann nicht«, fällt Adam ihm ins Wort. »Da bin ich bei meinen Freunden.«

»*Ja, ja,* das habe ich mir gedacht … Ich weiß ja, dass Sie jedes Wochenende weg sind … Ich wollte ja auch nur mal fragen.«

»Vielen Dank. Ich würde ja gern, aber …«

»*Ja,* dann. Ein andermal.« Betrübt und vorwurfsvoll zugleich starrt Blom ihn an. »Sie haben sich noch immer nicht meine Gedichte angesehen.«

»Ihre Gedichte?«

»Wissen Sie nicht mehr? Ich habe Ihnen doch erzählt …«

»Ja, ja, ich weiß. Ich komme die Tage mal vorbei, Ehrenwort. Ich habe einfach unheimlich viel zu tun.« Er erinnert sich dunkel an das Gespräch und Bloms rätselhafte Andeutungen über Gedichte, hat aber nicht die geringste Lust, seinen Nachbarn zu besuchen. Er verspürt ein seltsames Gefühl der Wut auf diesen alten Mann, der mit seiner Einsamkeit so ungeschickt hausieren geht. Doch als die Gestalt in Blau davontrottet, wirkt sie so hilflos und verloren, dass sich Adams Gewissen meldet. Blom, der allein vor seinem Truthahn sitzt: Diese Vorstellung zerreißt ihm fast das Herz.

Canning und Baby haben Adam eingeladen, die Woche zwischen Weihnachten und Neujahr auf Gondwana zu verbringen. Er freut sich auf dieses stille, abgeschiedene Idyll fernab der verkrampften Ausgelassenheit im Ort. Doch als es schließlich so weit ist, entpuppt sich das Idyll als wüstes Gelage, bei dem der Alkohol in Strömen fließt. Sipho Moloi und seine Frau sind gekommen – und ein zweites Pärchen, Enoch und Ruth Nandi. Reichlich Gelächter, Schulterklopfen, blaue Cocktails. Baby scheint sich zum ersten Mal wirklich zu amüsieren; sie blüht regelrecht auf, Adam hingegen ist geknickt. Er trägt sich sogar mit dem Gedanken, nach Hause zu fahren.

Als es auf Silvester zugeht, ist es mit der exzessiven Feierei vorbei. Sipho und seine Frau sind abgereist; nur die Nandis sind noch da. Schlag Mitternacht bittet Canning seine Gäste, das Glas zu erheben und auf das großartige neue Jahr anzustoßen, und alle wechseln bedeutungsschwangere Blicke, aus denen die Verheißung baldigen Reichtums hervorschimmert wie eine Silberader.

Alle außer Adam. Er versteht es nicht, dieses endlose Geraune über Geschäfte, das dann doch keinerlei sichtbare Erfolge zeitigt. Ganz im Gegenteil: Alles um ihn herum scheint seltsam statisch und erstarrt, als warte es darauf, zum Leben erweckt zu werden.

Gegen zwei Uhr morgens ist die Party beendet. Auf dem Weg ins Bett bleibt Adam stehen, um sich die Autoscheinwerfer anzusehen, die bisweilen am Nachthimmel aufflackern, ein surrealer Anblick, der ihn immer wieder in Bann schlägt. Plötzlich schlingt Canning ihm einen schlaffen Arm um die Schultern, und Adam steigt der ebenso strenge wie vertraute Körpergeruch in die Nase – Schweiß und Aftershave.

»Ach, Nappy«, sagt er. »Alter Freund. Wie schön, dass du miterleben kannst, wie sich alles zum Guten wendet.«

»Wo liegt denn das Problem?«

»Wie meinst du das?«

»Nun ja, die Wildfarm ist doch startklar. Soviel ich sehe, fehlen bloß noch die Tiere. Wo also ist der Haken?«

»Die Wildfarm? Ich verstehe nicht ganz.« Canning blinzelt, dann nimmt sein Gesicht einen verschlagenen Ausdruck an. »Es geht mir nicht um die Wildfarm.«

»Was? Ich dachte …«

»Nein, ich habe große Pläne, Nappy. Aber nicht in dieser Richtung.«

»Sondern?«

»Das kann ich dir leider erst verraten, wenn wir auch die letzten bürokratischen Hürden genommen haben.

Aber sobald der neue Nutzungsplan vorliegt …«

»Was denn für ein Nutzungsplan?«

Canning zögert einen Augenblick. Er sieht aus, als wollte er Adam etwas beichten, besinnt sich dann aber eines Besseren. »Das kann ich dir nicht sagen«, sagt er.

»Noch nicht.«

Aber kurz darauf tut er es doch.

*

Canning hat wiederholt davon gesprochen, mit Adam zur Quelle des Flusses wandern zu wollen. Das erfordert allerdings einen Gewaltmarsch ins Gebirge, der größtenteils durchs Wasser führt. Eine so beängstigende Vorstellung, dass sie den Ausflug immer wieder verschoben haben. An einem Wochenende Ende Januar jedoch vermag Canning nichts mehr zurückzuhalten. Woher sein plötzlicher Ehrgeiz rührt, ist nicht ganz klar, aber Adam und er sind sich einig, dass es Samstag losgehen soll.

Kurz vor Sonnenaufgang brechen sie zur *kloof* auf. Der Aufstieg beginnt bei dem Teich, in dem Adam am ersten Morgen gebadet hat. Er hatte angenommen, der Fluss sei überall gleich breit, doch nachdem sie die erste Felsbarriere überwunden haben, folgen sie einem schmalen blauen Rinnsal zwischen hohen grauen Wänden. Hier und da gibt es Trittsteine, aber den Rest der Strecke müssen sie entweder waten oder schwimmen. Mal ist das Wasser flach, mal brusttief. Es ist kalt und reißend, und das ohrenbetäubende Tosen und die gewaltige Kraft, mit der es in einem fort an ihnen zerrt, sind berauschend und furchterregend zugleich. Alles scheint möglich: Die Erde könnte sich über ihnen schließen, oder eine riesige Welle könnte die Schlucht herabgestürzt kommen.

Obwohl ihr Weg stetig bergauf führt, steigen die Berge ringsum immer steiler an, bis sich die beiden zu guter Letzt in einer schmalen Rinne wiederfinden und der Himmel nur noch ein Lichtstreifen hoch oben ist. Die Strömung ist so stark, dass Adam Angst hat, den Halt zu verlieren und wieder ins Tal hinabgerissen zu werden. Schließlich jedoch gelangen sie über einen steinernen Sims in einen weiten, dunklen Teich, fast schon ein See, der spiegelglatt in einem Felsbecken liegt, wie ein gewaltiges Auge, das in die Sonne starrt. Von hier aus geht es nicht mehr weiter. Die Bergwände haben sich geschlossen; sie befinden sich am höchsten Punkt der *kloof.*

»Aber wo ist denn nun die Quelle?«, fragt Adam.

»Da drin.« Canning zeigt zum anderen Ende des Teiches, wo der Fels einen Überhang bildet, unter dem Wasser und Schatten sich vereinen. Aus dieser Höhle steigt der Fluss, scheinbar bewegungslos, herauf.

Adam schaudert. Er hatte etwas anderes erwartet: eine sprudelnde Fontäne, die hell und klar aus der Erde schießt. Und nicht einen so düsteren Ort wie diesen. Er kann sie sich lebhaft vorstellen, die dunklen, unterirdischen Röhren, die sich tief und tiefer in die Berge graben, in einen widerhallenden granitenen Urschoß.

Eigentlich hatten sie hier ein Picknick machen wollen, aber ein hübsches, einladendes Plätzchen, wo man sich niederlassen könnte, ist nirgends zu entdecken. Sie schauen sich zwischen den nassen Steinen um, bis Canning den Blick nach oben richtet und auf halber Höhe der Felswand einen Vorsprung erspäht. »Was hältst du davon?«, fragt er.

Sie müssen klettern. Obwohl der Fels nicht so steil ist, wie er aussieht, und sich überall Spalten und Tritte befinden, wäre ein Sturz mit ziemlicher Sicherheit tödlich. Adam ist fitter und beweglicher als Canning und erreicht den Vorsprung volle zwei Minuten vor ihm. Es war die Mühe wert: Hier oben scheint die Sonne, der Ausblick ist grandios. Adam macht es sich bequem und wartet.

Als Canning keuchend und prustend auftaucht, passiert es. Sein Fuß rutscht ab, und er verliert den Halt, die Augen vor Angst weit aufgerissen. Eigentlich ist er schon im Fallen begriffen. Nichts behindert seinen Sturz auf die schroffen Felsen in der Tiefe. Einen Augenblick lang steht die Zeit still. Dann schnellt Adams Hand hervor und schließt sich um Cannings Handgelenk; er zieht ihn auf den sicheren Vorsprung.

Canning bringt zunächst kein Wort heraus. Dann sagt er nur: »Danke.«

Adam nickt. Sie verhalten sich ruhig, sparen mit Worten und Gesten, doch sie ahnen, dass es auch ganz anders hätte kommen können. Hätte das Schicksal es gewollt, dass Canning fällt, sähe die Zukunft völlig anders aus. Aber der Moment geht vorüber, und nur ein kurzer Wortwechsel erinnert noch daran.

»Du hast mir wahrscheinlich das Leben gerettet«, sagt Canning.

»Schon möglich.«

Dann sitzen sie Seite an Seite auf dem Vorsprung, zwei Männer mittleren Alters, die sich von der Sonne trocknen lassen. Beide tragen Shorts und Laufschuhe; ihre T-Shirts stecken in dem kleinen Rucksack auf Cannings Rücken. Adam wirft einen verstohlenen Blick auf seinen Begleiter und vergleicht. Cannings Körper ist schlaff und bleich, leicht verfettet und irgendwie geschlechtslos, sein dicker Bauch hängt über den Bund seiner Shorts. Neben ihm kommt sich Adam rank und schlank vor, begehrenswert beinahe.

»Ist das nicht herrlich?«, fragt Canning.

Der Ausblick erstreckt sich über den Steinkrater und einen Bergrücken hinweg bis zu den flirrenden Ebenen in der Ferne. Ringsum hebt und senkt sich die Welt.

»Wie hast du den See gefunden?«

»Ich war mal mit Lindile hier«, sagt Canning. »Du weißt schon, mein erster ...«

»Dein erster schwarzer Freund, ja.« Die ständigen Anspielungen auf die paradiesischen Zeiten vor dem Sündenfall gehen Adam entschieden auf die Nerven.

Canning scheint davon nichts zu merken. Vielleicht entgeht ihm aber auch weniger, als Adam glaubt. Nachdem sie es sich bequem gemacht, ihr Picknick ausgebreitet und sich satt-zufriedenen Mittagsträumereien hingegeben haben, sagt Canning plötzlich: »Du solltest das genießen, solange es noch geht. Damit ist es nämlich bald vorbei.«

»Wie soll ich das verstehen?«

»Hier wird sich allerhand verändern, Nappy. Endlich.«

»Was?«

Canning kaut ein Sandwich. Er legt es beiseite und wischt sich den Mund ab; ein paar Krümel kleben noch an seinen Lippen. »Ich lege hier einen Golfplatz an.«

»Wie bitte?«

Aber die einzige Antwort ist ein Nicken: feierlich und bestimmt.

Adam lacht. Hohl hallt es von den Felswänden wider. Doch als das Echo langsam verebbt, wird ihm klar, dass Cannings Vorhaben alles andere als komisch ist. Er denkt zurück, lässt die vergangenen Monate Revue passieren, versucht, die vielen kleinen unerklärten Augenblicke und Details in einen sinnvollen Zusammenhang zu bringen. Er hat angenommen, dass es bei all den Besprechungen, geheimen Briefen und Besuchen von Leuten wie Sipho Moloi darum ging, die Wildfarm wieder in Betrieb zu nehmen, jetzt aber muss er einsehen: Es ging darum, anstelle der Wildfarm etwas anderes zu errichten.

»Canning«, sagt er. »Das kann nicht dein Ernst sein.«

»Und ob das mein Ernst ist.«

»Aber damit machst du die Farm ... alles kaputt.«

»Ja.«

»Und warum das Ganze?«

»Rache«, sagt Canning.

»Rache? An wem?«

»Das weißt du doch genau, Nappy. Niemand weiß das besser als du.« Canning beugt sich zu ihm, und einen Moment lang sieht Adam sein Spiegelbild, doppelt reflektiert in den Augen des anderen. »Weißt du nicht mehr, was du mir damals gesagt hast?«, fragt Canning.

Adam würde ihm die Wahrheit am liebsten vor die Füße spucken wie ein Stück Erbrochenes. *Nein*, möchte er schreien, *ich weiß nicht, was ich dir damals gesagt habe, ich erinnere mich an gar nichts, nicht einmal an dich*. Aber er schweigt, und Canning plappert nichtsahnend weiter.

»Es geht natürlich nicht allein um Rache. Ich verfüge über einen ausgeprägten kapitalistischen Instinkt, ich mache dabei eine hübsche Stange Geld.« Fast schon reflexartig wandert seine Hand bei dem Wort »Geld« zu seiner Hosentasche, obwohl er heute kein Kleingeld bei sich hat. »Auf meine Art liebe ich die Farm genauso sehr wie du. Das müsstest du eigentlich wissen. Aber letztlich gehört sie noch immer meinem Vater. Sie war sein großer Traum, nicht meiner.« Seine Stimme sinkt um eine Oktave und bekommt jetzt selbst etwas Verträumtes. »Weißt du«, sagt er, »manchmal stelle ich mir vor, wie der Alte von da oben auf mich herunterschaut. Ich weiß, dass das unmöglich ist, trotzdem stelle ich mir vor, wie hilflos und wütend es ihn macht, dass ich eine Schwarze geheiratet habe. Wie zornig und verzweifelt er ist, weil ich die Farm bekommen habe. Und ich schlafe jeden Abend glücklich und zufrieden ein, wenn ich nur daran denke, wie ich seinen Traum zerstören werde. Peu à peu, Stück für Stück. Ich werde jede Sekunde auskosten.«

Seine Worte klingen so endgültig, dass sich jeder Widerspruch erübrigt. Und eine bessere Rache lässt sich schwerlich denken. Von der Vision einer unkultivierten Urlandschaft wird nichts mehr übrig sein. An ihrer Stelle wird eine durch und durch künstliche Fantasie aus Fairways, Bunkern und Putting Greens entstehen, gespickt mit kleinen Fähnchen. Ein Gefühl der Verzweiflung steigt in Adam auf. Die Leere und Geistlosigkeit des Unterfangens sind begrifflich kaum zu fassen; Worte wie *Schändung* und *Entweihung* kommen ihm in den Sinn.

Aber das sagt er nicht. Stattdessen murmelt er: »Ist das Gelände dafür überhaupt geeignet? Ist es hier nicht viel zu heiß und trocken?«

»Selbst auf dem Mond haben sie Golf gespielt, Nappy, wusstest du das? Manche Leute spielen Golf sogar im Schnee, mit roten Bällen. Golf kann man praktisch überall spielen. Klar, man braucht Rasen für die Tees und Greens, aber davon abgesehen lässt sich fast jedes Gelände dafür nutzen. Und hier wollen wir die Wüstenbedingungen als die eigentliche *Besonderheit* des Platzes herausstellen.« Canning hat sich in Fahrt geredet; jetzt ist er nicht mehr zu bremsen. »Also, für einen 27-Loch-Kurs brauchst du etwa hundertdreißig Hektar. Am Fluss haben wir mehr als genug Land. Der Kurs wird also in Wassernähe angelegt. Ach, und rate mal, wer ihn für uns designt.« Triumphierend nennt er einen Namen, den Adam noch nie gehört hat. Als die gewünschte Reaktion ausbleibt, sagt Canning: »Er ist ein Star, Nappy. Einer der bekanntesten Golfer der Welt.«

»Ich hab's dir doch gesagt, Canning. Von Golf habe ich keine Ahnung.«

»Na schön, meinetwegen. Aber du wirst zugeben müssen, der Plan ist grandios. Pass auf.«

Und schon legt er wieder los und setzt Adam sein Vorhaben mit leuchtenden Augen auseinander. Adam versucht zuzuhören, bekommt aber nur Bruchstücke mit. Aus dem Haupthaus solle ein Luxushotel werden. Die Hälfte des Landes wolle man verkaufen, um mit dem Erlös weitere zweihundertfünfzig *rondawels* verschiedener Größe zu errichten. Die wichtigste Maxime laute Exklusivität. Die Aufnahmegebühr werde astronomisch, die Zahl der Mitglieder begrenzt sein, und spielberechtigt seien ausschließlich Mitglieder und ihre Gäste sowie die Gäste des Hotels. *No stay, no play.*

Um aus dem Interesse an Fossilien Kapital zu schlagen, solle ein Dinosaurier-Themenpark entstehen.

Ein Reiterhof und Reitwege. Dazu ein kleiner Zoo mit sämtlichen auf der Farm verbliebenen Tieren.

Und, last but not least, ein Casino.

Außerdem stehe ein schier unerschöpfliches Reservoir von

Arbeitern aus *Nuwe Hoop* bereit, die, in ihren khakifarbenen Uniformen, als Caddys, Platzwarte und Hotelpersonal beschäftigt werden könnten. Das Satellitendorf sei *sehr* günstig gelegen, weit genug entfernt und doch relativ nah. Auf diese Weise hätten alle etwas davon.

Zudem werde sich das Verkehrsaufkommen in den kommenden zwei Jahren um fünfhundert Prozent erhöhen. Und habe er bereits erwähnt, dass die Zahl der Mitglieder streng begrenzt sei? Nur dreihundert freie Plätze.

Daher auch der Name des Platzes. *Ingadi dreihundert.*

Ingadi sei das Zulu-Wort für »Garten«.

»Mir persönlich«, sagt Canning, »wäre ein Xhosa-Name ja lieber gewesen. Denn natürlich hat kein Zulu je einen Fuß hierhergesetzt. *Eluhlangeni* – ist das nicht ein schönes Wort? Xhosa für ›am Ort der Schöpfung‹ oder irgend so ein Scheiß. Fände ich viel besser. *Ingadi* klingt einfach nicht so gut. Nicht sonderlich poetisch, wenn du mich fragst. Aber Enoch Nandi, unser Black-Empowerment-Partner, ist ein Zulu, und er will einen Zulu-Namen. Also bleibt es bei *Ingadi*. Und warum sollte ich mich deswegen streiten, ich bin schließlich nur der dumme Weiße, der das Land zur Verfügung stellt. Also pfeif drauf, mir soll's recht sein.«

Als Canning endlich verstummt, herrscht einen Moment lang Totenstille. Adam schaut über den nahe gelegenen Bergkamm in die sonnenverbrannte Ebene hinunter, doch sein Blick hat sich verändert. Er sieht bloß noch, was kommen wird.

»Was denkst du?«, fragt Canning schließlich.

»Nichts, nur dass … all das bald ein Ende hat.«

»Du sagst es.« Er klopft Adam auf die Schulter. »Aber keine Sorge, Nappy. Wir bleiben in Kontakt. Ich ziehe demnächst nach Kapstadt, da sehen wir uns dann öfter. Du willst doch nicht ewig hier versauern, oder? Gott, bin ich froh, dass es endlich raus ist. Es lag mir bleischwer auf der Seele. Wir gehen demnächst an die Öffentlichkeit, und vorher wollte ich dich einweihen.« Er wischt die Brotkrümel von seinem Schoß und packt das Picknick wieder ein. »Wir sollten uns vielleicht langsam auf den Rückweg machen.«

Beim Abstieg durch die *kloof* platzt Adam fast vor Wut. Er starrt auf Cannings fleischigen rosa Rücken und spielt ihn in Gedanken immer wieder durch, den Augenblick, als Canning beinahe abgestürzt wäre und er, Adam, ihm die rettende Hand hinstreckte. In seinen Fantasien rührt er keinen Finger.

Canning pfeift eine nervtötende Melodie – dieselben drei oder vier Takte, immer und immer wieder –, die von den hohen Felswänden ringsum zurückgeworfen und verstärkt wird. Als sie in Gondwana ankommen, geht bereits die Sonne unter, und der Himmel ist ein Blutbad aus grellen Farben. Auf dem Weg durch den Wald zurück zur Lodge marschiert Canning wieder neben Adam her. »Übrigens. Eigentlich … Eigentlich wollte ich dir ja raten, dich einzukaufen, und dir eine Mitgliedschaft besorgen. Aber wie es aussieht, ist das keine gute Idee.« Er legt Adam verschwörerisch den Arm um die Schultern und zieht ihn an sich. »Was ich dir jetzt sage, bleibt unter uns, Nappy. Zu niemandem ein Wort. Aber Mr Genov – er ist bei diesem Projekt mein Partner –, Mr Genov will mit der Sache Geld *verlieren*. Nicht unbedingt in der Anfangsphase, aber spätestens nach zwei, drei Jahren. Mit den Einzelheiten bin ich nicht vertraut, und sie *interessieren* mich auch nicht … aber wenn die Zeit reif ist, geht der Laden in Konkurs. Vermutlich aus steuerlichen Gründen, vielleicht will er aber auch nur Geld verschieben …

Ich habe ihn nicht danach gefragt. Aber dann bin ich sowieso längst über alle Berge.«

Das ist der Gipfel. In der Schmierenkomödie, die Canning hier inszeniert, geht es also um nichts als sinnlose Habgier, bar jeglicher Moral. Adam verspürt den kindischen Drang, sich kreischend auf den Boden zu werfen und mit den Fäusten zu trommeln, aber er tut nichts dergleichen; er geht einfach weiter, in Cannings Umklammerung gefangen. Erst als sie vor dem Haupthaus angekommen sind, wo Baby sie bereits erwartet, und Canning in die Hände geklatscht und sich erboten hat, eine Runde Cocktails zu mixen, macht Adam seiner Empörung Luft. Mit schwacher, erstickter Stimme sagt er: »Ich würde es begrüßen, wenn du mich nicht mehr Nappy nennen würdest.«

»Wie ...?«

»Ich heiße Adam. Ich würde es begrüßen, wenn du mich mit meinem Namen anreden könntest.«

Er hat den Schmerz aus seinem tiefsten Innern, aus Kindertagen heraufgeholt, und das bringt Canning und Baby schlagartig zum Schweigen. Sprachlos starren sie ihn an, als er halbherzig fortfährt:

»Ich hasse es, wenn man mich Nappy nennt. Es ist ein alberner, grausamer Name ... Ich habe ihn immer schon gehasst.«

»Adam«, sagt Canning schließlich, »es tut mir leid.«

Sofort überkommt Adam ein Gefühl der Scham und der Verlegenheit. Er macht grundlos eine Szene. »Schon gut. Vergiss es.«

»Nein. Nein. Ich wusste ja nicht ...«

»Lass gut sein, Canning. Ich hätte das nicht sagen ...«

»Unsinn. Ich muss mich entschuldigen. Wie konnte ich nur so taktlos sein? Bitte verzeih mir ...«

Es folgt eine unbeholfene Versöhnung im Dämmerlicht. Adam möchte es so schnell wie möglich hinter sich bringen, doch als Canning ihn umarmt, ihm auf den Rücken klopft und ins Ohr flüstert, schaut Adam ihm über die Schulter und sieht Baby in die Augen. Sie wechseln einen vielsagenden Blick.

*

Die Atmosphäre ist eine Zeitlang leicht gespannt. Ständig heißt es *Adam* dies und *Adam* das, jede Nennung seines Namens eine wohlgesetzte Spitze. Nach einem quälenden Abend am Feuer zieht Adam sich unter einem Vorwand zurück und geht ins Bett, kann aber nicht schlafen. Er muss ständig an die kommende Verwüstung denken. Er wälzt sich unruhig hin und her und sieht Leute mit karierten Hosen und gestreiften Sonnenschirmen, die in Golfmobilen durch die Gegend flitzen und dabei alles niederwalzen. Es kommt ihm vor wie Verrat, auch wenn er nicht recht weiß, woran.

Nach Stunden erst wird ihm bewusst, dass der Verrat persönlicher Natur ist. Er ist derjenige, dem der Dolch in den Rücken gestoßen wird. Zwar gibt es dafür eigentlich keinen Grund, doch hat er inzwischen das Gefühl, dass diese grüne Oase ihm gehört; sie erinnert ihn, gleichsam auf zellulärer Ebene, an die Landschaft seiner Kindheit. Hierherzukommen ist für ihn, wie zu einem verlorenen, fast vergessenen Teil seines Lebens zurückzukehren. Er hat geglaubt, es würde nie zu Ende gehen. Jetzt aber *weiß* er, dass es zu Ende gehen wird, und zwar schon bald. Und der Schuldige schläft gleich nebenan, nur ein paar Schritte entfernt: Cannings Schnarchen dringt durch die Dunkelheit herüber – das ruhige, bewusstlose Schnarchen eines

Betrunkenen. Adam muss sich aufsetzen und sich die Ohren zuhalten.

Canning. Selbst nach all der Zeit fällt es ihm schwer, sich sein Gesicht vorzustellen. Er ist ein gewaltiges Nichts, das sich fast unbemerkt ins Bild gestohlen hat und jetzt den ganzen Rahmen ausfüllt. Er schien so unergründlich, so vertrauenswürdig – aber man kann ihm nicht trauen. Das ganze Gerede darüber, wie wichtig ihm sein alter Freund Adam doch sei; trotzdem wird er nun von Neuem beiseitegedrängt, aus dem Garten verstoßen, dorthin zurück, wo er hergekommen ist. Canning wollte Adam als Zeugen, weiter nichts.

Nur: als Zeugen *wofür?* Das Wort »Rache« ist gefallen, ebenso kryptische Andeutungen über ein wichtiges Gespräch unter vier Augen, und doch ist Adam kein bisschen schlauer als zuvor. Cannings Vater ist tot, und an Toten kann man sich nicht rächen. Was hier vor sich geht, geschieht – Symbolik hin oder her – allein fürs Publikum. Und Adam hat keine Lust mehr, Teil dieses Publikums zu sein. Am liebsten würde er auf der Stelle seine Sachen packen und ein für alle Mal verschwinden. Es war ein Irrtum anzunehmen, dass er sich diesen Leuten, wenn auch nur punktuell, würde annähern können; dafür sind sie einfach zu anders, zu sehr von Geiz und Ehrgeiz besessen.

Das Schnarchen nebenan wird immer lauter. Da er ohnehin keinen Schlaf mehr finden wird, hat es wenig Sinn, bis zum Morgen zu warten. Lieber gleich, im Dunkeln abhauen, ohne Lebewohl; auf diese Weise wird der Abschied in jedem Fall endgültig sein.

Sein Entschluss steht fest, und er schreitet zur Tat. Er knipst die Nachttischlampe an. Er hat keine Ahnung, wie spät es ist, doch seinem Gefühl nach müsste es längst nach Mitternacht sein. Als er sich angezogen hat, geht er durchs Zimmer und packt seine Kleider und all die anderen Kleinigkeiten ein, die sich im Lauf der Zeit hier angesammelt haben. Nach ein paar Minuten ist das Zimmer wieder leer und funktional: ein gewöhnliches Hotelzimmer, bereit für den nächsten Gast.

Als er die Tür zuzieht und den Rasen betritt, steht dort eine Gestalt in einem strahlend weißen Hemd. Er bekommt einen solchen Schreck, dass er die Tasche fallen lässt, doch noch bevor sie auf dem Boden landet, hat er die Gestalt erkannt.

»Ich habe Sie herumlaufen hören«, sagt sie.

»Ja, ich, äh... Ich wollte nur ein bisschen frische Luft schnappen.«

Beide starren auf seine Tasche, kommen jedoch stillschweigend überein, kein Wort darüber zu verlieren. Sie gehen ein paar Schritte aufeinander zu und bleiben dann wieder stehen.

»Das Geschnarche ist wirklich furchtbar«, sagt sie. »Sind Sie auch davon wach geworden?«

»Ehrlich gesagt, bin ich schon eine ganze Weile wach.«

Danach herrscht erst einmal Schweigen. Er nähert sich ihr, bleibt von Neuem unschlüssig stehen. Er spürt die Wärme, die von ihrem Körper ausgeht; er hört das Geräusch ihres Atems. »Ich will...«, sagt er. »Ich möchte...«, doch da verlässt ihn der Mut. Es ist irgendwie leichter zu handeln: Er geht die letzten paar Schritte auf sie zu, zieht sie linkisch, unbeholfen an sich, in der Dunkelheit. Ihre Münder verfehlen einander, finden sich dann aber doch. Plötzlich trifft ihn die Erkenntnis: Auf diesen Augenblick haben sie zugesteuert, seit er sie das erste Mal gesehen hat, fast genau an dieser Stelle.

Auf die Berührung folgt Verwirrung: Sie hören, wie das Schnarchen in dem *rondawel* aussetzt. Canning stößt ein kehliges Ächzen hervor; er kommt allmählich zu sich. Sie lösen sich voneinander, verharren in einer schüchternen Umarmung. Ihre Begegnung nähert sich unaufhaltsam ihrem Ende.

Sie legt ihm die Hand auf die Brust und sagt hastig, ohne zu stocken: »Morgen Nachmittag hat er eine wichtige Telefonkonferenz. Damit dürfte er eine Weile beschäftigt sein. Wir machen so lange einen Spaziergang – zum Haus seines Vaters.«

Er schüttelt langsam den Kopf. »Nein«, sagt er. »Nicht dort.«

»Aber da würde er freiwillig nie hingehen.«

Er wägt ihren Vorschlag ab, bewundert die kalte, listige Logik, während sie sich von ihm losmacht und eilig in dem dunklen *rondawel* verschwindet. Er rührt sich nicht von der Stelle, verweilt noch einen Augenblick im tiefblauen Schatten und wartet auf etwas – was, weiß er nicht –, das ihm den Weg weist, das ihm zeigt, wie er sich verhalten soll. Er könnte seinen Abgang fortsetzen, die Tasche nehmen und nach Hause fahren. Die Alternative ist unklar, obgleich er ihr Angebot nur allzu gut verstanden hat. Aber das kann er doch nicht machen. Oder? Canning derart dreist betrügen. Noch dazu in dessen Elternhaus.

Er wird es nie erfahren.

»Es genügt, dass *ich* es weiß.«

Du wirst es überleben.

»Das hat er nicht verdient. Gemeiner, schändlicher Verrat.«

Sein ganzes Leben ist ein einziger Verrat.

»Woran?«

Doch er kennt die Antwort. Wieder sieht er die Landschaft vor sich, geschändet und entstellt, verschachert aus Rachsucht und Habgier. Und dieses Bild ruft eine Trauer in ihm wach, die sehr viel tiefer geht: Er ist hierhergezogen, weil er mit kindlicher Naivität von der Natur sprechen wollte, und jetzt erst wird ihm klar, dass seine Stimme ihn im Stich gelassen hat. Etwas ungeheuer Komplexes hat sich zwischen ihn und die Welt gestellt. Seine Kindheit – die Zeit, als alles einfach war und schön – ist endgültig dahin, verschüttet und begraben unter den Sedimenten seines Lebens. Wenn er einen Fluss, einen Ast oder auch einen Stein betrachtet, kann er ihn nicht mehr als das sehen, was er ist. Stattdessen sieht er seine eigene Geschichte, in Metaphern gekleidet. Er hat seine Unschuld verloren, und verantwortlich dafür ist Canning.

Er nimmt seine Tasche und geht wieder hinein.

12

LETZTLICH WARTET JEDES GEHEIMNIS NUR darauf, preisgegeben zu werden. Gewissensbisse kommen Adam erst, als er wieder zu Hause ist. Jetzt beginnt das, was geschehen ist, was er getan hat, an ihm zu nagen.

Du Schwein. Die Frau deines ältesten Freundes.

»Er ist nicht mein ältester Freund! Ich habe keinerlei Erinnerung an ihn.«

Macht es das besser? Er vertraut dir.

»Dabei ist ihm selbst nicht zu trauen.«

Was hat er dir eigentlich getan? Er hat sich um dich gekümmert, dich eingeladen, dich verköstigt … und jetzt das.

»Es ist nun mal passiert, okay? Es war nicht geplant, es ist einfach passiert.«

Blödsinn. Natürlich war es geplant.

»Ich konnte sie doch nicht einfach stehen lassen.«

Warum nicht?

Er braucht einen menschlichen Zuhörer, einen, der fehlbar ist und ihn versteht. Er selbst erklärt sich das natürlich nicht so. Er sagt sich nicht: *Ich habe ein schlechtes Gewissen, ich habe niemanden, mit dem ich reden kann, darum wende ich mich an meinen Nachbarn, einen Mann, den ich kaum kenne.* Aber genau aus diesen Gründen steht Adam eines Abends, als Blom in seiner Werkstatt ist, eine ganze Weile nachdenklich am Zaun, bevor er hindurchtritt. Der Draht lässt sich problemlos beiseitedrücken, trotzdem hat Adam das Gefühl, etwas Verbotenes zu tun.

Vorsichtig nähert er sich dem Schuppen. Das metallische Kreischen ist laut, und er kann den sprühenden Funkenregen sehen. Doch auf den bizarren Anblick, der sich ihm bietet, als er die Tür öffnet, ist er nicht gefasst. Im Schein des Schweißgerätes sieht Blom, mit blauer Latzhose und Schutzbrille, aus wie ein Geist von einem anderen Stern. Er steht über ein verbogenes Stück Metall gebeugt, und eine Flamme schießt aus seiner Hand. Er ist so sehr in seine Arbeit vertieft, dass er Adam erst bemerkt, als der seinen Namen ruft.

Blom erschrickt fast zu Tode. Er spielt regelrecht verrückt, versucht, Adam schreiend und fuchtelnd zu entkommen; das Schweißgerät brennt einen wirren Schriftzug in die Luft. Es ist komisch und unheimlich zugleich, doch dann beruhigt er sich und bleibt schwer atmend stehen.

»Entschuldigung«, sagt Adam.

»Ich dachte …«, sagt Blom. »Ich dachte …«

Ich dachte, du willst mich umbringen.

Die Angst verströmt einen Gestank, der von dem Geruch verbrannten Metalls nur schwer zu unterscheiden ist. Aber schon im nächsten Augenblick ist er wie ausgewechselt: Der Mann in Blau freut sich, ihn zu sehen. In seinem alten, ledrigen Gesicht macht sich ein Lächeln breit. »Endlich kommen Sie mich mal besuchen«, sagt er. »Darauf müssen wir unbedingt einen trinken.«

Adam wartet im Schuppen, während Blom ins Haus hinübereilt. Es gibt nur einen kleinen, schiefen Stuhl; vorsichtig hockt er sich hin und schaut sich um. Der Schuppen ist eng und niedrig und wird von einer Gaslampe erhellt, die in der Ecke an einem Nagel hängt. Das Licht ist so grell, dass Wellblechwände, Werkzeug und Metallabfälle sich weiß von ihrem eigenen Schatten abheben, wie auf einem Fotonegativ. Als Blom zurückkommt, wirkt auch er unnatürlich blass, als wäre alles Blut aus seinem Gesicht gewichen. Er gießt Brandy und Cola in zwei Kaffeebecher, dann geht er neben Adam in die Hocke und lehnt sich an die Wand. »Soll ich Ihnen meine Gedichte zeigen?«

»Na schön. Lassen Sie mal sehen.«

Adam hat auf ein – wenn auch vielleicht etwas steifes, holpriges – Gespräch gehofft, das in seinem Geständnis gipfeln würde. Er hat nicht mit dieser kindlichen Begeisterung seines Nachbarn gerechnet, der zwischen den halb fertigen Panzerriegeln und Scherengittern, zwischen all den geraden Linien und rechten Winkeln andere, unförmigere Gebilde hervorzieht. Adam hat sie bis jetzt nur als kleine, mysteriöse Knubbel am Rand seines Bewusstseins wahrgenommen, sie aber nicht weiter beachtet. Und selbst als Blom sie vor ihn hinstellt, muss er genau hinsehen, um zu erkennen, worum es sich handelt.

»Meine Gedichte!«

Der Mann in Blau platzt fast vor Stolz. Und Adam wird klar, dass diese Nachbildungen der Natur – Tiere, Insekten, Bäume und Sterne – genau das sind, was er mit Worten zu schaffen versucht. Nur sind die Metallskulpturen sentimental und oberflächlich, die Sorte afrikanischer Kitsch, den Touristen sich am Straßenrand aufschwatzen lassen.

Dieses Urteil ist ihm anscheinend deutlich anzusehen, denn Blom sinkt sichtlich niedergeschlagen in sich zusammen. »Keine Gedichte in Ihrem Sinne«, sagt er. »Nur ein Steckenpferd.«

»Nein, nein«, sagt Adam hastig. »Sie sind sehr hübsch.«

»Nur ein kleiner Zeitvertreib. Nichts von Bedeutung.« Der Mann in Blau stößt eine seiner Kreationen mit der Schuhspitze beiseite.

»Nein, Blom ... *Mr* Blom ... Sie gefallen mir. Aber so etwas hätte ich von Ihnen nie erwartet.«

Und es ist in der Tat erstaunlich – dass diese rauen, nikotingefleckten Hände überhaupt etwas Schöpferisches zuwege bringen. Blom scheint besänftigt, und dennoch herrscht jetzt Schweigen zwischen ihnen, ein Schweigen voller Nähe und Distanz, das nur von gelegentlichem Brandyschlürfen unterbrochen wird. So hat sich Adam das nicht vorgestellt; er hat seine Schuldgefühle noch mit keinem Wort erwähnt. Stattdessen scheint sein Nachbar jetzt mit einer Enthüllung aufwarten zu wollen.

»Gefallen sie Ihnen wirklich?«, fragt er schließlich.

»Ja. Sie sind sehr schön.«

Er starrt Adam einen Moment lang mit abschätzender Miene an. Dann sagt er plötzlich: »Ich habe auch eins für Sie gemacht.« Er geht in eine Ecke des Schuppens und holt eine letzte Skulptur daraus hervor; vorsichtig, als ob sie zerbrechen könnte, reicht er sie Adam.

Und sie ist tatsächlich ganz anders. Zweifellos *authentisch*. Und überhaupt nicht schön – stachelig, spitz und berstend vor Kraft und Energie, strahlt sie etwas Ungesundes aus, auch wenn es sich nur schwer benennen lässt, denn sie ist ohne erkennbare Form oder Kontur. Sie verschlägt Adam die Sprache, und das nicht zuletzt wegen des Gegenstands, den Blom darin verarbeitet hat.

»Ich habe die Pfauenfeder genommen, die Sie mir geschenkt haben.«

»Ja, das sehe ich.«

»Sind Sie jetzt sauer?«

»Warum sollte ich sauer sein?«

Und doch verspürt er einen Anflug von Zorn. Das Gefieder ziert ein leuchtendes Pfauenauge, das ihn direkt anzustarren scheint. Es ist ein einziger unausgesprochener Vorwurf. Nachdem sie eine Weile geschwiegen haben, springt Adam plötzlich auf.

»Na, dann will ich mal wieder«, sagt er. »Danke für alles.«

Die ganze Begegnung war irgendwie seltsam, und er macht gar nicht erst den Versuch, seine Abneigung gegen das entsetzliche Geschenk zu verhehlen. Zurück in seinem Garten, widersteht er nur mit Mühe dem Drang, das Ding einfach ins Gestrüpp und die Dunkelheit zu schleudern. Nein, der Besuch war äußerst unbefriedigend.

Ein Gefühl, das sich noch verstärkt, je öfter er an der Skulptur vorbeikommt. Da er keinen besseren Platz hat finden können, hat er sie auf sein Notizbuch gestellt. Immer, wenn er durchs Zimmer geht, sieht er sie dort stehen – und sie ihn. Manchmal tritt er vor sie hin und starrt sie finster an. Irgendwie scheint sie die Schuldgefühle zu verkörpern, die ihn seit der Sache mit Baby quälen, untrennbar verbunden mit dem Geschmack billigen Brandys. Das zu grotesken Gebilden verdrehte, verzerrte Metall rings um die farbenprächtige Pfauenfeder spricht Bände; auf perfide, wortlose Weise verstört es ihn zutiefst. Doch solange er das Metall auch anstarrt, nie gibt es seine Bedeutung preis. Am Ende geht er jedes Mal ratlos davon.

*

Die Affäre mit Baby – so es denn eine ist – verändert alles. Er fährt weiter jedes Wochenende nach Gondwana, vorgeblich, um Canning zu sehen. Sein eigentliches Motiv aber sind die ein oder zwei Stunden, die er und Baby gelegentlich in Cannings Elternhaus verbringen. Natürlich sind diese Zusammenkünfte mit Gefahr und Heimlichtuerei verbunden, aber da die Planung und Vorbereitung des Golfplatzprojekts Canning zeitlich stark in Anspruch nimmt, lassen sie sich relativ problemlos arrangieren. Canning ist zunehmend abgelenkt, muss immer mehr Telefonate und Termine absolvieren. Bei diesen Gelegenheiten überlässt er Adam und Baby sich selbst. »Wollt ihr nicht etwas zusammen unternehmen?«, schlägt er vor. »Einen Spaziergang machen oder so?« Manchmal scheint es, als wollte er ihrem Treiben Vorschub leisten.

Und so ergeben sich die Gelegenheiten wie von selbst, scheinbar natürlich, und sie können ihren Begegnungen fast schon entspannt entgegenblicken. Trotzdem verhält Baby sich in der Öffentlichkeit Adam gegenüber gleichgültig und kühl. Und häufig besteht sie darauf, dass er vorgeht und auf sie wartet, damit sie nicht zusammen gesehen werden.

Manchmal muss er lange warten, und ein paarmal kommt sie gar nicht erst. Mit der Zeit wird ihm das triste, nüchterne Interieur des Hauses immer vertrauter. Alles darin ist praktisch und zweckmäßig. Die Baumaterialien stammen anscheinend aus der unmittelbaren Umgebung, angefangen vom Stroh für das Dach über die Steine für die Mauern bis zu den Fußböden aus Schlamm und Mist, die laut Baby mit Ochsenblut versiegelt sind. Das wahrscheinlich einzige Zugeständnis an ästhetisches Empfinden ist die Sammlung toter Tiere, die als geschmacklich zweifelhafter Zimmerschmuck überall hängen oder stehen.

Adam glaubt, einen Eindruck von dem Menschen gewonnen zu haben, der hier wohnte. Schönheit gepaart mit Gewalt: Es war vermutlich nicht schwer, den alten Mann zu hassen. Und doch geht eine schleichende Faszination von ihm aus. Insgeheim hegt Adam den beschämenden Verdacht, dass ihnen vieles gemeinsam ist, dass sie einander nur zu gut verstanden hätten. In seiner strengen Schlichtheit ähnelt das Haus Adams Haus unten im Ort. Doch ihre Verbundenheit ist größer. Er kann sie sich nur zu gut vorstellen, die vielen einsamen Stunden, die der Alte, in Gesellschaft wer weiß welcher Geister, hier verbracht hat. Und auch den Traum, allein inmitten einer endlosen Wildnis zu leben, deren Schönheit über jede Moral erhaben ist, kann er nachfühlen, von ganzem Herzen. Was für Gedichte er hier schreiben könnte! Leider schoss Cannings Vater mit Begeisterung Tiere; aber vielleicht wollte er auf diese Weise auch nur das Wesen ihrer Schönheit einfangen und bewahren. Letztlich kein großer Unterschied zu einem Gedicht: nur eine andere Form der Jagd.

Für Baby hat das Haus keine Geschichte, keine dunklen Seiten; es ist lediglich die Kulisse für ihre Treffen mit Adam. Sie treffen sich zum Ficken (ein anderes Wort dafür gibt es nicht), im Bett des *Oubaas*, in dem – wie Adam immer wieder durch den Kopf geht – vermutlich schon Canning gezeugt wurde. Nach dem ersten Mal fällt ihm auf, dass jemand das Zimmer ausgefegt und ein Leintuch über die Matratze gebreitet hat. Rein zweckmäßig auch das. Und wenn er im Bett liegt, unter dem gelben Zähnefletschen des ausgestopften Leoparden an der Wand, spielt der Rest der Welt natürlich auch für ihn nicht die geringste Rolle. Doch selbst in diesen intimen Augenblicken wird er den Gedanken nicht los, dass zwischen Cannings

Vater und ihm eine Verbindung besteht, die sich seiner schwarzen Geliebten als Medium bedient.

Er sieht ihren Zusammenkünften mit triebhafter Erregung entgegen. Die Intensität ihrer Vereinigungen grenzt an Gewalt. Oft entdeckt er an sich später Kratzer und blaue Flecken, vermutlich von ihren Fingernägeln, ihren Zähnen. Nie kann er sich an diese winzigen Verletzungen erinnern; wenn sie zusammen im Bett sind, konzentriert sich der Lärm seines Bewusstseins auf einen weißglühenden Punkt, an dem Zukunft und Vergangenheit zusammenlaufen. Er wird ein anderer, verwandelt sich in ein ihm unbekanntes Wesen: Dieses fremde Ich ist eine bocksbeinige, ebenso mächtige wie skrupellose Kreatur, die unermüdlich Unzucht treibt, mit Obszönitäten um sich wirft und sich nicht darum schert, welchen Schaden sie anrichtet.

Es ist keine Liebe; es ist etwas anderes. Manchmal scheint es fast schon Hass zu sein. Dann wieder so etwas wie Verzückung – oder doch nur übersteigerter Narzissmus. Er entledigt sich sämtlicher Hemmungen und Zwänge, die ihn sein Leben lang gefesselt und verbogen haben. Es ist ein starkes, furchteinflößendes Gefühl, als ob man Feuer fangen würde. Danach kommt er langsam wieder zur Besinnung. Diese Rückkehr zu sich selbst und in die Welt ist schmerzhaft; Worte nehmen in ihm Gestalt an und alles, was an diesen Worten hängt.

Später liegen sie umschlungen auf dem Bett und unterhalten sich im Flüsterton. Plötzlich ist echte Zärtlichkeit im Spiel, die umso tiefer geht, als sie sonst nicht vorhanden ist. Dieses träge Wohlbehagen kennt er von früher, von anderen Beziehungen zu Frauen. Doch selbst in ihren unbedachtesten Momenten ist Baby nie gänzlich spontan. Er fragt sich, in wie vielen Betten sie wohl schon so gelegen hat, mit wie vielen anderen Männern, und er glaubt ihr kein Wort.

Als er sie kennenlernte, wollte er mehr über sie erfahren. Aber seit Canning ihm zu viel erzählt hat, ist es damit vorbei. Seine Neugier ist erloschen, erstarrt am Rande eines tiefen Abgrunds, und das ist ihr keineswegs entgangen. Einmal sagt sie:

»Warum stellst du mir eigentlich keine Fragen mehr? Früher hast du mich ständig gelöchert. ›Woher kommst du?‹, ›Wer hat deinen Namen ausgesucht?‹ Du wolltest alles wissen. Und jetzt – nichts mehr.«

»Was ich wirklich wollte«, sagt er, »war das, was wir hier tun.« Er vergräbt die Hand in ihrem Haar, wickelt sich eine Strähne um den Finger und zupft behutsam daran. »Alles andere spielt keine Rolle.«

»Und ob es eine Rolle spielt«, sagt sie. »Frag mich was.«

»Was denn?«

»Egal. Frag mich, was du möchtest, und ich sage dir die Wahrheit. Aber nur eine Frage.«

Er ist überzeugt, dass sie es ehrlich meint. Ihr Blick ist scharf und schneidend, bohrt sich wie eine Klinge in sein Fleisch. Hinter ihrer Aufforderung verbirgt sich das unbändige Verlangen, die Wahrheit zu sagen, sich zu offenbaren, und davor schreckt er zurück.

»Warum hast du Canning geheiratet?«, fragt er.

Einen Augenblick lang ist sie wie versteinert, dann setzt sie sich auf. »Warum nennst du ihn eigentlich immer Canning?«, fragt sie. »Und nicht bei seinem Vornamen?«

»Vorname, Nachname, ist das nicht egal?«

»Es ist kindisch. Und gehässig. Du magst ihn nicht.«

»Doch«, sagt er, und ihm wird klar, wie idiotisch und widersprüchlich seine Haltung ist. Trotz allem, es stimmt:

Er mag Canning durchaus. Wenigstens zum Teil.

Sie wälzt sich vom Bett und klaubt ihre herumliegenden Sachen zusammen. Wenn sie angezogen ist, wird sie ihr Make-up auffrischen. Diese gleichsam reflexhafte Gewohnheit ist ihm inzwischen vertraut; er hat ihr viele Male dabei zugesehen; er findet es faszinierend und zugleich ein wenig unheimlich, wie mühelos es ihr gelingt, ihn von einem Augenblick zum anderen hinter sich zu lassen.

»Ich habe meine Frage gestellt«, sagt er. »Du hast mir keine Antwort gegeben.«

»Frag mich was anderes.«

»Nein. Ich will es wissen.«

Ohne ihn anzusehen, mit ausdrucksloser Stimme sagt sie: »Weil ich mich in ihn verliebt habe.«

»Das ist nicht wahr.«

Sie lacht ihn aus – ein hohles, schnarrendes Lachen, in dem mehr als nur ein Hauch von Grausamkeit mitschwingt. Sie ist eben dabei, Lippenstift aufzulegen, und ein grellroter Schmierfleck verunziert ihre Zähne. »Du bist doch nicht etwa eifersüchtig?«, fragt sie. »Armer Junge. Er ist mein Mann.«

»Ich bitte dich, du würdigst ihn kaum eines Blickes, gehst jeder Berührung aus dem Weg.«

»In der Öffentlichkeit, ja. Aber nicht, wenn wir allein sind.«

»Das hörte sich bei ihm aber ganz anders an. Er hat gesagt, ihr hättet schon seit Ewigkeiten nicht mehr gefickt.« Das Wort fährt wie ein Keil zwischen sie; es ist ihm einfach so herausgerutscht, in einem jähen Anfall von Neid.

Er bereut es sofort, aber wieder lacht sie nur.

»Und das glaubst du?«, fragt sie.

»Warum sollte er lügen?«

»Kenneth ist sehr dramatisch. Er übertreibt ständig, im Positiven wie im Negativen. Ist dir das noch nicht aufgefallen?«

»Zwischen euch läuft im Bett nichts mehr«, sagt er. »Du kannst mir nichts vormachen, das sieht doch jeder. Ihr seid eher wie Bruder und Schwester.«

Sie denkt ernsthaft über seine Worte nach und sagt dann: »Auch zwischen Bruder und Schwester ist eine Menge Liebe möglich. Ich verdanke Kenneth sehr viel. Ich werde ihm nie vergessen, was er für mich getan hat.«

»Was hat er denn für dich getan?«

»Ich führe heute ein angenehmes Leben, Adam. Das war nicht immer so.«

»Wie war es denn?«

Er hat etwas zu nachdrücklich gefragt; ihr Gesicht erstarrt zur Maske. Jetzt stehen sie wieder am Anfang. »Was soll das werden?«, fragt sie kühl. »Ein Verhör? Kannst du dich nicht einfach mal mit dem zufriedengeben, was du hast?«

»Nein. Ich will auch eine Zukunft.«

»Was für eine Zukunft kannst du mir denn bieten?«

Der geschliffene Sarkasmus ihrer Frage verschlägt ihm die Sprache. Sie hat recht: Er kann ihr gar nichts bieten. Sein Kontostand bewegt sich im vierstelligen Bereich; sein Garten ist nach wie vor von Unkraut überwuchert. Dennoch brennt in ihm der jugendliche Eifer, mit ihr auf einer einsamen Straße irgendwohin zu fahren, fort von der ungeliebten Vergangenheit, einem ungewissen Schicksal entgegen.

»Ist das denn wirklich so wichtig?«, sagt er schließlich.

»Geld? Luxus?«

»Und wie«, lautet ihre knappe Antwort.

»Nicht für mich«, sagt er. »Zum Teufel damit.«

Er ist wütend, und es ist ihm ernst. Zum Teufel mit den beiden und ihrer Bruder-Schwester-Liebe; zum Teufel mit ihrem Geld und ihrem Golfplatz!

»Du sprichst von der Zukunft«, sagt er, »als ob dir etwas an mir liegen würde. Dabei wolltet ihr die Farm von Anfang an verkaufen, nachdem ihr sie ruiniert habt. Ich bin für dich doch nichts weiter als eine nette Abwechslung, ein Zeitvertreib. Ich bin dir völlig unwichtig.«

»Ganz und gar nicht«, sagt sie. »Aber du hast doch nicht ernsthaft angenommen, dass es für uns eine Zukunft gibt? Es ist kindisch zu glauben, dass die Welt stillsteht, obwohl sie sich ständig weiterdreht.«

»Verlass ihn«, sagt er plötzlich, erstaunt über den Nachdruck in seiner Stimme. »Verlass ihn und zieh zu mir.«

Sie wollte sich gerade einen Schuh anziehen; sie hält in der Bewegung inne und mustert ihn aufmerksam. »Sei nicht albern«, sagt sie. »Das würde ich nie tun. Und du solltest deine Zeit nicht unnötig damit verschwenden, solchen Hirngespinsten nachzuhängen.«

»Wieso Hirngespinste?«, sagt er. »Es *ist* möglich. Du musst es nur wollen. Wir haben doch jede Menge Spaß zusammen. So könnte es immer sein, bis an unser Lebensende.«

Kaum hat er die Worte ausgesprochen, wird ihm klar, wie naiv und unausgegoren sie sind. Was redet er denn da? Er will nicht einmal ein paar Stunden mit ihr zusammen sein, geschweige denn bis an sein Lebensende. Was zwischen ihnen geschieht, ist nur deshalb so intensiv, weil es unter Zeitdruck und im Geheimen stattfindet. Wenn sie tatsächlich Tag für Tag in trister Halbarmut zusammenhausen müssten, würden sie sich vermutlich schon nach kurzer Zeit die Köpfe einschlagen. Ihre Beziehung ist nur als eine Abfolge kleiner Intermezzi denkbar, bei denen sie aus verschiedenen Richtungen aufeinandertreffen, Funken schlagen und ein Feuer entfachen.

Sie hat jetzt beide Schuhe an. Sie beugt sich zu ihm hinunter und küsst ihn auf die Stirn, eine keusche, ironische Berührung. »Auf Wiedersehen im richtigen Leben.« Sie späht durch den Türspalt, erst nach links, dann nach rechts, und stiehlt sich dann hinaus. Er liegt noch lange nackt auf dem Bett, während es im Zimmer kalt wird.

In seiner Erinnerung ist all das eine zusammenhängende Begebenheit. In Wirklichkeit jedoch besteht sie aus den Fetzen mehrerer Nachmittage.

*

Er sieht sie erst in der Lodge wieder, angezogen und in seiner anderen Rolle, als Cannings Freund und Vertrauter. Dort gehen Baby und er wie immer förmlich und distanziert miteinander um; es wird weder gescherzt noch geflirtet. Anfangs hat er versucht, die Grenze des Erlaubten zu überschreiten, mit ihr in Blickkontakt zu treten oder ihr intimes Verhältnis anderweitig zu bekräftigen. Aber darauf ist sie nicht eingegangen, und mit der Zeit hat er gelernt, sich in seinen Part zu fügen. Manchmal hat es den Anschein, als lebte er in mehreren Welten. Und obwohl keine seiner Inkarnationen dem echten, wahren Adam auch nur nahekommt, sind sie doch jede auf ihre Weise wahr.

Er ist erstaunt, wie leicht ihm das alles fällt. Er scheint der geborene Falschspieler zu sein. Das Verblüffende daran ist nicht, wie schwer es ist, andere zu hintergehen, sondern wie leicht. Es erfordert keine besonderen Fähigkeiten. Der Verrat liegt ihm im Blut, als sei er ein Auswuchs seines Charakters – was er, wie ihm mit Schrecken klar wird, vermutlich sogar ist.

Und es wird noch leichter. Jede gedankenlose Handlung wird früher oder später zur Gewohnheit, und nichts ist vor stumpfer Wiederholung sicher. Selbst Mord, überlegt er, könnte zur Gewohnheit werden. Beim ersten Mal kostete es vielleicht ein wenig Überwindung, aber danach wiederholte man doch nur, was man bereits getan hatte. Mit jedem Mord würde es leichter werden, bis man selbst inmitten von Leichenbergen noch Gedichtzeilen ersinnen konnte.

Trotzdem hat er ein schlechtes Gewissen. Wenn er allein zu Hause ist, befällt es ihn bisweilen immer noch mit Übelkeit erregender Intensität. Dann blickt er auf seine anderen Ichs zurück, mit einer Mischung aus Entsetzen und Faszination. *Das war ich*, denkt er. *Das waren meine Worte, meine Gesten.* Seine Erinnerungen quälen ihn, und immer wieder fasst er den Entschluss, der Sache ein für alle Mal ein Ende zu bereiten – nie wieder nach Gondwana zu fahren, die beiden nie wiederzusehen. Und der Entschluss steht unumstößlich fest, bis zum nächsten Wochenende. Dann verkehrt der Selbstekel sich in sein Gegenteil und verwandelt sich von Neuem in einen berauschenden Cocktail aus Angst und Verlangen, angereichert mit allerlei Ausflüchten und Rechtfertigungen, und ehe er sich's versieht, hat er sich auch schon wieder auf den gewohnten Weg gemacht.

Er sehnt sich danach, mit jemandem darüber zu sprechen. Er weiß, dass das unmöglich ist, dennoch ist das Verlangen groß. Aber er kann mit niemandem darüber sprechen. Sein

Bruder würde sich nur über ihn lustig machen, und bei dem Mann in Blau von nebenan hat er es schon versucht, ohne Erfolg. Andere Freunde hat er nicht mehr. Bis auf einen.

Es ist bezeichnend für die Sackgasse, in der sein Leben steckt, dass Canning vermutlich der Einzige ist, dem er sich anvertrauen könnte. Und es gab durchaus ein paar kritische Momente, als ihm das Geständnis förmlich auf der Zunge lag, wie etwas Ungenießbares, das herauswill. Es wäre so leicht, es einfach auszusprechen. Ein bloßer Satz würde genügen – erst die Wahrheit, dann die hässlichen, unangenehmen Konsequenzen. Aber selbst diese Konsequenzen würden Freiheit und Erlösung bedeuten; von Canning und Baby, vor allem aber von ihm selbst.

Aus und vorbei, kein Blick zurück.

Ihm kommt der Gedanke, dass Canning vielleicht längst Bescheid weiß. Adam beobachtet ihn genau, doch Cannings Arglosigkeit scheint nicht gespielt. Obwohl es hin und wieder zu heiklen Situationen kommt. Einmal fragt Canning ihn mit aggressiver Fröhlichkeit, ob es in seinem Leben jemanden gebe.

»Du meinst, eine Liebesbeziehung? Nein, nichts dergleichen.«

»Warum nicht? Bist du nicht manchmal einsam?«

»Doch, schon. Aber für so etwas bin ich wohl einfach nicht gemacht.«

»Das habe ich früher auch gedacht, selbst während meiner ersten Ehe. Aber als ich Baby kennenlernte, war plötzlich alles anderes. Ich hatte das Gefühl, meine fehlende Hälfte gefunden zu haben.«

Adam nickt bloß; er bringt kein Wort über die Lippen. Und fast verwandelt sein Unbehagen sich in Panik, als Canning näher rückt und verschwörerisch hinzusetzt:

»Ich möchte, dass du genauso glücklich bist wie ich. Ich möchte, dass es auch in deinem Leben jemanden wie Baby gibt.«

Adam sieht Canning scharf an, doch aus dessen Mondgesicht spricht nichts als zärtliche Besorgnis.

13

DIE ERDE NEIGT SICH DEM Winter zu; die Tage sind kürzer, morgens und abends wie beschnitten, und das Licht ist hart und kalt geworden. Nachts schläft er bei geschlossenem Fenster, und wenn er aufwacht, ist der Boden bisweilen mit fahlem Raureif überzogen.

Auch die Gedichte in ihm sind erstarrt, gefroren. Anfangs erschien es ihm wie eine natürliche Zäsur, nach der die Worte irgendwann schon wieder fließen würden. Aber seine Gedanken sind ohnehin woanders, sodass Monate vergehen, bis ihm die Wahrheit schließlich ins Bewusstsein dringt: Seit dem Beginn seiner Affäre mit Baby hat er keine Zeile mehr geschrieben.

Die traurige Gewissheit schmerzt, als steckte die abgebrochene Spitze einer Klinge tief in seinem Fleisch. Dabei ist es eigentlich ganz logisch: Poesie erwächst aus Sehnsucht und Verlangen; und ist dieses Verlangen erst einmal gestillt, bleiben die Gedichte aus. Wie lässt sich die Zeit zurückdrehen? Zumal es ihn instinktiv, mit jeder Faser seines Körpers vorwärtsdrängt, einem unerreichbaren Ideal entgegen. In seinen lichteren Momenten weiß er, dass er die Sache beenden, sie und diesen Ort verlassen muss; aber er weiß auch, dass er zu diesem Schritt nicht in der Lage ist.

Irgendwann ist es sowieso vorbei. Besser, du machst sofort Schluss.

»Warum muss es vorbei sein? Warum kann es nicht einfach so weitergehen?«

*Sei kein Kindskopf. Du langweilst sie doch jetzt schon, merkst du
das denn nicht?*

»Du hast ja keine Ahnung. Du bist ja noch nicht mal echt.«
Du bist gemein.

Um seine innere Stimme zum Schweigen zu bringen und
mit den Gedichten abzuschließen, nimmt er den Kampf mit
dem Unkraut wieder auf. Er war schon seit Monaten nicht
mehr hinter dem Haus, und das frische Grün im vorderen Teil
des Gartens reicht ihm inzwischen bis zur Hüfte. Doch die
Pflanzen sind weich und biegsam, und als er den Boden wäs-
sert, gibt der sie kampflos frei. Nach nur einem Tag hat er das
neue Unkraut beseitigt und macht sich an die braunen Bataill-
lone dahinter.

In der Woche stürzt er sich wie ein Besessener in diese Aufgabe. Er dringt jeden Tag ein wenig weiter vor, verschiebt die
Grenze ein paar Schritte nach hinten. Dabei entdeckt er allerlei
verloren gegangene oder achtlos weggeworfene Gegenstände.
Eine Plastikpuppe, einen zerfetzten Sonnenschirm. Einzelteile
eines Motors. Er schichtet sie im Schatten des Hauses auf wie
alte, dem Meeresgrund entrissene Schätze. Beharrlich geht er
dieser einsamen, selbstauferlegten Arbeit nach, obwohl ihn niemand lobt und ihm auch keine Belohnung winkt.

*

Eines Tages fragt er Baby: »Was würde Canning tun, wenn er
dahinterkäme?«

»Dass wir etwas miteinander haben?« Sie denkt einen Augenblick nach. »Keine Ahnung. In Tränen ausbrechen, wahrscheinlich.«

»Er würde uns also nicht erschießen oder so?«

»Das glaube ich kaum. Dazu ist er viel zu schwach. Eher erschießt er sich selbst.«

Sie sind im Haus von Cannings Vater, liegen unter einer Decke auf dem Bett. Obwohl es helllichter Tag ist, drängt blaugrünes Dämmerlicht durch die Fenster; heute Morgen ist der erste Winterregen gefallen. Adam hat sich so sehr an Dürre und Trockenheit gewöhnt, dass ihm der Wechsel der Jahreszeiten wie ein Ortswechsel vorkommt: Als wäre er allein mit ihr in einer entlegenen nordischen Festung, umgeben von arktischer Kälte. Aus dieser gefühlten Einsamkeit heraus und entflammt von ihrer Wärme, gleitet er von hinten in sie, umfasst träge und begierig eine ihrer Brüste und murmelt ihr ins Ohr: »Wenn er sich erschießen würde, könnten wir das hier jeden Tag machen. Bis an unser Lebensende.« Als er spürt, wie sie sich verkrampft, setzt er eilig, mit veränderter Stimme hinzu: »Nicht, dass ich ihm den Tod wünschen würde.«

»Ich manchmal schon.«

Er stützt sich auf den Ellbogen und sieht sie an. Langes Schweigen, dann ein jähes Zucken, Klarheit. »Das ist nicht dein Ernst.«

»Doch. Er ist ein Nichts.« Als er den Kopf schüttelt, fährt sie fort: »Ist doch wahr. Was wäre er schon, wenn sein Vater ihm die Farm nicht hinterlassen hätte?«

»Er ist kein schlechter Mensch.«

»Nein. Nur ein Niemand. Und ich weiß nicht, was schlimmer ist.«

Sein Widerspruch ist eigentlich eine Form der Zustimmung; das finstere Szenario, das er ihr entlockt, erregt ihn. »Es war eben Glück«, sagt er.

»Glück? Oder Zufall?«

»Ich sehe da keinen Unterschied.«

»Und ob es da einen Unterschied gibt.« Sie versucht, sich aus seiner Umarmung zu lösen, doch er zieht sie wieder an sich. »Oder ist es etwa kein Zufall«, sagt sie, »dass er da ist, wo er ist, und du da bist, wo du bist? Es könnte genauso gut andersherum sein.«

»Ich weiß nicht, was du meinst.«

»Unsinn. Stell dir vor, du wärst an Kenneths Stelle.«

»Im Moment«, sagt er süffisant, »*bin* ich an Kenneths Stelle.«

Das ist zwar richtig. Doch dann überlegt er, was sie wirklich meint. Sie meint die Farm, den Golfplatz, das Geld und die damit verbundenen Möglichkeiten. Um tatsächlich Cannings Platz einzunehmen, muss er sich dessen Zukunft aneignen.

»Weißt du, was ich manchmal denke?«, flüstert sie, und ihre Lippen streifen sein Ohr. »Ich stelle mir vor, wie es wäre, wenn Kenneth etwas zustößt. Ein Unfall, zum Beispiel. Zufall, Unfall, das ist letztlich ein und dasselbe. Unfälle passieren jeden Tag.«

»Was willst du damit sagen?«

»Na ja, du weißt schon. Steinschlag. Ein Autounfall. Jemand verschwindet in den Bergen. Wäre doch möglich. Die Farm liegt schließlich mitten in der Wildnis. Ich stelle mir vor, wie es wäre, wenn Kenneth plötzlich sterben müsste. Durch einen dummen Zufall. Wie sehr das alles verändern würde.« Sie kichert, schmiegt das Gesicht an seinen Hals. »Ich bin schrecklich, nicht?«

Er hat keine Antwort. Es ist, als hätte man ihm etwas angeboten, etwas Glänzendes, Wunderschönes und Gefährliches, das er sich nur zu nehmen braucht. Es ist so weit; sie hat ihm, ohne es auszusprechen, zu verstehen gegeben, dass sie ihr Leben mit ihm verbringen möchte, wenn er nur die eine Kleinigkeit erledigt, die Kleinigkeit, die alles möglich macht. Er rückt von ihr ab, und ein Schwall kalter Luft dringt unter die Decke.

»Natürlich«, sagt sie, und mit einem Mal klingt ihre Stimme schroff, »wünsche ich meinem Mann nichts Böses.«

Später, allein zu Haus, lässt er das Gespräch Revue passieren. Hat sie es tatsächlich so gemeint, wie er es verstanden hat? Aber natürlich hat sie es so gemeint; natürlich wünscht sie ihrem Mann etwas Böses. Bei der bloßen Vorstellung schwirrt ihm der Kopf. Nicht, dass er den Gedanken ernsthaft in Erwägung zöge – zu einem Mord ist er nicht fähig. Er ist jedoch durchaus fähig, die Hände in den Schoß zu legen und tatenlos mit anzusehen, wie das Schicksal seinen Lauf nimmt.

Um den Kopf wieder klar zu bekommen, geht er in den Garten und hackt erbarmungslos auf die Strünke ein. Doch Schweiß, Schwielen und ein rasender Puls bringen ihm heute nicht die erhoffte Ablenkung. Er muss immer wieder an Canning denken, wie er an jenem Nachmittag in der Felswand über dem Fluss hing – an den Moment, als er abrutschte und er, Adam, ihm die rettende Hand entgegenstreckte. Was, wenn er die Hand *nicht* ausgestreckt hätte? Was dann? Schon damals hatte Adam das untrügliche Gefühl, dass in diesem Augenblick eine traumhafte andere Zukunft ihren Anfang nahm. Wenn Canning gestürzt und ums Leben gekommen wäre, hätte er eine Lücke hinterlassen, eine Leerstelle, die Adam hätte besetzen können.

Baby hat ihn mit der Aussicht auf baldigen Reichtum zu locken versucht: das Land, das Bauprojekt, Wohlstand und Erfolg. Doch all das ist ihm egal. Er will nur Baby – er will sie haben und behalten. Ihr allein gilt sein ganzes schmerzliches, ruheloses Verlangen. Warum auch nicht?

Es ist weder recht noch billig: dass sie mit jemandem wie Canning verheiratet ist – der kleinen, traurigen Karikatur eines Mannes, der nicht durch harte Arbeit oder Verstand in seine Position gelangt ist, sondern durch eine Laune des Schicksals. Baby hat recht: Alles ist Zufall. Willkürliches Zusammentreffen, Glück oder Unglück. Eins führt zum anderen und fügt sich schließlich zu einem scheinbar unausweichlichen Plan. Aber wenn auch nur ein einziges Ereignis in dieser Kette anders verläuft oder gar ausbleibt, wird auch alles, was danach kommt, anders sein.

Und doch – er freundet sich zögernd, vorsichtig mit diesem Gedanken an – lässt sich die Zukunft ändern. Der Wille formt das Schicksal. Ein Ausrutscher, ein Unfall, ein Fehltritt in der Felswand, und Canning ist nicht mehr. Und der unwandelbare Plan wird sich verändern.

Eigentlich eine Nichtigkeit. Bedeutungslos. Ein kleiner Tod in einem staubigen Winkel der Welt. Überall auf der Erde werden Menschen täglich zu Tausenden abgeschlachtet; die Geschichte der Menschheit ist eine Geschichte des Gemetzels. Mord, nicht Fortschritt ist die ewige, dauerhafte Wahrheit, und wir schrecken nicht etwa aus Tugendhaftigkeit vor ihr zurück, sondern aus Schwäche. Wenn wir stärker wären, wenn wir *ehrlich* wären, dann würden wir dieser Wahrheit ins Auge blicken. So viel Blut, eine endlose rote Flut: Was machen ein paar Tropfen da schon aus? Was spielt ein Toter mehr oder weniger für eine Rolle?

Entsetzt schreckt er aus seinen Gedanken hoch. Die Stimme in seinem Kopf ist nicht die seine; sie gehört der Schlange im

Garten. Doch sie flüstert noch immer auf ihn ein, ein zartes Echo am Rande seines Bewusstseins, auch nachdem er die Spitzhacke längst hat fallen lassen und wieder hineingegangen ist, um sich zu waschen.

Ziemlich verführerisch, was?

»Ganz und gar nicht. Wofür hältst du mich?«

Für einen Liebenden. Töten Dichter denn nicht aus Liebe?

»Nein, du Schwachkopf, sie *sterben* aus Liebe. Das eine hat mit dem anderen nichts zu tun.«

Trotzdem trägst du dich mit dem Gedanken. Ich muss gestehen, ich bin erstaunt. Und beeindruckt. Das hätte ich dir nicht zugetraut.

»Das siehst du falsch«, sagt er aufgebracht. »Ich denke lediglich darüber nach. Im philosophischen Sinne.«

Aha. Im philosophischen Sinne.

»Ich könnte niemals ...«

Und ist das nun Schwäche oder Stärke?

»Lass mich in Ruhe! Hau ab.«

Gelächter, ein leises Zischeln, vielleicht aber auch nur der Wind, der unter der Tür hindurchweht.

Doch bei seinem nächsten Besuch auf Gondwana bietet ihm das Schicksal eine Chance. Er und Canning sind zur abendlichen Fütterung zum Löwengehege hinuntergegangen. Die Arbeiter in den khakifarbenen Uniformen haben den Kadaver über die Mauer gekippt und den Rückweg angetreten; die gelben Augen wandern im Dämmer unruhig hin und her. Aber irgendetwas stimmt nicht – ein blutiger Fleischklumpen hat sich auf dem Weg nach unten in einem Strauch verfangen. Canning stößt einen Wutschrei aus und reicht Adam seinen blauen Cocktail. »Kannst du das mal einen Moment halten?«, fragt er.

Dann starrt Adam auf Cannings Schuhsohlen, während dieser sich über den Rand des Geheges beugt und das Fleischstück mit einem Stock loszumachen versucht.

Er grunzt leise, vor Anstrengung und Zorn. Es ist, als befände er sich in der Mitte einer Wippe; eine winzige Fehleinschätzung nur, und er kippt in die falsche Richtung, hinab ins hungrige Maul des Löwen. Und hinter ihm Adam, ein Glas in jeder Hand, wie die Waage der Justitia, der seinerseits das Gleichgewicht zu halten versucht.

Na los. Es ist ganz leicht. So eine Gelegenheit kriegst du nie wieder.

»Nein.«

Nur ein kleiner Stups. Mehr braucht es nicht. Ein kleiner Stups, und dein Leben wird sich von Grund auf ändern.

»Ich kann nicht.«

Wovor hast du Angst? Niemand wird davon erfahren. Ein tragischer Unfall, an dem dich keine Schuld trifft.

»Nein! Hau ab!«

»Ich komm nicht dran«, sagt Canning und richtet sich mit hochrotem Kopf wieder auf. »Was hast du gerade gesagt? Ich hab kein Wort verstanden.«

»Nichts. Ich habe nur mit mir selbst geredet.«

»Fehlt dir was? Deine Stimme klingt so komisch.«

»Nein, alles bestens. Mir ist nur ein bisschen schwindlig.«

»Na, dann lass uns mal wieder ins Haus gehen. Man sieht ja kaum noch die Hand vor Augen.«

Auf dem Rückweg geht ein pulsierender Schauder durch Adams Körper; er lässt das Glas auf den Rasen fallen. Obwohl es nicht zerschellt, ist ihm, als sei in ihm etwas zerbrochen, dessen Inhalt sich nun grell, blau und giftig ins Gras ergießt.

Am nächsten Tag, als er mit ihr in der Hütte allein ist, sagt er: »Ich kann das nicht. Worüber wir das letzte Mal gesprochen haben. Ich habe darüber nachgedacht, aber ich bringe es einfach nicht über mich.«

»Ich weiß nicht, wovon du redest.«

»Ich kann Canning nichts antun. Es tut mir leid, aber ich kann es einfach nicht.«

»Darum habe ich dich auch nicht gebeten. Es war nur so dahingesagt, nichts Ernstes. Ein kleines Spiel.«

»Ja«, sagt er verächtlich, »ein kleines Spiel.« Dabei ist die Stimmung zwischen ihnen alles andere als spielerisch; beide sind unwirsch, nüchtern und verkrampft. Kurz darauf stiehlt sie sich unter einem Vorwand davon, obwohl sie – zum ersten Mal – nicht einmal in die Nähe des Bettes gekommen sind.

14

AM SELBEN SONNTAGABEND FRAGT IHN Canning: »Was machst du nächstes Wochenende?«

»Äh, euch besuchen, dachte ich.«

»Nein, das geht nicht, wir sind nämlich nicht da. Wir sind in Kapstadt, zur Launchparty. Es ist alles unter Dach und Fach.«

»Was ist unter Dach und Fach?«, fragt er, obwohl er natürlich weiß, worum es geht.

»*Ingadi dreihundert.* Was sonst? Der Baubeginn wird offiziell bekannt gegeben.«

»Na prima«, sagt Adam, während sich in ihm alles zusammenzieht.

»Ja«, sagt Canning, »endlich geht's los.« Nach einer kurzen Pause setzt er hinzu: »Ich fände es schön, wenn du kommen würdest.«

»Wohin?«

»Zur Party. Sie findet bei Mr Genov statt. Nur für geladene Gäste. Es würde mir viel bedeuten, wenn du dabei sein könntest.«

Er denkt einen Augenblick darüber nach. Die Vorstellung, nach über einem halben Jahr wieder in die Stadt zu fahren, erfüllt ihn mit Grausen, wird durch die Aussicht auf das Zusammensein mit Baby jedoch mehr als wettgemacht. Vielleicht können sie sich auf der Party heimlich irgendwohin verdrücken.

»Ist gut«, sagt er. »Ich komme.«

Sofort zweifelt er an der Richtigkeit seiner Entscheidung. Er verfällt in Schwermut; sie senkt sich über ihn wie eine kalte graue Decke. Der Golfplatz ist endgültig beschlossene Sache; er muss sich irgendwie aus diesem Beziehungsgeflecht befreien, zu diesen Leuten auf Distanz gehen, statt sich immer tiefer darin zu verstricken. Aber er ist noch nicht bereit, wieder frei und allein zu sein.

*

Tags darauf bekommt Blom Besuch. Adam ist im Garten und jätet Unkraut, als er bemerkt, wie ein unscheinbarer weißer Wagen vor dem Haus seines Nachbarn hält. Der Mann, der ihm entsteigt, ist groß, von kräftiger Statur und hat einen mächtigen grauen Schnurrbart. Er trägt Stadtkleidung – dunkle Hose, weißes Hemd, über die Schulter geworfenes Jackett. Aus dem Blick, den er in Adams Richtung wirft, spricht kaum verhohlene Ablehnung, obwohl er freundlich grüßt.

Adam beobachtet verstohlen, wie der Mann in Blau seinem Gast die Tür aufmacht. Obwohl sich die beiden eindeutig kennen, ist dies kein freudiges Wiedersehen. Steif schütteln sie sich die Hand, dann gehen sie ins Haus und machen die Tür hinter sich zu. Und erst jetzt, wo er tatsächlich einmal einen Gast hat, wird Adam schlagartig bewusst, dass Blom sonst nie Besuch bekommt.

Der Neuankömmling bleibt eine Weile. Er taucht erst nach gut zwei Stunden wieder auf, sie geben sich erneut die Hand, ein knappes Nicken, und dann verschwindet der Wagen den Hügel hinab in Richtung Ausfallstraße.

Blom geht nicht gleich wieder hinein. Er steht eine Weile

an der Hintertür und heuchelt Interesse für einen Gegenstand im Gras. Adam und er haben schon seit ein paar Wochen kein Wort mehr gewechselt; seit ihrer letzten, seltsamen Begegnung wahren sie Abstand. Doch nach langem, beklommenem Schweigen ruft Blom: »Das war ein alter Freund von mir.«

»Aha«, sagt Adam. »Schön.« Eine bessere Antwort fällt ihm nicht ein. Blom macht einen unglücklichen Eindruck; er glaubt anscheinend, sich verteidigen zu müssen, obwohl ihm niemand etwas vorgeworfen hat, und nach einer weiteren Minute geht er schließlich ins Haus zurück.

Doch noch am selben Abend klopft es an der Hintertür, und als Adam öffnet, steht der Mann in Blau draußen auf der *stoep*, mit der üblichen Flasche in der Hand. Der Brandypegel ist ziemlich niedrig, und Blom ist schon ein wenig wacklig auf den Beinen. Verlegen lächelnd fragt er: »Kann ich Sie mal sprechen?«

Adam zögert, sucht nach einer Ausflucht. Er hat keine Lust auf angestrengte Freundlichkeiten; er möchte Blom nicht zu nah an sich heranlassen. Dann aber tritt er doch beiseite und bittet seinen Nachbarn herein.

Blom setzt sich ins Wohnzimmer und stellt die Flasche neben sich auf den Tisch. Es hat etwas Anmaßendes, wie er sich breitbeinig im Sessel fläzt und den Blick kurz durchs Zimmer wandern lässt, bevor er die Nase hochzieht und sie sich an seinem Hemdsärmel abwischt. »Da steht mein Baby ja«, sagt er plötzlich.

»Baby?« Sofort meldet sich Adams Gewissen, doch dann wird ihm klar, dass Blom die groteske Drahtskulptur meint, die er dummerweise auf sein Notizbuch gestellt hat. »Ach, die«, sagt er.

»Sie gefällt Ihnen nicht.«

»Doch, doch.« Er hält einen Moment inne und sagt dann: »Also, nein, offen gestanden, sie gefällt mir nicht. Ich finde sie ziemlich hässlich.«

Die beleidigte Reaktion, die er von Blom erwartet hat, bleibt aus. Stattdessen starrt sein Nachbar ihn aus dunklen Augen an und sagt: »Die Wahrheit ist eben manchmal hässlich.«

»Mag sein.«

»Haben Sie Gläser?« Blom zeigt auf die Flasche auf dem Tisch.

Plötzlich packt Adam die Wut; er fühlt sich regelrecht bedrängt von diesem knorrigen, ruhelosen Mann, der schon reichlich angetrunken ist und sich offenbar häuslich niederlassen will. Zugleich kommt ihm der Gedanke, dass er, wie sein Nachbar, noch nie Gäste hatte: Trotz anderslautender Versprechungen hat sein Bruder ihn bis heute nicht besucht, und auch Canning und Baby waren noch nie hier. Niemand außer Blom hat sich bislang die Mühe gemacht, auf ein Glas und einen Plausch bei ihm vorbeizuschauen. Früher bestimmten solche Geselligkeiten sein Leben; heute besteht es vor allem aus Stille und Zeit.

Dennoch möchte er den Mann in Blau so schnell wie möglich wieder loswerden. »Mr Blom«, sagt er, »Sie wollten mich sprechen. Ich bin sehr beschäftigt, ich kann es mir nicht leisten, meine Zeit sinnlos zu verplaudern. Worüber wollten Sie mit mir reden?«

»Ach, so ist das«, sagt Blom. »Da hält man jemanden für seinen Freund …« Er springt auf und geht nervös durchs Zimmer, um seiner Angst ein wenig Luft zu machen. Dann verschwindet er in der Küche und kommt mit einem Glas zurück. Er knallt es auf den Tisch, füllt es fast bis zum Rand, plumpst wieder in den Sessel und zündet sich eine Zigarette an. Während der Rauch sich rings um seinen Kopf zu bläulichen Spiralen kräuselt, starrt er Adam traurig an und sagt: »Sie werden mich umbringen.«

»Wer? Wovon reden Sie?«

»Der Mann, der heute bei mir war, ist nicht mein Freund. Er hat mir eine Nachricht überbracht.« Und dann, völlig unvermittelt: »Warum setzen Sie sich nicht?«

Adam ist stehen geblieben, weil er hoffte, das Gespräch kurz halten zu können, doch jetzt gibt er sich geschlagen und sinkt seufzend auf die Couch. »Ich verstehe kein Wort«, sagt er.

»Erinnern Sie sich noch, wie ich das erste Mal hier war? Und Ihnen erzählt habe, ich hätte ein neues Leben begonnen, als völlig neuer Mensch?«

»Ja, ich erinnere mich.«

»Ich heiße nicht Blom.«

»Ach«, sagt Adam, »wie denn?« Er ist verärgert; Verblüffung und Verwirrung schwängern die Luft wie der Rauch von Bloms Zigarette.

»Das kann ich Ihnen nicht sagen.«

Sie funkeln einander feindselig an. Dies ist das bei Weitem sonderbarste Gespräch, das Adam je geführt hat, und er beschließt, den Mund zu halten und Blom sprechen zu lassen. Doch das Schweigen wird lang und länger, bis Adam leise sagt: »Das müssen Sie mir schon erklären.«

Das scheint das Stichwort zu sein, auf das Blom gewartet hat. Er rückt den Sessel etwas näher an die Couch, bis sie wie in trauter Zweisamkeit nebeneinandersitzen, und legt Adam die Hand aufs Knie. Eine Schrecksekunde lang scheint es, als wollte Blom ihn küssen, doch dann senkt er den Kopf, sodass man die dünnen Haarsträhnen sehen kann, die er sich mit reichlich Frisiercreme über die Glatze gekämmt hat, und ihre Nähe gewinnt eine ganz neue Dimension: Dies ist eine Beichte, mit Adam in der Rolle des Priesters.

Als Blom zu sprechen anfängt, sind seine Worte kaum zu hören; er räuspert sich und beginnt von vorn; diesmal ist er besser zu verstehen, auch wenn seine Stimme farblos und monoton bleibt. Adams Blick wandert nach unten, zu Bloms Hand, die noch immer mit gespreizten Fingern auf seinem Knie liegt. Er hört zu, jedes Wort geht durch ihn hindurch, und doch ist es, als würde das Gehörte Gestalt annehmen. Zum ersten Mal betrachtet er Bloms Hand genauer: die dicken, wulstigen Fingerspitzen mit den gelben Flecken, der graue Haarwirbel auf dem Handrücken. Der Halbmond aus Schmutz unter seinen eingerissenen Nägeln. Die klopfende Ader an seinem Handgelenk. Der Zipfel einer alten Tätowierung, vielleicht ein Name, der unter dem Ärmel hervorlugt. Und während Blom ihm erzählt, wer er ist und was er getan hat, denkt Adam: *mit dieser Hand. All das hast du mit dieser Hand getan.*

Schließlich rückt Adam weniger des Gehörten wegen von Blom ab, als um sich aus seiner Umklammerung zu befreien. Er steht hastig auf, der Mann in Blau tut es ihm nach und unterbricht seine Beichte mitten im Satz. Beide treten ein paar Schritte zurück und starren einander grimmig an, als sähen sie sich zum ersten Mal.

Was so abwegig nicht ist.

»Warum erzählen Sie mir das alles?«, fragt Adam.

Blom tritt von einem Bein aufs andere, scheu und schwerfällig wie ein gefangener Bär. Er blickt zu Boden und murmelt etwas Unverständliches.

»Wie war das? Ich habe kein Wort verstanden.«

»Weil Sie mein Freund sind.«

»Nein«, sagt Adam klar und deutlich. »Ich bin nicht Ihr Freund. Ich möchte das alles gar nicht wissen. Ich kann Ihnen nicht helfen.« Gegen seinen Willen versetzt ihm der Anblick von Bloms erschrockener Miene einen Stich. Leiser, freundlicher setzt er hinzu: »Ich verspreche Ihnen, von mir erfährt niemand ein Wort. Aber es tut mir leid, Blom, ich möchte damit nichts zu tun haben.«

»Ich heiße nicht Blom.«

»Egal, wie Sie heißen.«

Der Mann in Blau nickt schleppend und hebt den Kopf; sie wechseln einen ebenso beschämten wie zornerfüllten Blick. Dann leert Blom sein Glas und wirft es an die Wand. Es zerschellt mit einem lauten Klirren, das Adam unwillkürlich zusammenzucken lässt. Plötzlich hat sein Nachbar nichts Bedrohliches mehr an sich; er scheint sogar ein klein wenig geschrumpft, als er in seiner blauen Latzhose zur Tür schlurft. Bevor er hinausgeht, dreht er sich noch einmal um und sagt mit ruhiger Stimme, dem Zimmer nur halb zugewandt:

»Alles, was ich getan habe, habe ich für Sie getan. Und andere wie Sie.«

Dann verschwindet er, stürzt förmlich aus dem Zimmer, zurück in den Wind und die Finsternis, aus der er gekommen ist. Ein Gewitter ist im Anzug, die Tür klappt auf und zu, und erste Regentropfen prasseln auf die Bodendielen. Die Leere des Hauses ist erdrückend, und es dauert eine Weile, bis Adam aus seiner Starre erwacht. Doch auch als er die Tür verriegelt hat, bleibt ein diffuses Unbehagen, und so streicht er nervös durchs Haus und vergewissert sich gleich mehrmals, dass alle Fenster geschlossen sind. Er hat das beunruhigende Gefühl, dass ihn ein ungebetener Gast heimsuchen könnte, doch niemand kommt.

Wenig später fällt sein Blick auf die Skulptur, die ihm der Mann in Blau geschenkt hat, und plötzlich hat er sie verstanden. Eigentlich liegt es auf der Hand, was sie zum Ausdruck bringen soll. Er will sie nicht hier haben, in seiner Nähe, darum nimmt er sie und geht damit zur Hintertür. Mit der ganzen Kraft seines Arms schleudert er das Ding von sich, in die regnerische Nacht hinaus. Er hört, wie es mit einem dumpfen Aufschlag landet.

*

Obwohl er versprochen hat, Bloms Geheimnis für sich zu behalten, womit es ihm durchaus ernst war, ertappt er sich dabei, wie er Gavin nur eine Stunde später alles erzählt. Er hat seinen Bruder angerufen, um ihm mitzuteilen, dass er nächstes Wochenende nach Kapstadt kommen wird. Aber während des Gesprächs wächst der Druck in ihm, und er ertappt sich bei den Worten: »Du glaubst nicht, was mir eben passiert ist.«

»Was denn?«

»Der Mann von nebenan, mein Nachbar – er ist hier untergetaucht. Unter falschem Namen, mit falscher Identität. Er ist im Zeugenschutzprogramm. Heute war jemand hier und hat ihm eröffnet, dass er demnächst nach Jo'burg muss, in einem großen Prozess aussagen.«

Gavin pfeift durch die Zähne. »Warum?«

Adam versucht wiederzugeben, was Blom ihm erzählt hat, doch seine Erinnerung lässt ihn im Stich. Blom hat seine Beichte mit so monotoner, ausdrucksloser Stimme abgelegt, dass kein Detail daraus hervorstach. Stattdessen war es der Tatbestand der Täuschung, der Adam überwältigt hat, und das kommt jetzt wieder in ihm hoch. Dass ein scheinbar ganz normaler Mensch, der wie ein freundlicher Onkel aussieht, so eine Vergangenheit hat ...! Adam hatte ihm jedes Wort geglaubt – seinen Namen, seine Vorgeschichte, alles –, und nun muss er sein falsches Bild von Blom mit dem in Einklang bringen, was er heute erfahren hat. Natürlich wusste er, dass es solche Menschen gibt; Presse und Fernsehen haben in letzter Zeit des Öfteren darüber berichtet. Doch sie waren immer irgendwie weit weg, lebten sozusagen in einem anderen Land – und nicht im Nachbarhaus, wo sie den Garten umgruben und in ihrer Freizeit frästen und schweißten. Dass die dunkle, schmutzige Geschichte Südafrikas eines Tages menschliche Gestalt annehmen, Adam einen Besuch abstatten und ihn um Absolution bitten würde ... also, das hätte er sich niemals träumen lassen. Er stottert und stockt in seiner Schilderung. Gavin grunzt ein paarmal, um seinem Bruder zu bedeuten, dass er zuhört, lässt Adam jedoch nicht ausreden, sondern fällt ihm unwirsch ins Wort: »*Ja*, von der Sorte gibt es viele.«

»Ich habe aber noch nie einen kennengelernt.«

»Woher willst du das wissen? Sie reden normalerweise nicht darüber. Ich könnte dir ein paar Geschichten aus Angola erzählen, du glaubst ja nicht, was ich da für Sachen erlebt habe. Ganz normale Menschen wie du und ich ...«

Das ist eins von Gavins Lieblingsthemen. Er hat seinen Wehrdienst an der Grenze abgeleistet und dort an mehreren Kampfeinsätzen teilgenommen. Er hält für sein Leben gern Vorträge darüber, dass das Land voll sei von scheinbar ganz normalen Weißen, von denen viele vergewaltigt, gemordet und

SWAPO-Kämpfern die Ohren abgeschnitten haben; diese Leute seien jetzt geachtete und prominente Bürger, die ihre dunkle Vergangenheit begraben haben.

»Aber das kann man doch nicht vergleichen«, fährt Adam dazwischen. »Wir wurden eingezogen, wie *mussten* zur Armee. Aber er hat diese Sachen *freiwillig* gemacht, er hat sein Geld damit verdient. Er hat für die Regierung Menschen gefoltert, ermordet und entführt. Er ist ein *schlechter* Mensch.«

»Sei doch nicht so naiv, großer Bruder. Damals war eben Krieg. Und da gehört so etwas nun mal dazu. Oder glaubst du, das hätte es auf der anderen Seite nicht gegeben? In den ANC-Lagern in Tansania wurde genauso gefoltert und gemordet. Die haben Bomben in Einkaufszentren hochgehen lassen und Frauen und Kinder in die Luft gejagt...«

»Das ist was anderes«, sagt Adam bestürzt. »Sie waren auf der richtigen Seite.«

»Im Krieg gibt es keine richtige Seite, es gibt nur die eine und die andere Seite. Ich nehme dem Mann nicht übel, was er damals getan hat – aber was er jetzt tut, das finde ich schäbig.«

»Wie meinst du das? Dass er alles vertuschen und für sich behalten soll? Wir können die Vergangenheit nicht einfach abhaken, Gavin. Um sie hinter uns lassen zu können, müssen wir offen darüber sprechen.«

»Er hat seine Kumpels ans Messer geliefert. Ich bitte dich, das ist doch das Letzte. Ein Verräter verdient keinen Respekt. Kein Wunder, dass er Schiss hat. Ich hoffe, sie kriegen ihn, bevor er singt. Ich an deiner Stelle würde schon mal beten, dass sie nicht aus Versehen das falsche Haus erwischen – sonst erschießen sie am Ende dich.« Gavin findet das urkomisch; schallend lacht er in den Hörer.

»Reden wir über was anderes.« Adam ist verstört und aufgewühlt; er weiß nicht, was ihn dazu bewogen hat, seinem Bruder die Geschichte zu erzählen. Er wechselt das Thema; sie verabreden sich für das kommende Wochenende, und bald darauf beendet Adam das Gespräch.

Die Unterhaltung mit Gavin hat so etwas wie Mitgefühl für den Mann in Blau in ihm geweckt, das er nur schwer unterdrücken kann. Aus irgendeinem Grund muss er immer wieder an den ergreifenden Anblick von Bloms kahlem Schädel während dessen Beichte denken: Letztlich ist auch er nur ein Mensch, der wie jeder Mensch Angst vor dem Tod hat. Adam fragt sich, wie er wohl wirklich heißt, versucht den Gedanken jedoch gleich wieder zu verdrängen. Ein Name ist alles; ein Name ist nichts. Es ist sinnlos, sich den Kopf darüber zu zerbrechen.

In den folgenden Tagen sieht er seinen Nachbarn ein paarmal, als er im Garten mit dem Unkraut kämpft. Obwohl der Winter Einzug gehalten hat – die grauen Wolken hängen tief, und der angeschwollene Fluss tost gurgelnd und schäumend durch den Ort –, ist das Wetter für diese Jahreszeit ungewöhnlich mild, und Adam will die Gelegenheit nutzen, um bis ans Ende des Gartens vorzudringen. Nebenan gräbt Blom mit einem Schlapphut auf dem Kopf Bewässerungsrinnen für seine Obstbäume. Obwohl sie sich bisweilen recht nahe kommen, wirkt der Zaun zwischen ihnen wie eine Mauer; es ist alles wie am Anfang, als sie einander geflissentlich ignorierten.

Er wird mit dem Unkraut nicht ganz fertig – ganz hinten im Garten steht noch ein letzter schmaler Streifen –, aber am Tag vor seiner Abreise nach Kapstadt findet er die Skulptur wieder. Sie liegt zwischen den braunen Strünken begraben, wo sie vermutlich auch gelandet ist, als er sie weggeworfen hat. Inzwischen hat er so viel Unrat aus dem Garten gezogen, dass er sie zunächst für ein Stück Schrott hält, ein ausrangiertes Motorenteil. Als ihm klar wird, worauf er da gestoßen ist, betrachtet er das hässliche Ding von allen Seiten. Es ist ein seltsamer Moment des Erkennens, und er empfindet eine kuriose Mischung aus Ekel und Zuneigung beim Anblick der Skulptur, die ihren Ursprung ganz woanders hat. Er will sie eben wieder von sich schleudern, am liebsten in den Nachbargarten, doch irgendetwas hält ihn davon ab. Stattdessen legt er sie hinter sich auf die Erde. Und als er mit der Arbeit fertig ist, nimmt er sie mit ins Haus und stellt sie auf sein Notizbuch.

15

GAVIN HAT EIN WENIG ZUGENOMMEN, und auch seine Lider wirken schwerer. Er beobachtet Adams Unbehagen mit milder Häme. »Na, was macht die Dichtkunst, Ad?«

»Alles bestens.«

»Wie schön. Freut mich, dass du da draußen nicht nur deine Zeit vergeudest. Und wie steht es mit dem Unkraut?«

»Damit bin ich so gut wie fertig. Noch ein, zwei Tage, und ich hab's geschafft.«

»Na prima«, sagt sein Bruder, reißt eine Tüte Salzbrezeln auf und leert sie in eine Schale. »Jetzt kannst du endlich was Ordentliches pflanzen.«

Sie sitzen in Gavins Wohnzimmer und trinken Bier. Die breite Fensterfront lässt den Ausblick auf das vom Meer umschlossene Robben Island wie ein gerahmtes Bild erscheinen.

»Übrigens«, sagt Gavin, »das hier ist per Einschreiben für dich gekommen. Tut mir leid, aber ich habe nur auf den Nachnamen geachtet und den Empfang quittiert. Dass es an dich adressiert war, habe ich erst hinterher gesehen.«

Der große braune Umschlag scheint von einer Behörde zu stammen. Seit sein altes Leben gescheitert ist, hat er keine Post mehr erhalten. Doch seine anfängliche Freude ist sofort verflogen, als er sie öffnet: eine gerichtliche Vorladung, die Frist ist längst verstrichen, wegen des Bußgeldes von vor acht Monaten. Als er auf dem Weg nach Kapstadt heute Morgen an der

Stelle – dem Abzweig mit dem einsamen Baum – vorbeikam, hat er zum ersten Mal seit über einem halben Jahr wieder an den Zwischenfall gedacht. Das alles liegt in weiter Ferne; seine moralische Entrüstung von damals erscheint ihm mittlerweile geradezu absurd.

»Und was soll ich jetzt machen?«, fragt er. »Du hättest es mir nachsenden müssen.«

»Wollte ich ja auch. Aber ich bin einfach nicht dazu gekommen.«

»Hier steht, wenn ich den Gerichtstermin versäume, wird Haftbefehl gegen mich erlassen. Muss ich jetzt in den Knast?«

»*Ad*, bist du verrückt? Keine Angst, zerreiß es einfach. Das mache ich mit allen meinen Strafzetteln. So was interessiert doch heute niemanden mehr.«

Adam lässt es dabei bewenden, trotzdem quälen ihn Gewissensbisse. Er muss daran denken, wie wütend er damals gewesen war, wild entschlossen, sich zur Wehr zu setzen, aber dann hatten ihn andere Sorgen geplagt, und jetzt war es zu spät. Er wendet sich Charmaine zu, die barfuß und im Schneidersitz neben ihm auf der Couch sitzt. Ihr offenes Haar fällt ihr ins Gesicht, verhüllt ihre riesigen Augen. »Wie *geht's* dir?«, flüstert sie.

»Ganz gut, danke.«

»Deine Aura ist klarer als beim letzten Mal. Sie ist zwar immer noch ziemlich bewegt. Vielleicht sogar ein bisschen zu bewegt. Eine Menge Feuer und Chaos, aber doch sehr viel besser als vorher.«

Gavin nimmt eine Brezel aus der Schale auf dem Tisch und kaut mit offenem Mund. »Also, wenn du mich fragst«, sagt er, »ich finde, du siehst furchtbar aus.«

»Gavin.«

»Ist doch wahr. Er ist dünn und ungepflegt. Er muss dringend zum Friseur. Er sieht aus wie ein Flüchtling.« Und zu Adam: »Ich habe uns für heute Abend einen Tisch in einem Steakhouse bestellt. Da werde ich dich ein bisschen mästen.«

»Nein«, sagt Adam. »Ich muss zu einer Party.« Als sein Bruder ihn verständnislos anstarrt, fährt er fort: »Davon habe ich dir doch erzählt. Nur deshalb bin ich überhaupt gekommen. Wir haben darüber gesprochen.«

»Ah, *ja*«, sagt er zögernd. »Hilf mir auf die Sprünge.«

Während Adam ihm die Einzelheiten auseinandersetzt, macht Gavin ein gelangweiltes, abwesendes Gesicht. Trotzdem scheint er zuzuhören, denn später, als Adam gehen möchte, sagt er plötzlich: »Das ist eine Totgeburt. Dein komischer Golfplatz.«

»Es ist nicht *mein* Golfplatz, um Himmels willen. Ich habe damit nichts zu tun.«

»Am Arsch der Welt. Zum Golfspielen fährt da doch kein Mensch hin.«

»Er liegt direkt an der neuen Durchgangsstraße«, verteidigt sich Adam. »Und passt sich harmonisch in die Landschaft ein.«

»Wenn du Geld in der Sache stecken hast, zieh es raus. Ich rate dir – verkauf deine Anteile. Verbrenn dir nicht die Finger.«

»Anteile?«, sagt Adam. »Wovon redest du? Ich habe noch nicht mal Geld, um mir etwas zu essen zu kaufen. Wie soll ich mir da Anteile leisten können?«

Die Einladung zur Party liegt auf der Küchenanrichte; Gavin wirft einen Blick darauf. »Genov«, sagt er nachdenklich. »Der Name kommt mir irgendwie bekannt vor.«

Adam reißt ihm die Einladung aus der Hand, bevor er ihm einen neuerlichen Vortrag halten kann. »Ich muss jetzt los«, sagt er. »Ich bin sowieso schon spät dran.«

*

Da er keinen eigenen Anzug mehr besitzt, muss er sich von Gavin einen leihen. Aber das Jackett ist zu groß, sodass die Hände fast in den Ärmeln verschwinden, und sein einziges gutes Hemd ist ihm zu eng und riecht nach Mottenkugeln. Er kommt sich vor wie ein bunter Hund, als trüge er ein Clownskostüm, obwohl es im Spiegel eigentlich nicht weiter auffällt. Trotzdem hätte er nicht übel Lust zu kneifen: Nicht nur seine Kleider, der ganze Abend passt ihm nicht. Nur die Aussicht auf ein Wiedersehen mit Baby hält ihn davon ab, sich vor der Veranstaltung zu drücken.

Das Haus liegt in einem reichen Vorort, den Adam nicht kennt. Er fährt bereits seit einer halben Stunde langsam, mit dem Stadtplan in der Hand, durch laubbedeckte Straßen, als ihm grelles Licht und Partylärm verraten, dass er am Ziel ist. Am Tor inspiziert ein livrierter Lakai seine Einladung und erklärt ihm, er müsse auf der Straße parken, drinnen sei kein Platz mehr.

Die lange, geschwungene Auffahrt schlängelt sich zwischen Bäumen hindurch; links und rechts reiht sich eine Luxuslimousine an die andere. Aus den Augenwinkeln erspäht er Tennisplätze, einen Swimmingpool, eine Koppel mit Pferden. Erst am Ende der Auffahrt offenbart sich ihm das volle Ausmaß der spektakulären Vulgarität, die ihn erwartet. Ein Schloss, samt Türmchen, Balustraden und Zinnen. Alles, von den Steinen bis zur Architektur, wirkt wie wahllos zusammengeklaubt. Das Ergebnis ist ein kurioser Mischmasch, als wäre ein bizarres Raumschiff auf dem Hügel bruchgelandet und die Überlebenden würden zwischen den Trümmern umherirren. Alles ist voller Leute, hinter den Fenstern, auf der Vortreppe. Am liebsten würde er auf der Stelle kehrtmachen und das Weite suchen. Er gehört nicht hierher, und das sieht man ihm zweifellos an.

Nachdem seine Einladung ein zweites Mal kontrolliert worden ist, wird ihm Einlass gewährt. Drinnen setzt sich der Eindruck einer Katastrophe fort, das laute Stimmengewirr kommt ihm vor wie der endlos zerdehnte Augenblick des Aufpralls. Etwas Bedrohliches scheint in der Luft zu liegen, ohne Fixpunkt, ohne Zentrum; überall wird getanzt, geredet und geflirtet, durch Spiegel zersplittert und verstärkt. Doch selbst hier hält sich Adam von dem Rummel fern, wie ein Gehörloser, der einem Orchester beim Spielen zusieht. Inmitten dieser festlichen Fleischbeschau fühlt er sich mutterseelenallein. Er stellt sich die Räume menschenleer vor: ein kaltes, gekacheltes Nichts, durchbrochen nur von geschmacklosen Statuen und teuren Gemälden, und er, wie er durch diese Leere streift und das bebende Echo seiner Schritte in konzentrischen Kreisen widerhallt.

In einem Durchgang, neben einer chinesischen Vase, steht er plötzlich vor einem großen, gutaussehenden Mann mit markanten Gesichtszügen und zurückgekämmtem dunklem Haar. Er grinst; seine Zähne sind zahlreich und blendend weiß. Adam hat diese Zähne schon tausendmal gesehen, auf Spraydosen im Supermarkt, und jetzt erst erkennt er den berühmten Golfer, der Cannings Platz entworfen hat. Aus dem aktiven Sport hat er sich längst zurückgezogen und ist inzwischen vor allem für sein Deodorant berühmt. »Und mit wem sind *Sie* befreundet?«, schreit der Golfer und schüttelt Adam kräftig die Hand.

»Canning. Ich suche ihn schon die ganze Zeit – haben Sie ihn vielleicht gesehen?«

»Wen?«

»Canning, Kenneth Canning.«

»Nie von ihm gehört, alter Freund. Sie sehen aus, als ob Sie was zu trinken vertragen könnten!«

»Nie von ihm gehört? Aber die ganze Sache ist seine Idee.«

»Da müssen Sie sich irren, alter Freund. Es ist Nicolais Projekt. Hier, trinken Sie einen Schluck Wein.« Er schnappt einem vorbeigehenden Kellner ein Glas vom Tablett und drückt es Adam in die Hand. »Nicolais eigene Marke, von seinem Weingut. Prost!« Und dann ist der berühmte Golfer auch schon verschwunden und schüttelt jemand anderem die Hand.

Adam geht weiter und leert sein Glas auf einen Zug. Der Wein ist trocken, fruchtig und schmeckt teuer – typisch für den verschwenderischen Luxus, mit dem Canning sich umgibt. Doch obwohl er spürt, dass sein Freund ganz in der Nähe ist, kann er ihn nirgends finden. Seine Panik legt sich ein wenig beim Anblick der vielen anderen Gesichter in der Menge, die ihm irgendwie bekannt vorkommen, halb vertraute Gesichter, wie Freunde aus grauer Vorzeit: unbedeutende Lokalgrößen, Fernsehstars und Sportler, ein berüchtigter Revolutionär, der fünfzehn Jahre in Haft gesessen hat, Promis und Politiker, sogar ein bekannter charismatischer Prediger. Obwohl er den Drang verspürt, diese Leute zu grüßen, kann er sich weder entsinnen, wie sie heißen, noch, was sie mit ihm verbindet; er eilt weiter, immer nach Canning Ausschau haltend, denn in seiner Nähe ist die einzige Person, die ihn tatsächlich interessiert. Immer wenn er einen neuen Raum betritt, ist er voller Hoffnung und Erwartung, doch auf seinem Weg durch das Gewühl verliert er mit jedem neuen fremden Gesicht, von dem sein Blick abprallt, den Mut, bis er schließlich vor der nächsten Tür steht. Es hat etwas Traumhaftes, dieses vergebliche Umherirren, dieses unbestimmte Suchen.

Irgendwo im Gedränge stößt er auf Sipho Moloi, der ihn mit strahlender Unsicherheit begrüßt, bevor er sich nach dem Gesundheitszustand des Ministers erkundigt.

»Nein, nein«, sagt Adam. »Wir haben uns bei Canning kennengelernt.«

»Bei wem?«

»Canning, Kenneth Canning. Sie wissen schon, wo der Golfplatz ...«

»Ah!« Als er ihn erkannt hat, hellt sich seine Miene auf, verdüstert sich jedoch sofort wieder. Sie wechseln ein gezwungenes Lächeln, jeder eifrig darauf bedacht, dem anderen so schnell wie möglich zu entkommen.

»Ehrlich gesagt, suche ich ihn schon die ganze Zeit – Canning, meine ich. Sie haben ihn nicht zufällig gesehen? Oder Baby?«

»Doch ... ich glaube, ich habe ihn gesehen ... da draußen. Aber das ist schon eine Weile her.«

Adam bahnt sich einen Weg in einen großen, nach oben offenen Innenhof. In einer Ecke spielt eine Band leichten Jazz, und rings um den steinernen Beckenbrunnen in der Mitte wird getanzt. An einem Ende steht ein mit Seilen abgesperrtes Podest, auf dem ein bizarres, unverkennbares Gebilde thront: das Modell eines Putting Greens, daneben ein Bunker und in der Mitte eine aufgepflanzte Golffahne. Darüber hängen ein

Spruchband und Ballons, und die Wand schmückt ein ins Riesenhafte vergrößertes Foto von kargen Bergen, einer grünen *kloof* und der Wüste, die sich bis zum Horizont erstreckt.

Da entdeckt er Baby. Sie ist ganz in Weiß – weißes Kleid, weiße Schuhe, weiße Blüten im Haar – und sieht hinreißend und jungfräulich aus, wie eine Braut vor der Hochzeit. Sie spricht mit einem älteren Mann, der mit dem Rücken zur Wand steht und in seinem dezenten Anzug und Auftreten an einen gesichtslosen Diener erinnert, einen Butler oder dergleichen.

Nachdem er so lange nach ihr gesucht hat, nähert er sich ihr nicht gleich, sondern beobachtet sie eine Weile aus sicherer Entfernung. Sie ist fröhlich und ausgelassen; so lebendig hat er sie noch nie erlebt. Die Tänzer, die Musik, die Gäste: Jetzt, wo er sie gefunden hat, existiert all das für ihn nicht mehr. Sie hingegen scheint Kraft und Energie zu ziehen aus dem Farbenmeer rings um sie her; sie sieht aus wie all die anderen Reichen und Einflussreichen, denen eine goldene Zukunft winkt. Als er auf sie zugeht, trifft ihn die Erkenntnis wie ein Hammerschlag; er hat das Gefühl, eine Erinnerung, etwas längst Verlorenes zu betrachten. Selbst als er direkt vor ihr steht, schenkt sie ihm keinerlei Beachtung. Dann plötzlich erblickt sie ihn, und wieder bemerkt er ihre ungleichen Augen.

»Was machst *du* denn hier?«, fragt sie und versteckt ihren Unmut sogleich hinter einem blendenden Lächeln.

»Canning hat mir eine Einladung geschickt.«

»Wie nett von ihm.«

»Ich habe dich gesucht«, sagt er.

»Ach ja? Wo?«

»Überall. Im ganzen Haus.« Er steht dicht vor ihr, so dicht, dass sie sich jedes Mal berühren, wenn sie sich zueinander beugen. Er riecht ihr Parfüm und fühlt die Wärme ihres Arms. Er verspürt den unbändigen Drang, etwas ganz und gar Verrücktes zu tun: Am liebsten würde er sie gegen die Wand pressen und lange und leidenschaftlich küssen, gleich hier, vor allen Leuten – sie irgendwie besitzen. Aber er weiß auch, dass sie nur der vielen Menschen wegen hier so eng beieinanderstehen können. Er muss sie von hier fortlocken, an einen sicheren, abgeschiedenen Ort, um das Band zwischen ihnen zu erneuern. »Müssen wir unbedingt hierbleiben?«, fragt er mit heiserer Stimme. »Können wir nicht woanders hingehen?«

Sie weicht zurück. »Bist du wahnsinnig?«, zischt sie. »Wir sind auf einer Party. Und ich bin beschäftigt. Unterhalte dich so lange mit Kenneth.«

»Wo ist er denn?«

Sie deutet mit langen Fingernägeln auf ihren Mann, der allein in einer Ecke des Innenhofes steht, eine einsame Gestalt, in Schatten und Alkohol versunken. Niemand ist in seiner Nähe.

»Als ich gekommen bin, habe ich im Garten einen Swimmingpool gesehen«, sagt Adam. »Da wären wir ungestört.«

Sie mustert ihn mit einer Mischung aus Verachtung und Belustigung. Sie will eben den Kopf schütteln, als sich auf dem Podest in der Ecke mit einem Mal hektische Betriebsamkeit entwickelt. Ein Mikrofon wird eingestellt; Redner machen sich bereit. Das ist die perfekte Gelegenheit, um sich davonzustehlen, die Gäste sind abgelenkt, doch sie zieht sich von ihm zurück. »Ich muss gehen«, sagt sie. »Wir sprechen uns später.«

»Ich bin nur deinetwegen gekommen«, wiederholt er.

»Selber schuld.« Einen Sekundenbruchteil lang legt sich

ihre Hand auf seinen Arm, und sein Herz macht einen Satz. Aber ihre Finger zupfen missbilligend an seinem Ärmel. »Dein Jackett passt nicht«, sagt sie und lässt ihn stehen.

Im ersten Augenblick ist er wie vor den Kopf geschlagen: Ihm muss etwas entgangen sein. Hat er sich etwa nicht klar ausgedrückt? Warum hat sie ihn nicht verstanden? Sie sind Seelenverwandte; weder sie noch er gehören hierher, zu diesem albernen Stadtvolk. Doch heute Abend ist sie eine andere, eine Frau, die er nicht kennt. Die wahre Baby, die Baby, mit der er zusammen sein möchte, ist noch immer irgendwo dort draußen, auf Gondwana oder in seinen Gedichten.

Er geht in die entgegengesetzte Richtung, schwimmt gegen den Menschenstrom. Alles drängt in die Ecke, wo jetzt die Scheinwerfer aufflammen. Am anderen Ende des Innenhofes, in einem anderen Universum, lehnt Canning schwerfällig an der Wand; er sieht aus, als würde er das Gebäude stützen. Plötzlich wird Adam klar, was er an Canning so rührend und zugleich abstoßend findet: Er ist genau die Sorte Mensch, die man verletzt und dann vergisst. Als er Adam sieht, strahlt er vor Freude. »Ich dachte schon, du hättest es dir anders überlegt«, sagt er. »Ich dachte, du wärst doch nicht gekommen.«

»Hätte ich das mal getan«, sagt Adam missmutig. »Wäre ich mal lieber zu Hause geblieben.«

»Ist es nicht schrecklich? Ich finde es auch zum Kotzen.« Er sieht sich verstohlen um. »Komm. Lass uns abhauen.«

Adam folgt Canning ins Haus. Dass er hierhergekommen ist, um Baby zu entführen, und sich nun mit ihrem Mann davonmacht, diese Ironie des Schicksals ist ihm keineswegs entgangen. Canning geht mit ihm über einen Flur zu einer verschlossenen Tür, hinter der sich ein dunkles Treppenhaus verbirgt; sie steigen die Treppe hinauf und kommen auf eine mit Teppich ausgelegte Galerie, von der aus man in den Innenhof hinabblickt.

»So«, sagt Canning. »Jetzt können wir sehen, ohne totgetrampelt zu werden. Auch 'nen Schluck?« Er streckt Adam eine Weinflasche hin, die er am Hals umklammert hält; als Adam ablehnt, nimmt er selbst einen kräftigen Zug. Sein schweißbedecktes Gesicht ist gerötet, die Krawatte gelockert, der Kragenknopf geöffnet. »Nun schau sich einer dieses Pack an«, sagt er. »All die Schönen und Mächtigen auf einem Haufen. Am liebsten würde ich den ganzen Laden in die Luft jagen.«

Adam lässt den Blick über die Köpfe und perspektivisch verzerrten Körper schweifen und hält nach Baby Ausschau, doch es ist kaum jemand zu erkennen. Von hier oben sieht alles völlig anders aus. Noch vor ein paar Minuten waren Canning und er dort unten, mitten im Gedränge; jetzt sind sie wie Tauben oder Götter, der Welt entrückt, die sie betrachten. Nach einigen Sekunden erst finden seine Augen den warmen Lichtkegel inmitten der hellgrünen Miniaturlandschaft mit Plastikrasen und Fahne. Mehrere Gestalten stehen auf dem Podest. Der Mann im Vordergrund, der ins Mikrofon spricht, ist der berühmte Golfer. Er scheint sich wohlzufühlen im Blitzlichtgewitter, umgeben von künstlichen Farben; sein blendendes Lächeln fügt sich nahtlos in die Szenerie. Er erzählt einen Witz über einen Iren und einen Caddy, und das beifällige Gelächter und der bereitwillig gespendete Applaus wallen zu den heimlichen Beobachtern empor wie warmes Gas.

Dann wird der Golfer ernst. Er senkt die Stimme und schlägt einen vertraulichen Tonfall an. »Meine Damen und Herren, liebe Freunde und Kollegen … Wie oft im Leben gibt uns der Allmächtige die Chance, etwas zu verwirklichen, von dem wir schon im zarten Alter von sechs Jahren geträumt haben? Und doch habe ich diese Chance bekommen. Meinen eigenen Golfplatz zu entwerfen und zu sehen, wie er vor meinen Augen Gestalt annimmt – nun, das ist mehr, als ein armer Sünder wie ich je erhoffen durfte... aber jetzt ist es an der Zeit«, fährt er bescheiden fort, »die Bühne jenem Mann zu überlassen, der mir diese Chance *gegeben* hat, dem Big Boss höchstpersönlich, dem großen Zampano, *Mister* Liberty National, unserem Freund und Gastgeber des heutigen Abends... Nicolai Genov.«

»*Oh*«, entfährt es Adam, als er mit Erstaunen feststellt, dass es sich um denselben älteren Mann handelt, den er zuvor mit Baby gesehen und für einen Butler gehalten hat. Und seine übertriebene Zurückhaltung gibt Mr Genov auch jetzt, im heißen Licht der Scheinwerfer, nicht auf. Er ist es eindeutig gewöhnt, Reden zu halten, scheint sich dabei aber dennoch nicht recht wohlzufühlen, als bliebe er lieber im Hintergrund; und etwas von diesem verschwommenen, nebulösen Hintergrund bringt er mit ans Mikrofon.

»Meine Freunde... ich will es kurz machen... Dies ist schließlich eine Party; wir wollen uns amüsieren, und da ist für Geschäftliches kein Platz...«

Sein Akzent ist schwer einzuordnen: osteuropäisch zwar, aber mit uneinheitlicher Färbung. Ein internationaler Akzent – die Stimme eines Mannes, der an vielen verschiedenen Orten gelebt hat. Er scheint jedes Wort bewusst zu setzen, als arrangierte er Porzellanfiguren auf einem Fensterbrett.

»...schaut euch um, liebe Freunde... ist es nicht schön, so viele verschiedene Menschen unter einem Dach versammelt zu sehen – verschiedene Farben, verschiedene Kulturen, eine bunte Mischung... wahrlich, so feiert das neue Südafrika!«

Die banale Phrase könnte glatt von Canning stammen. Hier und da erhebt sich anerkennender Applaus – die Leute gratulieren sich selbst –, und von der Galerie aus lässt Adam das Bild einen Augenblick lang auf sich wirken: ein einhelliges Nebeneinander von Saris und Geschäftsanzügen, afrikanischen Stoffen und arabischen Gewändern. Akzente und Sprachen gehen eine brüderliche Verbindung ein; Haut und Perlen reiben sich sanft an raschelnder Seide. Selbst die Kellner in ihren neutralen Smokings bilden eine harmonische Mischung aus Schwarz, Weiß und Braun. Es ist in der Tat wie eine Reklame für das neue Land.

»Wie ihr wisst, wäre all das noch vor ein paar Jahren unmöglich gewesen ... aber ich bin stolz, ein Teil dieses meines neuen Vaterlandes zu sein, dem ich so viel zu verdanken habe ...«

Wieder Beifall, ein oder zwei Pfiffe. Gegen seinen Willen macht sich ein Gefühl der Wärme in Adam breit; der Drang dazuzugehören ist stark. Zugleich jedoch bleibt er außen vor; er weiß, dass er hier nur geduldet wird, und diese Versammlung hat etwas Surreales. Es ist das, was fehlt, was *nicht* hier in diesem Haus ist, dem Adam sich wirklich zugehörig fühlt, und das macht ihm Angst.

»... und dieses ganze Projekt, unser Golf-Resort, ist ein Spiegelbild dieses neuen multikulturellen Geistes ... unsere Partner sind von verschiedener Hautfarbe und Herkunft, genau wie die Gesichter hier ...«

Da entdeckt er Baby. Er hat an der falschen Stelle nach ihr gesucht, unter den Gästen, dabei steht auch sie auf dem Podium, wenn auch eher am Rand, nur halb im Scheinwerferlicht. Sie wirkt ungleich gelöster, beschwingter als sonst. Er fragt sich, was sie dort oben macht; sie sieht aus, als wollte auch sie eine Rede halten, und dieser Gedanke führt ihn auf direktem Weg zu dem Mann neben ihm zurück.

»Was ist mit dir?«, flüstert er Canning zu. »Musst du nicht auch ein paar Worte sagen?«

»Ich? Nein.«

»Und warum nicht? Ich dachte, es ist dein Projekt.«

Canning zuckt unwirsch die Achseln. »Um Gottes willen«, sagt er. Unten reicht Mr Genov das Mikrofon an einen adretten Schwarzen weiter, Enoch Nandi, den Adam über Weihnachten auf Gondwana kennengelernt hat. Damals hatte Canning sich ihm gegenüber höflich und zuvorkommend verhalten, doch jetzt murmelt er höhnisch:

»Unsere Black-Empowerment-Marionette.«

»Ich dachte, du magst ihn.«

»Wie kommst du denn darauf? Nein, ich hasse ihn. Ich hasse sie alle. Das Ganze ist ein Spiel – ein Spiel, das man mitspielen muss.«

Strohmänner und Prominente: Die Mächtigen bleiben im Schatten. Plötzlich geht Adam ein Licht auf: Zum ersten Mal begreift er, dass es genau diese Eigenschaft an Canning ist, die Mitleid und Verachtung hervorruft – dieses Diffuse, Schemenhafte, Ungreifbare, das ihm paradoxerweise Profil verleiht und seine größte Stärke ist. Er ist der eigentliche Drahtzieher, die treibende Kraft im Hintergrund, die den Stein ins Rollen gebracht hat; allein ihm ist es zu verdanken, dass all diese Leute heute Abend hier versammelt sind, und doch kennt kaum einer von ihnen seinen Namen oder sein Gesicht.

Adam wendet den Kopf und sieht seinen Freund beinahe bewundernd an, aber Canning starrt mit einer Mischung aus Trauer, Hass und Wehmut in den Hof. Er scheint sich auf die

Gäste zu konzentrieren, doch dann sagt er mit dünner Stimme: »Sieh dir das an. Vor allen Leuten. Was die anderen denken, ist ihr scheißegal.«

»Was meinst du?«

»Dieser Mann ist seit einem halben Jahr ihr Liebhaber«, sagt Canning resigniert.

»Wer?«

Da sieht er es. Beide beobachten Baby, die sich jetzt mit derselben Unbekümmertheit, die sie schon den ganzen Abend zur Schau trägt, zu Genov beugt und ihm hinter vorgehaltener Hand etwas zuflüstert. Und ihrer beider Körperhaltung, die ebenso beiläufige wie besitzergreifende Geste, mit der er ihren Ellbogen umfasst, lässt nicht den geringsten Zweifel. Adam wird klar, dass er es wusste, seit er sie heute Abend zum ersten Mal gesehen hat, dennoch ist der Schock so neu und frisch, dass ihm ganz flau im Magen wird. Die Leere, die sich in ihm breitmacht, das Fehlen jeglicher Empfindung, ist ihrerseits wie ein Gefühl. Er rechnet kurz nach: ein halbes Jahr – etwa genauso lange ist es her, dass sie sich kennengelernt haben.

»Dieser widerliche osteuropäische Drecksack«, sagt Canning und sieht Adam reuig lächelnd an. »So. Jetzt kennst du all unsere Geheimnisse.«

Unten beginnt der angenehme Teil des Abends. Enoch Nandi hat seine Rede beendet; der Applaus ist verebbt; die Scheinwerfer verlöschen. Und doch scheinen sie immer noch in gleißend helles Licht getaucht – sie und der alte Butler-Satyr und die kriecherischen Speichellecker um sie herum. Adam und Canning sind am kalten, dunklen Rand der Arena gestrandet und klammern sich an das Geländer, als könnte es sie vor dem Absturz bewahren.

»Der Spaß ist vorbei«, sagt Canning. »Jetzt können wir uns richtig besaufen.« Als er Adams Miene bemerkt, legt er ihm einen schlaffen Arm um die Schultern. »Nimm's nicht so schwer«, sagt er. »Es ist nichts Ernstes. Nur eine kleine Affäre. So ist sie nun mal. Es stört mich eigentlich nicht besonders. Solange sie bei mir bleibt.«

»Dich mag es vielleicht nicht stören«, sagt Adam. »Mich schon. Sehr sogar.«

»Ach, Adam. Immer noch mein treuer Freund und Beschützer, nach all den Jahren.«

Eine eisige Stimme hinter ihnen sagt: »Sir.«

Sie drehen sich um. Der Mann ist elegant gekleidet. Er sieht aus wie ein Partygast, doch der derbe Zug in seinem breiten, flachen Gesicht deutet auf etwas anderes hin. Vielleicht ein echter Butler – aber welcher Butler trägt schon eine Waffe? Adam sieht das Holster unter dem Jackett des Mannes, als dieser sagt: »Sie befinden sich in einem Privatbereich. Sie haben hier oben nichts verloren.«

»Schon gut«, sagt Canning. »Ich bin ein Freund von Mr Genov.«

»Wie war noch gleich der Name?«

»Canning. Kenneth Canning.«

Die Augen des Mannes sind dunkel und ohne Tiefe, wie zwei Kieselsteine in einem Klumpen Kitt. Er schüttelt verächtlich den Kopf. »Nie von Ihnen gehört«, sagt er. »Und jetzt zurück nach unten.«

*

Als Adam in die Wohnung zurückkommt, möchte er eigentlich nur noch schlafen. Nach Reden ist ihm jetzt jedenfalls nicht zumute, aber Gavin hat auf ihn gewartet. Er sitzt vor dem Fernseher und sieht sich die Wiederholung einer Sportsendung an, schaltet den Apparat jedoch ab, als Adam ins Zimmer tritt. »Wie war deine Party?«, fragt er.

»Es geht«, sagt Adam und bleibt an der Tür stehen.

»Ich habe mich nach deinem Freund erkundigt«, sagt Gavin mit unheilvollem Unterton. »Deinem Nicolai Genov. Sein Name kam mir irgendwie bekannt vor.«

»Ich möchte jetzt nicht über ihn sprechen.«

»Er ist ja auch nur eine große Nummer im organisierten Verbrechen. Auf internationaler Ebene, wohlgemerkt. Also nichts, worüber man sich Sorgen machen müsste.«

»Ich mache mir auch keine Sorgen. Ich kenne ihn ja nicht einmal.«

»Er hat sich in Europa vor gut zehn Jahren einer Gefängnisstrafe entzogen. Er wurde auf Kaution freigelassen, um in einem großen Mafiaprozess auszusagen, konnte sich aber kurz vor der Verhandlung nach Südafrika absetzen. Er hat sich bei der alten weißen Regierung lieb Kind gemacht und jede Menge Geld unter die Leute gebracht. Er hat seinen Namen geändert und sich einbürgern lassen. Jetzt gehört er zur neuen Hautevolee. Lebt auf großem Fuß, kann aber nicht mehr in allzu viele Länder reisen, weil er sonst sofort verhaftet wird. Ein äußerst gefährlicher Kunde.«

Adam hat heute Abend schon genug Überraschungen erlebt; ihn kann nichts mehr aus der Fassung bringen.

»Warum erzählst du mir das alles?«, fragt er.

»Gibt dir das etwa nicht zu denken? Du bewegst dich in

ziemlich üblen Kreisen. Genov besitzt Hotels, Casinos, ein oder zwei Weingüter, steht meinen Informanten zufolge aber immer noch mit seinen alten Kumpels in Europa in Kontakt. Die ganze Businessnummer ist reine Fassade. Da läuft vieles im Dunkeln, Ad. Geldwäsche, Drogenschmuggel, vielleicht sogar Menschenhandel. Ich an deiner Stelle würde mich da raushalten.«

»Genau das habe ich auch vor«, sagt Adam, aber dann fällt ihm ein Satz von Canning ein. »Er hatte eine schlechte Presse«, sagt er und wendet sich zum Gehen.

»Ich muss schlafen, Gavin. Ich will morgen früh raus.«

»Sag hinterher nicht, ich hätte dich nicht gewarnt.«

»Keine Angst. Gute Nacht.«

»Gute Nacht«, sagt Gavin, und seine Empörung ist ihm deutlich anzuhören. Doch als er kurz darauf in Adams Zimmertür steht, hat sein Tonfall sich verändert; jetzt klingt seine Stimme wehleidig. »Du kannst mich nicht zufällig mit diesen Leuten bekannt machen, oder?«, fragt er.

16

ER KOMMT NICHT SO FRÜH weg, wie er wollte, und so ist es fast Mitternacht, als er endlich ins Tal hinabfährt. Sein Haus, verdunkelt, hinter Bäumen verborgen, sieht aus, als habe es lange leer gestanden. Doch als er schließlich durch die Tür tritt, empfängt ihn eine – wenn auch leicht abgestandene – Wärme, ganz so, als seien die Räume bewohnt.

Ah, die Heimkehr des verlorenen Sohnes.

Adam liegt im Dunkeln im Bett, und die Silhouette seines Gesprächspartners hebt sich scharf gegen den Schein der Straßenlampe ab. Er sitzt am Fenster, den Kopf merkwürdig schiefgelegt. Da ist es Adam auch kein rechter Trost, dass es sich lediglich um seine Kleider handelt, die sich auf einer Stuhllehne türmen und seine Fantasie beflügeln.

Nimm's nicht so schwer. Du wusstest doch, dass irgendwann Schluss sein würde.

»Ich habe ihr vertraut.«

Vertrauen ist ein unglückliches Wort. Unter den gegebenen Umständen.

»Aber sie wollte mit mir zusammen sein. Es war ihre Idee, dass ich ... dass wir ... ihn beseitigen.«

Womöglich hätte sie das Gleiche hinterher mit dir gemacht.

»Das glaube ich nicht. Dafür kenne ich sie zu gut!«

Bist du dir da wirklich so sicher, mein Freund? Vielleicht geht es dir ohne sie doch besser.

»Soll das ein Witz sein? Ich leide wie ein Hund!«

Und in der Tat, es ist erstaunlich, wie weh es tut. Es ist Jahre her, dass er diesen Phantomschmerz zuletzt verspürt hat, ein Gefühl, als hätte man seine Wurzeln gekappt. Als er am nächsten Morgen aufwacht, kehrt es mit Macht zurück; er sitzt auf der Bettkante und weint wie ein kleines Kind. Ein Verlust, der mit jedem anderen Verlust verbunden ist, eine Kette, die zurückreicht zu einer Art elementarer Urerfahrung.

Schließlich reißt er sich zusammen und geht mit Handschuhen und Spitzhacke in den Garten. Arbeit ist immer noch die beste Medizin. Der Tag ist hell und klar und kalt, und Adam nimmt seine Aufgabe zielstrebig in Angriff. In letzter Zeit hat es viel geregnet, und der Boden ist feucht und weich. Als die Dunkelheit hereinbricht, hat er es geschafft. Er steht am hinteren Zaun, der Blick aufs Haus ist endlich frei, der letzte braune Strunk baumelt steif in seiner Hand, und doch hat er nicht das Gefühl, einen Sieg errungen oder gar etwas erreicht zu haben. Denn alles, was er sieht – obwohl sie wegen der winterlichen Temperaturen nur langsam wachsen –, sind die frischen grünen Schösslinge, die ihre Köpfe aus der Erde strecken.

Er wirft das herausgerissene Unkraut auf den Haufen hinter dem Haus. Er muss mehrmals hin und her laufen, und bei einem dieser Gänge sieht er seinen Nachbarn, den Mann in Blau, um seinen Schuppen herumschleichen. Adam hebt unwillkürlich die Hand. »Wie geht's?«, ruft er. Aber Blom sieht demonstrativ in die andere Richtung und kehrt ihm den Rücken zu: wieder eine Leerstelle, wieder Schweigen. Adam ist allein.

*

An diesem Wochenende fährt er das erste Mal nicht nach Gondwana. Er bildet sich ein, dass sein Fernbleiben auffallen, eine Reaktion hervorrufen wird. Doch die Tage vergehen, und das Telefon bleibt stumm.

Er muss weitermachen, darf sich keine Pause gönnen. Das Nichtstun könnte ihm gefährlich werden. Vielleicht sollte er etwas schreiben – zum ersten Mal seit Wochen scheinen Gedichte wieder möglich. Ein Gefühl der Trauer, des Verlusts: Ist das nicht der Stoff, der die Musik zum Klingen bringt? Doch immer, wenn er sich an den Schreibtisch setzt, starrt ihn das Papier beharrlich nieder.

Stattdessen geht er spazieren, marschiert kreuz und quer durch den Ort oder folgt dem Lauf des angeschwollenen Flusses talaufwärts. Aber die Kulisse aus kahlen Bäumen, tiefhängenden Wolken und hartgefrorener Erde ist nur ein Spiegelbild seiner Verfassung. Er weiß, dass er bald von hier fortgehen muss; er muss in die Stadt zurück.

Bei einem dieser Spaziergänge, er trottet ziellos die Hauptstraße entlang, kommt der Konvoi an ihm vorbei. Es sind sieben gewaltige Tieflader, die Erdbaumaschinen transportieren. Sie fahren in gleichmäßigem Abstand hintereinander her, wie seltsame Tiere auf Wanderschaft. Die Prozession zieht mit monumentaler Gleichgültigkeit durch den Ort und wälzt sich langsam auf die Berge zu.

Die Einheimischen, die an der Straße wohnen, sind aus ihren Häusern gekommen und gaffen. Adam hört, wie eine Frau zu ihrer Freundin sagt: »Mich würde interessieren, wohin die wollen.«

Aber Adam weiß genau, wohin.

*

Tags darauf fährt er hinaus. Er weiß, dass es ein Fehler ist, aber er kann sich nicht helfen: Er will diesen monströsen Vorgang mit eigenen Augen sehen. Und schon bevor er das Tor erreicht hat, gibt es erste Anzeichen für die Arbeiten hinter dem Zaun: Einer der Trucks, die er hat vorbeifahren sehen, steht, jetzt ohne Bagger auf der Ladefläche, bei *Nuwe Hoop*. In der Nähe hat sich eine kleine Menschenmenge versammelt und lauscht einem Vorarbeiter, der Anweisungen verliest. Kurz darauf geht die Gruppe auseinander und klettert auf die Ladefläche des Lasters.

Er folgt dem Truck durch das Tor und die Schotterpiste entlang. Durch die Staubwolke, die die riesigen Räder aufwirbeln, kann Adam undeutlich die Umrisse der Männer und Frauen in khakifarbenen Uniformen ausmachen, die sich festzuhalten versuchen. Vermutlich Gelegenheitsarbeiter, denkt er, für dieses gigantische Projekt, und plötzlich wird ihm klar, was Canning meinte, als er von billigen Arbeitskräften sprach. Wut steigt in Adam auf: eine verzögerte, unterdrückte Wut, gepaart mit lähmender Hilflosigkeit.

Kurz vor der Abzweigung in die *kloof* nimmt der Truck eine Straße in die entgegengesetzte Richtung, hinein in die Ebene, wo eine dunstige Rauchsäule aufragt wie ein Fleck am Himmel. Adam folgt ihm, und nachdem er ein oder zwei Kilometer weit über den buckligen Kiesweg geholpert ist, bietet sich ihm ein verwirrendes Bild. Trucks, Maschinen und Helfer stehen auf unversehrter Erde; den Staub haben die Fahrzeuge aufgerührt, und die Arbeiten haben noch nicht begonnen.

Adam war schon einmal hier, genau an dieser Stelle, und damals waren Canning und er die einzigen Menschen weit und breit. Gleich da unten ist die kleine Höhle, wo Canning und sein erster Freund – der schwarze Spielkamerad aus seiner Kindheit – ihre Initialen in den Stein geritzt haben. Und als er den Blick in diese Richtung lenkt, sieht er Canning, der mit den Händen in den Taschen und hängenden Schultern auf dem Felsvorsprung steht. Er scheint in einem melancholischen Tagtraum versunken und ist selbst hier, im Zentrum seines grandiosen Plans, ein unsichtbarer Außenseiter.

Adam stellt den Wagen ab und geht zu ihm hinunter. Doch auch nachdem er Cannings Namen gerufen hat, dauert es eine volle Minute, bis der ihn schließlich registriert. Er starrt mit einem irritierten Stirnrunzeln auf die verwitterten Initialen im Stein, als wollte er einen geheimen Code entschlüsseln, aber dann plötzlich geht ein Zittern durch seinen Körper, und er sieht sich um. »Ach, hallo«, sagt er. »Dich hätte ich hier nicht erwartet.« Er scheint sich über Adams Anblick weder zu wundern noch zu freuen.

»Ich wollte eigentlich auch gar nicht kommen. Aber dann habe ich diesen Festzug hier vorbeifahren sehen ...«

»Ja, ein ziemlicher Zirkus, was?« Canning lässt den Blick über das wilde Durcheinander schweifen. »Es ist so weit«, sagt er. »Endlich ist es so weit.«

Er hat mit ausdrucksloser Stimme gesprochen, ruhig, ohne Erregung, eher mit sich selbst als mit Adam. Und doch vermittelt seine Tonlosigkeit ein tief empfundenes Gefühl. Auch wenn sich dieses Gefühl nur schwer bestimmen lässt: Es ist weder Freude noch Triumph, noch gar Befriedigung. Eher Wehmut, obwohl das äußerst unwahrscheinlich ist.

Adam zeigt auf die Felszeichnungen, die uralten Figuren, erstarrt im Panorama einer Jagd. »Und was ist damit?«, fragt er. »Du willst ihn doch wohl nicht einfach plattwalzen ...«

»Ich habe daran gedacht, den ganzen Felsblock umsetzen zu lassen«, sagt Canning. »Aber das ist ziemlich kompliziert.«

»Es ist die Mühe wert, Canning. Das ist ein wichtiges Zeugnis.«

»Nur für mich. Und niemanden sonst. Sollen sie ihn ruhig unterpflügen. Dann hat die liebe Seele Ruh.«

Zunächst versteht Adam kein Wort. Dann wird ihm klar: Canning redet von dem Schriftzug aus seiner Kindheit, nicht von der Kunst der San. Er nimmt die kryptischen, farbenprächtigen Figuren gar nicht wahr.

»Bist du schon mal mit dem Hubschrauber geflogen?«, fragt Canning jetzt in aufmunterndem Ton. »Komm mit, ich möchte dich jemandem vorstellen.«

Dieser Jemand erweist sich als der berühmte Golfer. Er ist noch genauso gutaussehend, grinswütig und blöd wie auf der Party, und natürlich kann er sich nicht entsinnen, Adam je gesehen zu haben. »Wie geht's Ihnen, alter Freund?«, brüllt er und schüttelt ihm die Hand. »Freut mich sehr!« Und er behandelt Canning – den Mann, dessen Name ihm nichts sagte – mit demselben falschen, exaltierten Desinteresse. Alle sind seine Freunde, und morgen kann er sich an keinen einzigen von ihnen erinnern.

Sie steigen mit ihm in den Himmel auf. Der Hubschrauber steht hinter einem flachen Felsrücken, ein Stück abseits der Baustelle. Pilot ist der berühmte Golfer selbst, der den Motor mit seinem bloßen Selbstbewusstsein anzutreiben scheint. Adam ist noch nie in einem Hubschrauber geflogen, und die ungewohnte Bewegung, die gleich mit dem Start einsetzt, macht ihn ängstlich und nervös. Er ist die abrupten Richtungswechsel nicht gewöhnt, das jähe Stehen und Fallen in der

Luft. Es ist eine winzige Maschine, und mit ihren metallenen Kufen und der durchsichtigen, kugelförmigen Kabine erinnert sie stark an einen Suppenteller, der über den Himmel segelt.

Wie sich rasch herausstellt, besteht der Zweck des Fluges darin, sich die Anlage des geplanten Platzes von oben anzuschauen. Adam kann die Hügel, Felsen und Bäume sehen, die aus dieser Höhe zu einer Reihe von Mustern und Formationen schrumpfen. Und wenn Canning und der Golfer, die mit zusammengerollten Plänen auf dem Schoß im Cockpit sitzen, gegen das Knattern der Rotoren anschreien und sich über dieses Dogleg und jenen Fairway auseinandersetzen, scheinen sie über etwas ebenso Abstraktes, Theoretisches zu sprechen. Und nicht über die Wirklichkeit. Von hier oben ist das Land kein Thema mehr für ein Gedicht: Es wird zu etwas anderem, zu einer Reihe von Formeln, einer mathematischen Aufgabe, die es zu lösen gilt. Und mit dem Heer von Arbeitern und der Batterie von Maschinen am Boden – auch sie spielzeuggleich und klein – dürfte das nicht allzu schwerfallen.

Und dann erlebt auch er einen solchen Moment der Entrückung. Nachdem sie dem Flusslauf bis zu der Stelle gefolgt sind, wo er aus der *kloof* herunterstürzt und seine lange Reise durch die Ebene antritt, schaut Adam aus dem Fenster und sieht die Lodge und dahinter, am Fuß der Berge, das Häuschen von Cannings Vater. Er sieht menschliche Gestalten, ohne Geschlecht und ohne Namen; eine von ihnen könnte Baby sein. Und ein paar Sekunden lang fühlt er sich in der Höhe, aus der er dieses Bild betrachtet, wie ein Gott, der auf die Erde hinabsieht: ohne Verbindung, ohne Zwiespalt, ohne das Verlangen, etwas zu verändern. Ohne widerstreitende, verwirrende Emotionen. In diesem einen Moment ist er ein leeres Auge, ein perfekter Zeuge.

Eigentlich, denkt er, ist die Zeit die große, alles verzerrende Linse. Aus der Nähe besehen, besteht das menschliche Leben aus Verletzungen und Machtkämpfen, doch wenn ausreichend Zeit verstrichen ist, spielt dies alles keine Rolle mehr. Letztlich ist das, was Menschen einander antun, mit moralischen Maßstäben nicht zu messen. Die Geschichte ist genau wie das Land dort unten: neutral, beobachtbar, ein Muster, eine Form. Mord, Vergewaltigung und Plünderung – letzten Endes sind sie nichts weiter als die farbenfrohen Details einer Erzählung.

*

Danach fährt er hinter den beiden her zur Lodge hinauf. Baby ist da, und als sie Adam sieht, verzieht sie einen Moment lang das Gesicht. Canning ist in Gedanken ganz woanders, er bemerkt es nicht, und sie ist fast sofort wieder höflich und distanziert wie immer, wenngleich sie kurz darauf hinausgeht und in einem der *rondawels* verschwindet.

Die drei Männer essen im Restaurant, das Tischgespräch bestreitet hauptsächlich der Golfer mit seinem hirnlosen Geschwätz. Canning hat die Gabel kaum beiseitegelegt, da ist er auch schon wieder auf den Beinen und wischt sich mit dem Handgelenk über den Mund. »Ich fahre zurück zur Baustelle«, erklärt er Adam. »Gleich geht's los. Ich möchte dabei sein, wenn es so weit ist. Kommst du mit?«

»Äh, nein, ich glaube nicht. Ich gehe lieber ein bisschen spazieren und schaue mir alles noch einmal an.«

»Ja, mach nur. Sag Gondwana Lebewohl. Solange es noch steht.«

Dann sind Canning und sein berühmter Gast verschwunden. Adam bleibt zurück, inmitten einer jähen Stille. Er sitzt eine kleine Ewigkeit am Tisch, sieht aus dem Fenster und denkt nach. Eigentlich hat er hier nichts verloren, und noch ist es nicht zu spät, um abzuhauen. Er versucht, sich einzureden, dass er es eventuell sogar tun wird, obwohl er weiß, dass er das weder will noch kann.

Er steht auf und geht zur Tür.

Ein Hauch von Wärme liegt in der Luft, als er den Rasen überquert, vielleicht das erste Anzeichen des Sommers. Die Tür des *rondawels* ist nur angelehnt, und er schlüpft, ohne anzuklopfen, hindurch und macht sie hinter sich zu. Sie ist eben aus dem Bad gekommen, hockt im Morgenmantel auf der Bettkante und trocknet sich das nasse Haar mit einem Handtuch. Sie sitzt mit dem Rücken zu ihm und dreht sich auch nicht um, als die Tür klickend ins Schloss fällt. Stattdessen sagt sie: »Wie schön, dich wiederzusehen.«

Diese Stimme hört er zum ersten Mal; sie spricht aus der neugefundenen Distanz zwischen ihnen, als ob sie sich nicht kennen würden. Doch diese Fremdheit steht im Widerspruch zu dem intimen Rahmen und ihrem halb entblößten Körper. Das Durcheinander – Kaffeebecher, Zeitschriften und Kleider – ignorierend, tritt er vor sie hin. Er nimmt ihr das Handtuch aus der Hand und fährt ihr mit den Fingern durch das Haar. In der Bewegung liegt ein Hauch von Aggression; etwas in ihm will ihr weh tun, auch wenn die Zärtlichkeit, mit der er ihr den Morgenmantel von den Schultern zieht, echt ist. Ein einsamer Wassertropfen auf ihrem Rücken scheint, in kristalliner Zartheit, alles zu enthalten, was zwischen ihnen vorgefallen ist. Er beugt sich hinunter und leckt ihn von ihrer Haut.

»Dir ist hoffentlich klar, dass es so nicht weitergehen kann«, sagt sie. Ihre Stimme klingt jetzt ruhig, die Entfernung zwischen ihnen ist überwunden. »Sie fangen heute an zu bauen, und in ein paar Tagen wimmelt es hier von Arbeitern.«

»Ein letztes Mal«, sagt er.

Sie zögert; dann, mit einem leisen Schulterzucken, streift sie den Morgenmantel ab. Auch er zieht sich langsam aus, lässt ein Kleidungsstück nach dem anderen zu Boden sinken, bis er völlig nackt ist. Das ist etwas Neues; normalerweise sind sie halb angezogen, um sich beim ersten Anzeichen einer Störung sofort bedecken zu können. Doch heute sind sie wie in einer anderen Welt und spielen langsam, traurig Mann und Frau. Der kreisrunde dunkle Raum ist wiederum von einem Kreis aus Stille umschlossen, durch den nur die Geräusche des Waldes ins Innere dringen. Er fragt sich, ob sie Cannings Wagen würden kommen hören und ob das jetzt noch von Bedeutung wäre.

Der Sex hat wie immer etwas Melancholisches. Ihr Körper – die Knochen, das Blut, das warme Fleisch – wirft ihn fast vollständig auf sich selbst zurück, und er verirrt sich im verschlungenen Labyrinth seiner eigenen Einsamkeit. Das Zimmer löst sich auf; er verliert sich, sein Gefühl für Zeit und Raum; er ist nirgends. Es ist nicht Ekstase, ja nicht einmal Lust – eher eine Art Leere. Dann verschwindet die Welt in einem unendlich kleinen Loch, durch das schließlich auch er fällt und fließt.

*

Nach und nach kehrt die Wirklichkeit zurück. Erst die Empfindung an der Peripherie seines Körpers und dann alles andere: das zerwühlte Bett. Die Frau unter ihm.

Der ockerfarbene Fußboden, gefleckt mit Sonnenlicht, das

durch die Fensterläden ins Zimmer fällt. Und noch etwas. Ein winziges Geräusch, das sich langsam immer weiter ausdehnt. Er kann es nicht einordnen, nicht ergründen. Ein leises Rauschen, wie der Wind oder wie Blut. Ein Engel, dessen gewaltige Schwingen über den Boden schleifen.

Er stützt sich auf die Ellbogen und schaut sie an. Sie hat einen Ausdruck im Gesicht, den er noch nie gesehen hat. Er kennt all ihre Masken, eine wie die andere, doch jetzt blickt er hinter den Schleier der Zeit und sieht das kleine Mädchen in ihr: hilflos, verängstigt und ohne Plan.

Das Geräusch ist vor der Tür angekommen.

Vor lauter Schreck ist er in ihr geschrumpft. Sie lösen sich voneinander und klauben ihre Kleider zusammen. Die große zeitlose Einheit der Liebe hat sich in ihre Bestandteile aufgelöst: Körperflüssigkeiten, Panik und eine verschwundene Socke.

Als die Tür aufgeht, erstarren sie. Aber es ist kein Engel oder gar Canning. Es ist die alte Schwarze, Ezekiels Frau, deren Namen er vergessen hat, in einem zerlumpten Kleid, mit einem Besen in der Hand – das Geräusch, das sie gehört haben. Sie ist so allgegenwärtig, so alltäglich und vertraut, dass sie die Alte ganz vergessen haben. Bis jetzt.

Auch sie ist erschrocken und steht verblüfft und wie versteinert da, gefangen in diesem unwiderruflichen Moment. Plötzlich sieht er mit ihren Augen, ein kurioses, losgelöstes Bild: die Madam und der Freund des Masters, unbekleidet auf dem Bett, furchtsam, verstört. Ihre Verletzlichkeit ist anstößig und animalisch. Dann begreift sie. Die alte Dame schlägt sich die Hand vor den Mund und reißt die Augen auf. Im selben Augenblick springt Baby kreischend aus dem Bett und bedeckt ihre Blöße. Sie ist außer sich, kopflos, ihres Schutzpanzers beraubt. Die

Sprache, die aus ihr hervorbricht, ist derb und obszön – eine Flut von Beschimpfungen, deren Quelle die Straße ist, die Gosse, und nicht diese künstliche, elegante Umgebung –, doch später ist es der *Klang*, an den Adam sich erinnern wird, und nicht die geballte Wucht der Flüche und Verwünschungen, die wie Fausthiebe auf die arme Frau einprasseln.

Als sie rückwärts aus dem Zimmer geht, wirkt sie hölzern und tollpatschig in ihrer Angst, wie eine Karikatur. Sie trägt dick aufgetragenen roten Lippenstift und zu große Tennisschuhe. Adam bemerkt diese Details, er weiß, dass sie von Armut zeugen, doch in seiner Hysterie findet er sie vor allem komisch. Als die Tür sich endlich hinter ihr geschlossen hat, prustet er unwillkürlich los.

Jetzt fällt ihm auch ihr Name wieder ein. Sie heißt Grace.

Baby atmet schwer. »Was gibt's denn da zu lachen?«, fragt sie.

Er wischt sich die Tränen aus den Augen. »Wo hast du bloß all diese Ausdrücke gelernt?«

Sie starrt ihn an, und ihr Gesichtsausdruck ist furchteinflößend. Sie ist kein kleines Mädchen mehr; alles andere als das. »*Hör auf*«, befiehlt sie ihm, und er gehorcht.

Sofort.

Nach einer kurzen Pause fragt er: »Was machen wir jetzt?«

»Ich kümmere mich darum.«

»Wie?«

»Das lass ruhig meine Sorge sein.«

»Soll ich ihr Geld geben?«

»Nein«, sagt sie, und ihre Stimme ist genauso eisig wie ihr Blick. »Ich habe gesagt, ich kümmere mich darum. Und jetzt geh. Zieh dich an und geh.«

17

WENN ER JETZT AN SIE denkt, schwelt noch immer leise
Trauer in ihm. Seine letzte Erinnerung an sie – ihr kalter, harter
Gesichtsausdruck – ist untrennbar verbunden mit dem Scham-
gefühl, das ihn quält, wenn er sich die Bulldozer vorstellt und
die Verwüstungen, die sie dort draußen anrichten. Er muss all
dem den Rücken kehren, diesem verstörenden Auftakt zu einer
unabänderlichen Zukunft. Stattdessen nimmt er sich seine Gedichte vor. Dort, so glaubt er, wird er eine bleibende Spur von
Baby finden, oder doch wenigstens von dem, was er für sie
empfunden hat, bevor alles in die Brüche ging.

Es sind etwa zwanzig Gedichte, ein ansehnlicher kleiner
Stapel. Kreisend um die Motive Liebe und Natur, könnten sie
als Basis für ein neues Lyrikbändchen dienen. Doch kaum hat
er zu lesen begonnen, überkommt ihn tiefe Schwermut. Denn
nicht nur das Gefühl, das sich durch die Gedichte zieht, ist
peinlich; die Gedichte sind schlicht und einfach *schlecht*. Die
zäh dahinfließende Sprache klingt für sein inneres Ohr ange-
strengt und überspannt; was er für hohe, reine Emotion gehalten hat, wirkt auf dem Papier sentimental und süßlich, wie eine
Aneinanderreihung von Phrasen und Klischees.

Jetzt erst wird ihm das volle Ausmaß seiner Verblendung bewusst. Seine Melancholie verwandelt sich in Klarheit: Es war
idiotisch, hier herauszuziehen und der Vergangenheit nachzu-
jagen. Er ist – und war – kein Dichter, es sei denn als junger

Mann, vor langer Zeit, und auch damals bestenfalls ein schlechter. Er ist das Opfer seiner eigenen Fantasien geworden, die er ein für alle Mal begraben muss. Die ganze Geschichte ist ein einziges großes Missverständnis.

Einer mörderischen Regung folgend, geht er mit den Gedichten nach draußen. Es ist offenkundig, dass er das letzte halbe Jahr nur wegen der Cannings als fruchtbar und erfüllt empfunden hat. Die beiden haben seine ganze Zeit in Anspruch genommen. Ohne sie wäre sein Leben nichts als eine leere Hülle, ohne Fleisch und Knochen, die ihr Kontur und Fülle geben könnten. Doch jetzt ist es an der Zeit, der Vergangenheit Ade zu sagen und sich zu läutern, von Illusionen zu befreien. Und wie könnte man eine Läuterung besser beginnen als mit einem symbolischen Akt?

Er findet eine freie, windgeschützte Stelle in einer mit Lehmboden bedeckten Ecke des Gartens. Als er das Streichholz anreißt, fällt sein Blick auf den hässlichen Haufen verdorrten Unkrauts, den er in der Nähe aufgeschichtet hat. Und ja, warum eigentlich nicht? Weg mit dem ganzen Mist, Asche zu Asche, Staub zu Staub.

Binnen Minuten ist das Feuer riesig, viel größer, als er dachte. Da es seit zwei Wochen nicht geregnet hat, ist das Unkraut völlig ausgetrocknet; die braunen Strünke brüllen, fauchen, lassen immer neue Flammenknospen sprießen. In der gelben Feuersbrunst wird alles eins, verschmelzen Poesie und Parasit. Das heiße Herz der Zerstörung lässt ihn jubeln; er verspürt den primitiven Drang zu tanzen und lässt sich sogar zu dem einen oder anderen Luftsprung hinreißen. Bis er sieht, wie die brennenden Fetzen sich in den Himmel schrauben und vom Wind davongetrieben werden – das Strohdach ist nur ein paar Schritte entfernt.

Schließlich eilt er ins Haus und tritt eben mit einem übervollen Eimer durch die Tür, aus dem ihm das Wasser auf die Füße klatscht, als im Rauch eine Gestalt auftaucht. Da er brennende Tränen in den Augen hat und blinzeln muss, dauert es einen Moment, bis Adam seinen Besucher erkannt hat.

Der Bürgermeister herrscht ihn an: »Das verstößt gegen die Gemeindeordnung. Kein offenes Feuer im Umkreis von hundert Metern um jedes Haus.«

»Ich wollte es ja gerade ausmachen.«

»Ich habe es zufällig im Vorbeifahren gesehen. Das ist eine Gefährdung der öffentlichen Sicherheit, Sie hätten es gar nicht erst anzünden dürfen. Dafür könnte ich Ihnen ein gehöriges Bußgeld verpassen.«

Adam kippt das Wasser ins Feuer, und eine zischende Dampfwolke steigt auf. Aber die Flammen züngeln und flackern immer noch, und er muss ins Haus zurück, um den Eimer ein zweites Mal zu füllen. Jetzt erst verlischt die Glut. Sein Moment des Triumphs und der Erlösung hat sich in ein erbärmliches Häuflein Asche verwandelt, auf das er immer wieder eintritt. Ein halb verkohltes Stück Papier, auf dem seine Schrift noch zu erkennen ist, schwebt an seinem Gesicht vorbei.

»Tut mir leid«, sagt er zum Bürgermeister. »Ich wusste nicht, dass das verboten ist.«

»Und die drei ungebetenen Gäste stehen immer noch. Auch dafür könnte ich Sie mit einem Bußgeld belegen.«

»Die hatte ich ganz vergessen. Ich fälle sie gleich nachher.«

Sein Besucher rührt sich nicht vom Fleck und verschränkt missbilligend die Arme. Zunächst scheint es, als wollte er das Abholzen der standortfremden Bäume persönlich überwachen, doch dann plötzlich geht eine Veränderung mit ihm vor. Er zupft Adam am Ärmel und flüstert: »Zu niemandem ein Wort.«

»Bitte?«

»Schon gut, vergessen Sie die Bäume, vergessen Sie das Feuer. Aber Sie dürfen mit niemandem darüber sprechen.«

»Worüber?«

»Das wissen Sie genau!« Sie haben im Flüsterton gesprochen, als hätten sie sich heimlich inmitten einer Menschenmenge getroffen. Doch jetzt, wo sich der Dampf verzieht, richtet sich der Bürgermeister auf und sagt mit klarer, fester Stimme: »Ich spreche von der Zahlung.« Adam starrt ihn an. »Ich verstehe kein Wort.«

Seine Verwirrung ist echt; auf dem Gesicht des Bürgermeisters macht sich ein zustimmendes Grinsen breit. »So ist's recht«, sagt er mit einem schmierigen Augenzwinkern. »Das lob ich mir.« Dann senkt er erneut verschwörerisch die Stimme. »Es war ohnehin nicht für mich«, setzt er halblaut hinzu. »Ich hoffe, Sie glauben mir. Es ist bis auf den letzten Cent an die Partei gegangen. Ich habe es für mein Vaterland getan.«

*

Noch einmal fährt er nach Gondwana. Er betrachtet sich wie durch das falsche Ende eines Teleskops: sieht Adam Napier, winzig klein, auf der immergleichen einsamen Straße, unterwegs zum immergleichen Ziel. Inzwischen ist ihm diese Strecke so vertraut, dass er das Gefühl hat, sich in einer Totzeit zu befinden; er bewegt sich außerhalb der Gegenwart und kommt erst wieder zu sich, als er vor dem Tor steht und der Wachmann ihm die Durchfahrt verwehrt. Adam hat den Mann x-mal gesehen, doch heute gibt er sich betont kühl und starrt auf einen Punkt irgendwo oberhalb des Wagens. Nein, sagt er, hier habe niemand Zutritt. Ausnahmslos niemand. Anordnung von Mr Canning.

»Aber ich bin ein alter Freund von ihm. Sie kennen mich doch. Ich bin schon zigmal hier gewesen.«

»Heute keine Besucher.«

»Können Sie denn nicht noch mal nachfragen? Für mich gilt das bestimmt nicht.«

Der Mann schüttelt den Kopf. Wie beiläufig wandert seine Hand zu dem glänzenden Holster an seinem Gürtel. Adam spürt, dass eine Fortsetzung dieses Gespräches wenig Sinn hat, wendet den Wagen und macht sich auf den Rückweg in den Ort. Doch als Tor und Wachmann außer Sicht sind, geht er vom Gas. Er muss daran denken, wie Canning ihm die Farm gezeigt hat und sie auf eine Stelle trafen, an der Wilderer in das Gelände eingedrungen waren. Auch er ist im Begriff, eine – äußere wie innere – Grenze zu überschreiten.

An einem Rastplatz am Straßenrand hält er an und parkt neben einem Tisch und einer Sitzbank aus Beton. Er öffnet den Kofferraum und holt das Eisen heraus, mit dem der Wagenheber hochgekurbelt wird. Dann geht er über die Fahrbahn zur anderen Straßenseite.

Der Zaun ist hoch und stabil und überzieht das gesamte Blickfeld mit einem Rautenmuster. Adam ist zwar kein erfahrener Einbrecher, sieht aber, dass der Zaun an manchen Stellen nicht ganz bis zum Boden reicht. Er geht in die Hocke und macht sich an dem Draht zu schaffen. Als er ein Motorengeräusch hört, duckt er sich ins Gestrüpp am Straßenrand, doch der Wagen fährt mit unverminderter Geschwindigkeit vorbei.

Sein Adrenalinspiegel ist hoch, und er ist ebenso begeistert wie erschrocken über seine flinken Hände, den Drang, den er in sich verspürt.

Es dauert nicht lange, und er ist durch. Als schleimiges Neugeborenes entsteigt er auf der anderen Seite der schlammigen Erde. Adam, der Eindringling. Adam, der Dieb. Dann trabt er auf die schlanke Staubsäule zu, die knapp einen Kilometer entfernt in den Himmel ragt.

Als er dort ankommt, ist er schweißgebadet und völlig außer Atem. Die Landschaft ist kaum wiederzuerkennen. Als er das letzte Mal hier stand, war die Erde heil und unversehrt, jetzt ist sie aufgerissen, und ihre Eingeweide quellen hervor. Riesige Schutthaufen türmen sich zu grotesken braunen Kegeln. Das aufgebrochene Erdreich ist urwüchsig und primitiv und gibt den Blick frei auf die Boden- und Gesteinsschichten unter der Oberfläche. Überall wimmelt es von Männern in khakifarbenen Uniformen, die in dem staubigen Nebel auftauchen und wieder verschwinden. Die sinkende Sonne verleiht ihrem gedankenlosen, aggressiven Eifer einen infernalischen Glanz.

Er ist fassungslos vor Staunen. Die brutale Gewalt des Spektakels hat etwas Surreales, als sei es seiner Fantasie entsprungen; und wie im Traum sind all seine irdischen Sorgen mit einem Mal nichtig und klein. Niemand schenkt ihm Beachtung; er ist nur ein unbedeutender Beobachter von vielen. Doch als er auf einem flachen Hügel in der Nähe Cannings winzige Gestalt erblickt, kehrt seine Entschlossenheit zurück, und er macht sich an den Aufstieg.

Er wusste, dass Canning hier sein würde: Er wird den Fortgang der Arbeiten Tag für Tag mit wachem Blick verfolgen. Er hat diesen Wahnsinn in Gang gesetzt und ist jetzt mehr denn je der unsichtbare Zuschauer, anonym, im Hintergrund. Trotz der Einlassregelung scheint er sich über Adams Erscheinen nicht im Mindesten zu wundern; er ist ganz in das wüste Panorama vertieft, das sich unter ihm erstreckt. »Ach, du bist's, hallo«, sagt er freudlos.

Adam bringt zunächst kein Wort heraus; nach dem Aufstieg muss er erst wieder zu Atem kommen. Schließlich sagt er: »Du hast mich angelogen.«

Canning blinzelt verblüfft. »Wie meinst du das?«

»Das Paket, das ich beim Bürgermeister abgeliefert habe. Da war Geld drin. Du hast ihn bestochen.«

»Ach so. Ja. Stimmt.« Er schaut wieder weg, eher gelangweilt als deprimiert.

»Du hast behauptet, es wären Unterlagen.«

»Ja. Und? Ich habe gesagt, was du hören wolltest. Dabei wusstest du genau, dass es Geld war. Was hätte es denn sonst sein sollen?«

»Wie konntest du mir das *antun*?«

»Hier geht's ums Geschäft, Adam. So läuft das nun mal. Und solange jeder seine Rolle spielt, ist alles in bester Ordnung.« Sein leeres, ovales Gesicht bleibt regungslos, als er erklärt: »Das ist wie in der Natur. Die Starken fressen die Schwachen. Und um zu überleben, darf man nichts unversucht lassen, muss man klug und planvoll vorgehen. Ich dachte, du würdest das verstehen, Adam, gerade du – denn genau darum geht es doch in deinen Gedichten. Die Natur. Wo nur der Tüchtige am Leben bleibt.«

»Darum geht es in meinen Gedichten *nicht*.«

»Mag sein. Vielleicht habe ich sie nicht verstanden. Aber ich bin ja auch kein kreativer Mensch. Ich bin Geschäftsmann.« Er scheint ein klein wenig zu schrumpfen, wie ein Ballon, aus dem die Luft entweicht. Als er fortfährt, klingt er den Tränen nahe. »Ach, es ist schrecklich«, sagt er mit dünner Stimme. »Ich habe mir das alles ganz anders vorgestellt.«

»Nämlich wie?«

»Ich wollte, dass du mitmachst. Darum habe ich dir das Geld gegeben. Es wäre natürlich auch anders gegangen, ich hätte es auch selbst überbringen können. Aber ich wollte dich eben irgendwie mit einbeziehen. Es war rein symbolisch. Nichts Ernstes.«

»Das verstehe ich nicht.«

Canning sieht ihn mit kummervoller Miene an. »Du warst mein Held, Adam. Mein Leben lang, seit der Schulzeit, warst du mein großer Held. Ohne dich wäre es gar nicht erst so weit gekommen, verstehst du das denn nicht? Das alles«, sagt er und deutet mit ausgestrecktem Arm auf die zerstörte Landschaft, »geschieht nur deinetwegen.«

»Das sagtest du schon, dabei bin ich der Letzte, der so etwas will.«

»Weißt du, was komisch ist?«, fragt Canning traurig. »Jetzt, wo es angefangen hat, will ich es auch nicht mehr. Aber es ist zu spät. Es lässt sich nicht mehr ändern.«

Es folgt ein langes Schweigen. »Du hast mich da reingezogen«, sagt Adam schließlich, »du hast mich zum Komplizen gemacht. Nur wusste ich nicht, was ich tue. Wir haben ein Spiel gespielt, Canning – ein großes, hässliches Spiel. Aber das Spiel ist aus. Es wird Zeit, die Karten auf den Tisch zu legen. Eins schwöre ich dir. Ich halte nicht den Kopf für dich hin. Wenn mich jemand fragt, sage ich alles, was ich weiß. Was ich gesehen und gehört habe, wozu du mich missbraucht hast. Und darunter fällt auch dieses Gespräch.«

»Verstehe«, sagt Canning, und er flüstert fast. »Das wäre aber nicht besonders klug.«

»Warum?«

»Weil du Mr Genov damit sehr verärgern würdest.«

»Was für ein Pech aber auch.« Er dreht sich um und geht den Abhang hinunter.

»Warte mal«, ruft Canning ihm hinterher. »Soll das heißen, dass wir keine Freunde mehr sind? So war das aber nicht gedacht ... Ich entschuldige mich für alles, Nappy.« Und gleich darauf die halbherzige Korrektur: »Pardon, ich meine Adam!«

Auf dem Weg zurück zu seinem Wagen fragt Adam sich die ganze Zeit, ob Cannings Versprecher nicht vielleicht doch Absicht war.

18

GEGEN MITTAG KLOPFT ES AN der Tür. Ein zaghafter Laut, ein leises Pochen. Es hat schon seit Wochen niemand mehr nach Arbeit gefragt; wahrscheinlich hat sich herumgesprochen, dass bei ihm nichts zu holen ist, und als er die Tür aufmacht und die beiden dort stehen sieht, verfällt er sofort in die übliche bedauernde Suada. Doch nach ein paar Sätzen verstummt er.

Ihre Gesichter sind ihm fremd und vertraut zugleich wie Traumgestalten. Alte, müde schwarze Gesichter, unsicher und ängstlich. Ein Mann und eine Frau in schmutzigen, zerlumpten Kleidern. Aber was Adam die Sprache verschlagen hat, ist der gelbe Hut, den der alte Mann krampfhaft umklammert hält.

»Ezekiel«, sagt er. »Grace!« Er hat gedacht – obwohl er in Wahrheit keinen Gedanken an die beiden verschwendet hat –, sie seien fort, auf und davon, vom Erdboden verschwunden. Stattdessen stehen sie nun vor seiner Tür.

»*Ja*«, sagt Ezekiel. Er scheint ebenso verwundert wie Adam, verzieht die Lippen aber dennoch zu einem Lächeln, das seine braunen Zahnstümpfe entblößt.

»Was macht ihr denn hier?«

»Wir suchen Arbeit, Mister Adam. Wir haben es schon in der ganzen Nachbarschaft probiert. Wir haben nämlich nichts zu essen. Die Madam hat uns fortgeschickt, und jetzt wissen wir nicht, wohin.«

»Sie hat euch fortgeschickt? Aber warum?« Sein Blick wandert schuldbewusst zu Grace, doch die starrt zu Boden.

»Ich weiß nicht, Mister Adam. Sie hat gesagt, wir hätten uns etwas zuschulden kommen lassen, dabei haben wir gar nichts getan.«

Ihr Schweigen verrät mehr als tausend Worte.

»Kommt rein«, sagt er schließlich. »Setzt euch.«

Artig gehen sie an ihm vorbei, und ihr Geruch steigt ihm in die Nase: ungewaschen und verschwitzt. Der alte Mann trägt zwei Plastiktüten, in denen sich vermutlich ihre ganze Habe befindet. Hölzern und deplatziert stehen sie im Wohnzimmer herum, bis er ihnen bedeutet, sich zu setzen. Sie hocken sich vorsichtig auf die Sofakante, als wollten sie möglichst keine Spuren hinterlassen.

»Wo wohnt ihr denn jetzt?«, fragt er.

»Draußen«, sagt der alte Mann mit einer unbestimmten Handbewegung.

»Draußen? Soll das heißen, ihr lebt auf der Straße? Aber ihr habt doch sicher Freunde in der Gegend.«

»Wir haben keine Freunde.« Er schüttelt den Kopf.

Adam fällt ein, was Canning ihm einmal erzählt hat: dass sein Vater die beiden jahrzehntelang von einer Farm zur nächsten mitnahm. Das klang nach gegenseitiger Loyalität, doch damit ist jetzt Schluss. Der *Oubaas* ist nicht mehr; sie sind auf sich gestellt; sie haben niemanden, der ihnen hilft.

Es zerreißt ihm fast das Herz: Er ist schließlich nicht ganz unschuldig an ihrem Schicksal. Seine Stimme zittert ein wenig, als er fragt: »Und was machen wir jetzt mit euch?«

»Ich weiß nicht«, sagt Ezekiel und starrt auf seinen kaputten Stiefel.

Grace hebt den Kopf und wirft Adam einen Blick zu, der ihn trifft wie ein Stromstoß. Er springt auf. Er muss etwas tun; er muss *handeln*. »Gut«, sagt er. »Reden wir mit Canning.«

In einem Anfall von Schuldbewusstsein und Prinzipientreue greift er zum Telefon. Bloß irgendetwas tun, egal, was. Doch als er Cannings Handynummer gewählt hat, klingelt es erst einige Male, dann meldet sich seine Voicemailbox. Er versucht es auf der Farm, und Baby geht an den Apparat. »Ich komme zu euch raus«, sagt er. »Bitte sag der Wache am Tor, sie soll mich durchlassen.«

»Worum geht's denn?«

»Das erkläre ich dir, wenn ich da bin.«

Er legt auf, bevor sie reagieren kann, und ist sich nicht ganz sicher, ob sie seiner Bitte nachkommen wird. Aber seine Worte haben ihre Wirkung offensichtlich nicht verfehlt, denn der Wachmann am Tor lässt ihn anstandslos passieren. Wieder folgt er der vertrauten Schotterpiste, Ezekiel und Grace sitzen wie ein stummer Vorwurf neben und hinter ihm, und ihm kommt der Gedanke, dass dies vielleicht doch das passendere Ende der Geschichte ist: die beiden alten Leute wieder in ihre angestammte Stellung zu bringen, bevor er von der Bildfläche verschwindet.

Als sie unter den Bäumen vor dem Haus zum Stehen kommen, sieht Adam, dass auf dem Rasen eine kleine Versammlung stattfindet. Canning und zwei andere Männer, die fieberhaft die Köpfe zusammenstecken und sich beraten. Erschrocken und erstaunt starren sie auf seinen Wagen; es scheint Krisenstimmung zu herrschen. Plötzlich macht er sich Sorgen um die beiden Alten. Anfangs hat er gedacht, sie würden ihm das nötige moralische Gewicht verleihen, jetzt aber fragt er sich, ob es nicht vielleicht ein Fehler war, sie mitzunehmen. Er sollte dieses Gespräch lieber allein führen.

»Wartet hier«, sagt er. Sie sind sichtlich erleichtert.

Er steigt aus und erkennt einen der Männer auf dem Rasen als Sipho Moloi, der sich demonstrativ abwendet, als er ihn kommen sieht. Canning löst sich aus der kleinen Gruppe und eilt ihm entgegen. »Adam«, sagt er mit mattem Lächeln, »das ist ein ungünstiger Augenblick. Es haben sich ein paar kleinere Komplikationen ergeben, die es aus der Welt zu schaffen gilt.«

»Das ist auch kein gewöhnlicher Besuch. Aber … ich dachte, ich könnte dich überreden, deine Entscheidung noch mal zu überdenken. Das ist einfach nicht in Ordnung, Canning. Die beiden trifft keine Schuld.«

»Schuld?« Das Wort hängt einen Augenblick lang in der Luft und verfliegt dann ebenso wie Cannings Lächeln. »Ich verstehe nicht ganz.«

Erst als Adam hinter sich zeigt, auf die beiden teilnahmslosen Gestalten im Wagen, geht Canning ein Licht auf.

»Ach«, sagt er. »*Die*. Ja. Die beiden sind nicht mein Problem, Adam.« Seine Miene wird unwirsch und verschlossen; er weicht zurück, ist sichtlich um Distanz bemüht. »Das haben sie sich selbst zuzuschreiben. Baby hat sie in der Küche beim Stehlen erwischt. Und das nicht zum ersten Mal.«

»Das ist nicht wahr.«

»Was?«

»Sie haben nichts gestohlen. Der eigentliche Grund war ein anderer.«

»Was soll's«, sagt Canning mit krebsrotem Gesicht. »Es tut mir leid, Adam, aber ich muss jetzt wirklich los.«

Baby kommt auf sie zu. Sie hat die ganze Zeit auf der Veranda gestanden und sie beobachtet; Adam hat sie aus den Augenwinkeln gesehen. »Was gibt's denn?«, fragt sie mit zuckersüßer Stimme. »Stimmt was nicht?« Aber in ihrem Blick liegt dieselbe Kälte, die er schon beim letzten Mal bemerkt hat, und als Canning außer Hörweite ist, ändert sich ihr Ton. »Bist du wahnsinnig?«, faucht sie ihn an. »Wie kannst du es wagen, mit den beiden hier aufzukreuzen?«

»Sieh sie dir doch an«, sagt er. »Sie wissen nicht, wohin.«

»Und warum ist das mein Problem?«

Er ist perplex. »Weil du dafür verantwortlich bist. Du hast sie weggeschickt.«

»Und du weißt auch, weshalb. Ich konnte nicht anders. Ich habe dir gesagt, ich kümmere mich darum. Es war das Beste. Unter den gegebenen Umständen.«

»Das Beste für wen?«, sagt er. »Für dich?«

»Und für dich.«

Der Stachel dieser bitteren Wahrheit bringt ihn zum Schweigen. »Aber das wollte ich nicht«, stößt er kleinlaut hervor.

»Adam. Adam. Sie hatten so oder so ausgedient. Ich kann sie nicht weiterbeschäftigen – hier wird sich in Kürze vieles ändern. Da ist für die beiden kein Platz mehr.«

Wieder muss er daran denken, dass er sich mitschuldig gemacht, dass er nicht Nein gesagt hat. Er ist blind vor Wut. Er möchte sie packen und schütteln; er möchte ihr Gewalt antun.

»Scheiß auf die Armen«, sagt er, »oder wie?«

Etwas huscht kaum merklich über ihr Gesicht und ist gleich wieder verschwunden. Dann sagt sie, jedes Wort betonend: »Ja. Du hast recht. Sie interessieren mich nicht. Warum sollten sie auch?«

»Weil … es dir genauso hätte ergehen können.«

»Ich habe eben Glück gehabt«, sagt sie.

Beide wissen um die Nähe Cannings und seiner Kompagnons, wissen, was sie zu verbergen haben. Ohne dieses aufmerksame Publikum würden sie hier und jetzt aufeinander losgehen, mit Zähnen, Klauen und Fäusten.

Stattdessen müssen sie sich mit Worten begnügen.

»Ich kenne dich«, sagt er.

Ein sprödes, verkniffenes Lächeln spielt um ihre Lippen, und ihr hasserfülltes Flüstern ist wie ein Stich mit einer dünnen, spitzen Nadel. »Nein, du kennst mich nicht. Du weißt nichts von mir. Gar nichts. Sonst würdest du nicht so reden. Du weißt nicht, wie sehr ich gekämpft habe, was ich tun musste, um dahin zu kommen, wo ich heute bin. Dass ich hier stehe und sie da drüben, liegt nur daran, dass ich stärker bin. Und wer stark sein will, muss eben manchmal unangenehme Entscheidungen treffen. Glaubst du im Ernst, ich würde das alles aufgeben, nur um *denen* einen Gefallen zu tun? Bist du verrückt? Auf dein Mitleid und deine Gefühlsduselei, auf weiße Schwächlinge wie dich kann ich verzichten. Du bist noch nie verzweifelt gewesen, du weißt gar nicht, was Verzweiflung heißt.«

Hinter ihr sieht er einen Pfau, der nach einem Insekt im Gras pickt. Selbst hier, inmitten all dieser Pracht, herrscht die nackte Gier und stößt mit ihrem harten kleinen Schnabel zu, einmal, zweimal, dreimal. Wie kann man über Pfauen Gedichte schreiben?

Er lässt sie stehen und geht zurück zum Wagen. Der Blick der beiden Alten verrät weder Enttäuschung noch Verwunderung; sie hatten nichts anderes erwartet.

*

Er spricht erst wieder, als sie vor seinem Haus im Ort ankommen. »Ich weiß nicht, was ich mit euch machen soll«, sagt er zu seinen Beifahrern. »Ich muss mir dringend etwas einfallen lassen. Habt ihr vielleicht irgendeine Idee?« Sie schütteln den Kopf und blicken zu Boden.

»Aber es muss doch irgendjemanden geben, an den ihr euch wenden könnt.« Da fällt es ihm wieder ein. »Was ist mit eurem Sohn?«

Der Sohn – Cannings Spielkamerad. Wo Lindile wohl steckt?

»Er lebt in Kapstadt.« Das erste Mal, dass die alte Frau etwas gesagt hat.

»Könnt ihr ihn dort erreichen? Habt ihr eine Telefonnummer?«

Sie kramt in ihrer Plastiktüte und fördert einen schmuddeligen Fetzen Papier zutage. Die Nummer ist mit Bleistift geschrieben und kaum mehr zu entziffern.

Aber es ist die einzige Lösung.

Sie drängen sich hinter ihm im Flur, als er die Nummer wählt. Nachdem es eine Weile geklingelt hat, nimmt eine Frau den Hörer ab. Ihr Englisch ist nicht besonders gut, und es knackt und knistert in der Leitung, dennoch kann sie ihm begreiflich machen, dass Lindile nicht zu Hause ist und erst in ein paar Stunden wiederkommt. Er hinterlässt eine Nachricht, mit der Bitte um Rückruf.

»Es geht um seine Eltern«, sagt er. »Seine Mutter und seinen Vater. Sie stecken in Schwierigkeiten, und ich möchte ihnen helfen.«

Ein lautes Zischen, dann ist die Leitung tot. Aber danach fühlt er sich besser: Er hat die Initiative ergriffen, den Stein ins Rollen gebracht. Viel später erst überlegt er, wie es um das Verhältnis zwischen Lindile und seinen Eltern wohl bestellt ist. Hätten sie ihn nicht längst angerufen, wenn sie seine Hilfe wollten? Mischt er sich in Dinge ein, die ihn nichts angehen?

Unterdessen macht er Tee und Sandwiches für seine Gäste. Es ist ein bescheidenes Mahl – mehr kann er sich nicht leisten –, doch sie verschlingen es hastig, gierig. Danach scheucht er sie ins Bad. »Wascht euch«, sagt er, »dann geht es euch besser.« Während er Badewasser einlässt, sucht er in seinem Schrank nach Kleidern, die ihnen passen könnten. Der alte Mann ist von ähnlicher Statur wie er, müsste also ungefähr die gleiche Größe haben. Er gibt ihm eine Hose, ein Hemd und ein Paar Schuhe. Für Grace findet er nichts Geeignetes, nur eine Strickjacke und einen Schal.

Während sie sich waschen, sitzt er nebenan im Wohnzimmer und lauscht. Er hört das Wasser plätschern, dann und wann leises Gemurmel. Sprechen sie über ihn? Halten sie seine Gastfreundschaft für einen Witz, ist ihnen klar, dass nichts als Scham dahintersteckt?

Als sie aus dem Bad kommen, sehen sie nicht unbedingt verändert aus. Aber sauberer als zuvor. Seine Kleider sind Ezekiel ein paar Nummern zu groß: Die Hände verschwinden fast in den Ärmeln, die Schuhe schlackern an den Füßen. Grace hat die Strickjacke angezogen, und ihre Miene ist unergründlich, starr. Sie kommen ins Wohnzimmer und setzen sich, unaufgefordert diesmal, auf die Couch.

Als er kurz darauf ins Bad geht, hat die Wanne einen schwarzen Schmutzrand. Während er ihm mit dem Scheuerlappen zuleibe rückt, sinnt Adam darüber nach, wie ihr Verhältnis zueinander sich verändert hat. Durch eine merkwürdige Wendung des Schicksals sind sie seine Gäste und er so etwas wie ihr Diener. Doch er fügt sich in die neue Rolle, nimmt sie mit Begeisterung an. Vielleicht kann eine kleine Erniedrigung wie diese seine Schuld ein wenig mindern, wenn schon nicht in ihren, so doch wenigstens in seinen Augen.

Da klingelt das Telefon. Die Stimme am anderen Ende ist leise, tonlos, kaum zu hören. »Hier spricht Lindile«, sagt sie. »Ich sollte zurückrufen.«

»Ja! Lindile! Hier ist Adam Napier. Ich habe Ihre Eltern hier bei mir.« Er erklärt ihm, was passiert ist, ohne allzu sehr ins Detail zu gehen. Und ohne sich selbst zu belasten. Er habe die beiden alten Leute am Straßenrand aufgelesen und sich erboten, ihnen zu helfen. Zwar wird Lindile die ganze Geschichte früher oder später sicherlich erfahren, aber dann sind sie hoffentlich weit weg.

Als er ausgeredet hat, herrscht eine Zeitlang Schweigen, dann seufzt Lindile und fragt: »Und was soll ich jetzt tun?«

»Na ja, ich weiß auch nicht. Können Sie ihnen vielleicht irgendwie helfen? Sie irgendwo unterbringen? Hier können sie jedenfalls nicht bleiben.«

»Nein«, sagt Lindile. Es ist nicht ganz klar, ob seine Antwort ablehnend oder zustimmend gemeint ist.

»Sie sind Ihre Eltern«, sagt Adam verzweifelt. »Sie stecken in großen Schwierigkeiten. Wollen Sie ihnen denn nicht helfen?«

»Wer sind Sie überhaupt?«, fragt Lindile plötzlich.

»Ich? Ich bin … ein Freund von Canning. Ich meine, Kenneth. Ich war auf der Farm zu Gast.«

Wieder Seufzen. Dann sagt die leise Stimme: »Morgen kann ich nicht kommen. Ich kann frühestens am Wochenende da sein. Samstag.«

Bis zum Wochenende sind es noch ein paar Tage. Noch während er Lindile seine Adresse gibt, überlegt er, was er bis dahin mit den beiden anstellen soll. Er kann sie schlecht wieder auf die Straße setzen. Aber sie im Haus schlafen zu lassen, unter demselben Dach … darauf war er denn doch nicht eingestellt.

Wenn er doch nur Geld hätte. Mit Geld wäre vieles leichter. Er könnte ihnen ein Hotelzimmer nehmen; er könnte sie ins Restaurant einladen. Besser noch, er könnte ihnen ein dickes Bündel Scheine in die Hand drücken und sie reinen Gewissens ziehen lassen. Mit Geld könnte er sie sich vom Hals schaffen und seine Hände in Unschuld waschen.

Aber seine Reserven sind so gut wie aufgezehrt. Genau genommen wäre er ohne die Hilfe seines Bruders kaum besser dran als sie. Und so bleibt ihm nichts anderes übrig, als auf die Bequemlichkeiten zurückzugreifen, die er ihnen bieten kann, und die sind rein praktischer Natur. Er kann das Wenige mit ihnen teilen, was er hat: eine weitere Mahlzeit, bestehend aus Brot, Käse und Tee, und ein Bett für die Nacht.

Was ein neues Problem aufwirft. Es gibt nur ein Bett im Haus, nämlich das, in dem er schläft. Aber bei dem Gedanken, sie auf dem Boden nächtigen zu lassen, ist ihm nicht ganz wohl: Sie sind zu zweit, und sie sind alt – alt genug, um seine Eltern zu sein.

Als er sich seine Eltern ohne Dach über dem Kopf vorstellt, weiß er, was er zu tun hat. »Sie können mein Bett haben«, sagt er, und sie nehmen sein Angebot ohne Zögern an. Sein anfänglicher Unmut weicht Gewissensbissen: Er ist schließlich nicht ganz unschuldig daran, dass sie jetzt hier sind. Wenn er ein paar Nächte auf dem Boden schlafen muss, ist das nur recht und billig.

*

In den nächsten Tagen gehen sie nicht ein Mal vor die Tür. Sie sind immer da und sitzen mit trauriger, verschlossener Miene im Wohnzimmer. Hin und wieder wechseln sie ein paar Worte, doch davon abgesehen schaffen sie eine gespannte Stille, in der jedes noch so winzige Geräusch unangemessen laut erscheint. Das Knarren der Couch. Das Zittern der Fensterscheibe im Wind. Das Quietschen von Graces Schuhen, wenn sie ziellos durchs Haus geht.

Sie warten, genau wie er. Doch ihr altes Leben ist vorbei; sie haben ihr altes Leben hinter sich gelassen. Er hingegen wartet darauf, sein altes Leben fortführen zu können, da weiterzumachen, wo er aufgehört hat. Zugleich hat er den dunklen Verdacht, dass sein Leben nie mehr so sein wird wie früher; irgendetwas – aber was? – hat sich verändert.

Manchmal wird es ihm zu viel. Manchmal fühlt er sich von den beiden so bedrängt, dass er am liebsten aus der Haut fahren würde. Sie sind wie zwei dunkle Wächterengel, vertraute Geister, die nur hier sind, um ein Auge auf ihn zu haben und seine moralischen Verfehlungen im großen Buch des Lebens zu vermerken. In solchen Augenblicken springt er auf. »Ich gehe jetzt einkaufen«, sagt er. »Kommt ihr so lange ohne mich zurecht?«

Ihm fällt immer etwas ein, das es zu besorgen gilt. Oft aber marschiert er einfach los und macht einen Spaziergang durch den Ort, ohne bestimmtes Ziel, nur um sich die Zeit zu vertreiben. Als er bei einem dieser Ausflüge am Gemeindeamt vorbeikommt, hat sich eine kleine Schar von Demonstranten auf dem Rasen versammelt: die Leute aus dem Township, denkt er, die noch immer gegen den Mangel an Wohnraum und die unzureichende Versorgung mit Strom und Wasser protestieren. Auf den zweiten Blick jedoch erkennt er, dass es sich um eine andere Gruppe handelt, mit anderen Plakaten und einem anderen Anliegen. Fanie Prinsloo, der frühere Springbok-Rugbyspieler, steht in vorderster Front und brüllt etwas in ein Megafon. Er trägt ein Plakat mit der Aufschrift

EIN SCHLAG INS WASSER.

Adam reimt sich die Geschichte aus den Gesprächsfetzen zusammen, die er bei den Umstehenden aufschnappt. Alles Übrige entnimmt er später einem fotokopierten Flugblatt, das er in seinem Briefkasten findet. Zorn und Hysterie richten sich gegen die Auswirkungen des Golfplatzes auf die Natur der Umgebung, insbesondere den Fluss. Schätzungen zufolge wird der Golfplatz bis zu drei Millionen Liter Wasser täglich verschlingen, und das bedeutet, dass der Fluss austrocknen wird.

Adam ist beunruhigt, nicht zuletzt aus persönlichen Gründen. Und sein Unbehagen wächst, als einige Stunden später Gavin anruft. »Ja«, sagt sein Bruder triumphierend. »Wie es aussieht, ist die Kacke schwer am Dampfen.«

»Ich weiß nicht, wovon du redest.«

»Na, von deinem Schulfreund, dem mit dem Golfplatz. Und Genov, dem alten Gauner. Die Zeitungen sind voll davon. Riesenschlagzeilen. Hör dir das an.«

Gavin liest ihm den Artikel vor, aber Adam hört nur mit halbem Ohr hin. Ihm schwirrt der Kopf, und er kann sich hinterher an kaum etwas erinnern – widerrechtliche Änderung des Flächennutzungsplans, mutmaßliche Vetternwirtschaft, Unstimmigkeiten bei der Ausschreibung. Das ganze Golfplatzprojekt scheint in sich zusammenzufallen wie ein Kartenhaus.

Er fällt seinem Bruder ins Wort. »Ich verstehe nur Bahnhof«, sagt er. »Was ist los?«

»Hast du nicht zugehört? Die Sache geht den Bach runter,

das ist los. Ein Regierungsbeamter, wie heißt er noch gleich, Soundso Moloi, hat den Bauauftrag an eine Firma vergeben, bei der zufällig nicht nur sein Onkel, sondern auch sein Schwager in der Geschäftsführung sitzt. Und jetzt kommen allerlei unschöne Dinge ans Licht. Euer Bürgermeister steckt auch mit drin. Wie es scheint, hat er das Umweltgutachten durchgewinkt, ohne es dem Gemeinderat vorzulegen. Die Leute fordern seinen Kopf. Fanie Prinsloo – du erinnerst dich? – ist an die Öffentlichkeit gegangen. Korruption.«

»Das interessiert mich alles nicht«, sagt Adam. »Was habe ich damit zu tun?«

»Aber das ist doch das Projekt deines Freundes, oder? In seiner Haut möchte ich nicht stecken.«

»Er ist nicht mein Freund.«

»Wie bitte? Warst du nicht erst vor vierzehn Tagen hier, weil er dich zu der Party bei diesem Kriminellen eingeladen hatte? Ich habe dich damals schon gewarnt, falls du dich daran erinnerst. Ich habe gesagt …«

»Ich habe nichts mehr mit ihm zu tun«, sagt Adam. »Er ist nicht mein Freund.«

19

LINDILE KOMMT AM SAMSTAGNACHMITTAG. Er ist ein großer, dünner Mann in Jeans und T-Shirt und fährt einen verbeulten alten Golf, den er vor dem Haus abstellt. Rasch durchquert er den Vorgarten und klopft dreimal – ein hartes, trockenes Pochen – an die Haustür. Er grüßt Adam mit einem kühlen Nicken und ergreift erst nach kurzem Zögern dessen ausgestreckte Hand. Sein schmales Gesicht wirkt eisern und verschlossen.

»Ich komme wegen meiner Eltern«, sagt er.

»Ja, ja«, sagt Adam. »Wir haben Sie schon erwartet.«

Er tritt beiseite und lässt ihn herein. Ezekiel und Grace sitzen nervös im Wohnzimmer. Fast scheinen sie sich vor ihrem Sohn zu fürchten, und als er hereinkommt, begrüßen sie einander zurückhaltend und übertrieben förmlich. Adam vermag die Szene, die sich vor seinen Augen abspielt, nicht genau zu deuten: Wird er Zeuge einer Versöhnung, oder erfüllt Lindile nur seine Sohnespflicht?

Schwer zu sagen.

»Wir freuen uns sehr, dass Sie da sind«, sagt Adam.

»Das glaube ich Ihnen.« Seine Stimme ist leise und ausdruckslos, wie am Telefon, doch er betont das Wörtchen »Ihnen«: ein möglicher Vorwurf.

Adam versucht, sich ins Gedächtnis zu rufen, was er über Lindile weiß. Cannings sporadische Äußerungen zu diesem

Thema waren entweder sentimental (»mein erster Spielkamerad«) oder abwertend (»dann hat er die Politik für sich entdeckt«). Nichts von alledem scheint auf die selbstbeherrschte Person zuzutreffen, die vor ihm steht und an Smalltalk offensichtlich kein Interesse hat.

»Bitte nehmen Sie doch Platz«, sagt Adam. »Kann ich Ihnen einen Tee anbieten?«

»Ja«, sagt Lindile.

Adam geht in die Küche und kocht Tee. Als er mit dem Tablett ins Wohnzimmer kommt, hat Lindile sich in einem Sessel niedergelassen, in sicherer Entfernung von seinen Eltern auf der Couch. Sie haben bislang weder einen Blick noch ein Wort gewechselt, und daran ändert sich auch nichts, als Adam sich zwischen die beiden alten Leute zwängt; es gibt keine andere Sitzgelegenheit. Um das Gespräch in Gang zu bringen, sagt er: »Was machen Sie eigentlich in Kapstadt?«

»Ich bin Dozent.« Er nennt ein College, von dem Adam nie gehört hat.

»Für welches Fach?«

»Politologie.«

»Ach. Wie schön.« Adams richtet den Blick auf Lindiles T-Shirt, auf dem marschierende Arbeiter unter einer geballten Faust zu sehen sind. »Und wo wohnen Sie?«

»In Nyanga. Kennen Sie die Gegend?«

»Nein.«

»Ja, dort habe ich ein Haus. Vier Zimmer. Darin wohne ich mit meiner Frau und einem Verwandten. Und jetzt soll ich auch noch meine Eltern aufnehmen. Ich weiß nicht, wie wir das machen sollen.«

Nach all den kurzen, knappen Erwiderungen ist die Botschaft dieser ausführlichen Antwort mehr als deutlich. Adam stellt seine Tasse ab und senkt die Stimme. »Hören Sie«, sagt er. »Lindile. Mir scheint, Sie sind sehr zornig. Ich kenne Sie nicht, ich weiß nicht, was Sie durchgemacht haben, vielleicht gibt es ja einen guten Grund für Ihren Zorn. Ich verstehe nur nicht, warum sich dieser Zorn ausgerechnet gegen *mich* richtet. Ich möchte doch nur helfen.«

Kaum hat er sie ausgesprochen, wenden sich seine Worte auch schon gegen ihn. Schließlich trägt er die Schuld am Schicksal der Eltern dieses Mannes; er hilft nicht aus Nächstenliebe und Barmherzigkeit.

Er versucht es noch einmal. »Das ist für uns alle nicht leicht.«

»*Ja*? Und was ist für Sie daran so schwierig?«

»Wie Sie sehen, lebe ich auf sehr beengtem Raum. Mein Haus ist genauso klein wie Ihres. Trotzdem habe ich Ihre Eltern bei mir aufgenommen. Obwohl wir uns hier gegenseitig auf die Füße treten.«

»Ja«, sagt Lindile, »Sie sind ein wahrer Wohltäter. Sie haben meinen Eltern ein paar Tage Kost und Logis geboten. Und jetzt wollen Sie sie loswerden. Darum haben Sie ihren Sohn in Kapstadt angerufen, der sie seit über zehn Jahren nicht gesehen hat, damit er sie holen kommt.«

»Ich wusste nicht, dass Sie ein so gespanntes Verhältnis zu Ihren Eltern haben. Wenn ich taktlos war, tut es mir leid. Trotzdem – es geht um Ihre Mutter und Ihren Vater. Ich bin ein Fremder für sie. Insofern dürfte die Verantwortung eigentlich eher bei Ihnen liegen als bei mir. Ein Kind hat schließlich Pflichten seinen Eltern gegenüber.«

»Soso, ein Fremder. Ich dachte, Sie kennen die beiden von der Farm. Sie wären ein Freund von Kenneth?«

»Ach, daher weht der Wind? Sie sind sauer, weil ich die Cannings kenne?«

Während Adam erstmals die Beherrschung zu verlieren droht, fällt Lindile ihm ins Wort. »Wenn Sie helfen wollen«, sagt er, »wenn Sie wirklich helfen wollen, dann geben Sie uns Geld. Damit würden Sie tatsächlich etwas bewirken.«

»Das kann ich nicht. Dazu bin ich finanziell nicht in der Lage.« Adam wendet sich mit flehentlicher Stimme an Ezekiel. »Dass ihr kein Geld habt, ist mir klar«, sagt er. »Aber ich kann euch keine Arbeit bieten und auch kein Dach über dem Kopf. Schön wär's.« Der alte Mann wiegt lächelnd den Kopf. Doch Lindile fährt ihn auf Xhosa an, und das Lächeln verschwindet. Adam hat zwar kein Wort verstanden, doch die Bedeutung ist unmissverständlich: Sei nicht so unterwürfig, mach dich vor diesem Mann nicht zum Affen.

Dann wendet Lindile sich wieder an Adam. »*Ja*, es stimmt«, sagt er. »Sie haben kein Geld. Sie haben noch nie welches gehabt. Selbst als sie noch gearbeitet haben, hatten sie nichts.«

»Ich weiß. Das habe ich gesehen.«

»Und ohne Geld keine Macht. So einfach ist das.«

Adam deutet auf das hässliche, abgewohnte Mobiliar. »Ich habe doch selbst kein Geld. Sehen Sie das nicht? Ich lerne gerade, was es heißt, keine Macht zu haben. Sie gehen von falschen Voraussetzungen aus. Wir sind nicht alle gleich. Ich bin nicht ...«

»Wie Ihre Freunde«, sagt Lindile.

»Ja«, sagt Adam. »Wie meine Freunde.«

Er hat das Gefühl, gepunktet zu haben, doch als Schweigen eintritt, weiß er: In den Augen dieses Mannes ist er genau wie seine Freunde.

»Canning hat gesagt«, fährt er fort, »dass auch Sie sein Freund waren.«

»Ach was.«

»Er hat gesagt, Sie hätten als Kinder zusammen gespielt.«

»Als ich zu klein war, um es besser zu wissen, ja. Und danach ging ich in mein *pondok* zurück und er in sein Herrenhaus.«

»Ich bitte Sie«, sagt Adam. »In Gottes Namen. Seitdem haben sich die Verhältnisse geändert. Nichts ist mehr wie früher. Können Sie denn nicht mit der Zeit gehen?«

Ein dünnes Lächeln spielt um Lindiles Lippen. »Nein«, sagt er. »Das kann ich nicht.« Es ist die Wahrheit. Er steckt in der Vergangenheit fest, wird fast erdrückt von seinem Zorn, der wie ein riesiger Fels auf seiner Brust liegt. Adam wird nie genug tun, genug geben können, um das Unrecht wiedergutzumachen.

Wie um dies zu bekräftigen, springt Lindile auf. »Dann wollen wir doch mal sehen, wie Sie so wohnen«, sagt er, und bevor ihn jemand daran hindern kann, stakst er auch schon durchs Haus, von Zimmer zu Zimmer. Adam hastet wütend hinterdrein. Als sie ins Schlafzimmer kommen, bleibt Lindile stehen und dreht sich mit verschränkten Armen um. »Soso«, sagt er. »Von wegen, kein Geld. Sie sagen, Sie können uns nicht helfen, dabei haben Sie in Wahrheit sehr viel mehr als wir. Vier Zimmer ganz für sich allein.«

»Das Haus gehört mir nicht. Es gehört meinem Bruder.« Seine Stimme überschlägt sich fast in dem Bemühen, sich zu rechtfertigen.

»Trotzdem haben Sie vier Zimmer«, wiederholt Lindile. »Warum können meine Eltern dann nicht bei Ihnen bleiben?«

Adam ist sprachlos. Die Frage ist natürlich eine Unverschämtheit, auch wenn Lindiles dünnes Lächeln verrät, dass er ihn nur provozieren will. Andererseits hat Lindile in gewissem Sinne vielleicht sogar recht. Er hat vier Zimmer; sie haben keins. Warum also sollten sie nicht hier bei ihm wohnen, in seinem Bett schlafen, unter seinem Dach? Warum sollte er das ganze Haus für sich allein haben?

Seine Selbstzweifel sind im Nu vergessen. Das Ganze ist nichts weiter als ein perverses Spiel, denn hier geht es um etwas anderes, Unausgesprochenes. Er hat das Gefühl, den Mann durchschaut zu haben. Seinem Wagen, seinen Kleidern nach zu urteilen, scheint es ihm nicht allzu schlecht zu gehen, jedenfalls nicht schlechter als Adam. Doch obwohl sie sich ungefähr auf gleicher Höhe befinden, ist Lindile auf dem Weg nach oben, Adam auf dem Weg nach unten.

Und zu dieser sonderbaren Parität gehört auch, dass Lindile keineswegs daran gelegen ist zu teilen. Nein, er würde ihre Rollen viel lieber vertauscht sehen: Er würde gern hier wohnen, mit seinen Eltern, seiner Frau und womöglich auch noch seinen Verwandten, während Adam als Obdachloser auf der Straße landet. Lieber noch wäre es ihm, wenn Adam weit weg wäre, am besten gleich in einem anderen Land. Erst dann wäre Lindile wirklich zufrieden.

Ezekiel und Grace sind ihnen mit verstörten Gesichtern durchs Haus gefolgt. Sie scheinen nicht recht zu begreifen, was sich hier abspielt, zwischen ihrem weißen Wohltäter und ihrem Sohn. Sie reden aufgeregt in Xhosa auf Lindile ein, doch der schenkt ihnen keinerlei Beachtung. Er wendet sich an Adam und sagt kühl und gelassen, ganz so, als hätte ihr kleiner Schlagabtausch nie stattgefunden: »Ich glaube, wir gehen jetzt. Vielen Dank für alles. Danke für den Tee.«

Adam begleitet sie zum Abschied nach draußen. Die beiden

Alten sind servil und unterwürfig und danken ihm wie üblich mit übertriebenen Gebärden, bis Lindile dem mit einem knappen, gebellten Befehl erneut ein Ende macht. Dann fährt der Wagen los, die Straße hinunter, und verschwindet aus Adams Leben.

20

ER MACHT SICH DARAN, SEINE Sachen zusammenzupacken. Im Supermarkt besorgt er sich ein paar alte Kartons und verstaut seine Habseligkeiten darin. Er hat dafür mehrere Tage, wenn nicht sogar Wochen veranschlagt, wird jedoch bald von Neuem daran erinnert, wie wenig er besitzt. Zwei Vormittage dauert es, dann ist sein Leben in seine Einzelteile zerlegt und zum Abtransport bereit.

Trotzdem ruft er nicht in Kapstadt an, um seinem Bruder mitzuteilen, dass er kommt. Noch ist er nicht zur Abreise bereit. Zwar gibt es streng genommen keinen Grund zu bleiben, doch jetzt, wo er drauf und dran ist, in seine alte Welt zurückzukehren, bekommt diese Phase seines Lebens plötzlich einen sentimentalen Glanz. Es war eigentlich gar nicht so schlimm. Selbst die einsame Existenz in diesem Haus hatte etwas von einem Abenteuer.

Und so wandert er von Zimmer zu Zimmer, sieht aus dem Fenster und sagt den Möbeln Ade. Er vertreibt sich die Zeit mit Gängen zum Gemeindeamt, meldet Strom und Telefon vier Wochen im Voraus ab. Bereitet das Haus auf seine Abwesenheit vor. Er sitzt oft und lange auf der Hintertreppe und blickt ins Tal.

Der Winter geht zu Ende, der Frühling hält Einzug. Die Erde wendet ihr Antlitz der Sonne zu, und es wird von Tag zu Tag ein wenig wärmer. Die Bäume vor der Haustür treiben winzige Knospen. Die ersten Schwalben sind an den Himmel zurückgekehrt. Und im Garten wächst das neue Unkraut, erfüllt von frischer Kraft und Energie. An einigen Stellen steht es bereits kniehoch, und mit jedem Tag wird der grüne Flor ein wenig höher und dichter, als hätte er hochfliegende Pläne. Adam nimmt es gleichgültig zur Kenntnis, in der Gewissheit, dass sich früher oder später jemand anders damit wird herumschlagen müssen.

Als er eines Abends mit einem Becher Kaffee dort draußen sitzt, klingelt das Telefon. Er ist so sehr in seiner wohltuenden Lethargie gefangen, dass er eigentlich gar nicht an den Apparat gehen möchte. Doch das Klingeln will und will nicht aufhören, und schließlich steht er auf.

Die Stimme am anderen Ende der Leitung klingt atemlos und panisch. »Adam«, sagt sie. »Wir müssen uns treffen.«

Die jüngsten Ereignisse liegen für ihn in so weiter Ferne, dass es ein paar Sekunden dauert, bis Adam den Anrufer erkennt. »Nein, Canning«, sagt er. »Ich will dich nicht sehen.«

»Du verstehst mich nicht. Es ist sehr wichtig.«

»Für dich vielleicht. Aber nicht für mich. Wir haben uns nichts mehr zu sagen.«

Pause, ein schwaches, anhaltendes Brummen. »Du irrst dich, Adam. Du musst mich anhören.«

Irgendetwas an Cannings Stimme beunruhigt ihn, ein Unterton, der sich in seinem Kopf festsetzt wie ein winziger Same und dort wunderliche Blüten treibt. Er zögert einen Augenblick und sagt dann: »Na schön. Wo wollen wir uns treffen?«

*

Die Sonne geht unter, als er durch den Ort in Richtung Berge fährt, und das scharlachrote Schauspiel am Himmel verstärkt sein Gefühl der Neugier und des Unbehagens noch. Warum dieses kurzfristig anberaumte Treffen, und warum zu dieser Tageszeit, wo die langen, spitz zulaufenden Schatten eins werden und ineinanderfließen? Und warum an der alten Straße, einem so trostlosen und zerfallenen Ort, fernab neugieriger Blicke? Als er abbiegt und den Wagen hinter einer Baumreihe parkt, scheint der Verkehr auf der neuen Schnellstraße plötzlich sehr weit weg zu sein. Er steht allein in einem schattigen, gekiesten Halbrund, das mit Plastiktüten, Bierdosen und benutzten Kondomen übersät ist und nach Urin stinkt.

Die alte Straße ist ein Kuriosum. Sie zweigt vom neuen Highway ab und passiert mehrere Schranken, bevor sie sich in der Einöde verliert. Sie ist zwar noch als Straße zu erkennen, doch die Schilder und Markierungen sind fast bis zur Unkenntlichkeit verblasst, und Grasbüschel und Buschwerk haben sich ihren Weg durch den rissigen Asphalt gebahnt. Jetzt, wo der Nachmittag langsam im letzten Licht verdämmert, gleicht sie einer nur halb vorhandenen Geisterstraße, durch die man die bloße Erde sieht.

Kaum vorstellbar, dass hier je Verkehr geflossen ist.

Während er auf Canning wartet, geht Adam auf dem kleinen Parkplatz auf und ab und tritt nach Kieselsteinen. Das Donnern und Tosen vorbeifahrender Trucks dringt durch die Bäume und lässt das Laub erzittern. Inzwischen hat er Anwandlungen von Verfolgungswahn und will schon fast wieder nach Hause fahren, als Canning schließlich eintrifft. Er stellt seinen Geländewagen ein paar Meter weiter ab und kommt rasch auf Adam zu.

Zögernd nähern sich die beiden einander. Den konspirativen Umständen ihres Treffens entsprechend trägt Canning eine Art

Stoffmütze. In diesem Aufzug, mit eingezogenem Kopf, erinnert er Adam an eine Schildkröte.

Seine Haut ist blass und weich: wie die einer Schildkröte, der Sonne stets verborgen.

»Hat dich jemand kommen sehen?«, fragt er.

»Ich glaube nicht. Was willst du, Canning?«

»Komm, wir gehen ein Stück. Hast du Lust auf einen kleinen Spaziergang?«

Und so marschieren sie die alte Straße entlang. Unter dem trüben Halbmond, der tief am Himmel steht, im grünlichen Schein der Dämmerung, schlängelt sich die Straße als leuchtender Streifen durch die Landschaft. Sie suchen sich ihren Weg über den bröckelnden Asphalt, zwischen Gestrüpp und verklumptem Laub hindurch. Sie kommen an einem alten Verkehrsschild vorbei, windschief und rostzerfressen. Sie hören das Zirpen von Insekten, den Schrei eines Nachtvogels ganz in der Nähe.

»Ich habe gehört, es gibt Probleme mit dem Golfplatz«, sagt Adam.

»Ja«, sagt Canning unwirsch, »es gibt da noch ein paar kleinere Hürden zu überwinden. Aber das schaffen wir schon. Alles eine Frage der richtigen Kontakte – es geht einzig und allein darum, wen man kennt.«

»Und du scheinst einige sehr mächtige Leute zu kennen.«

»Ja, ja. Und genau deshalb sind wir hier. Dir ist hoffentlich klar«, sagt er mit gewichtiger Stimme, »dass ich mich dadurch in größte Gefahr begebe. Wenn uns jemand zusammen sieht, komme ich in Teufels Küche. Ich mache das nur, weil mir etwas an dir liegt. Der alten Zeiten wegen.«

»Na, vielen Dank«, sagt Adam trocken.

»Ehrensache. Du bist schließlich mein bester und ältester Freund.« Ihre Schritte geraten einen Augenblick lang aus dem Takt, als sie einem Strauch aus dem Weg gehen, der die Straßenmitte überwuchert. »Ich wünschte, du würdest es mit der Wahrheit nicht so genau nehmen«, sagt Canning mit einem jähen Anflug von Bitterkeit. »Ich wünschte, du hättest sie für dich behalten. Ich habe dir doch gesagt, dass ihm das ganz und gar nicht schmecken würde.«

»Wem?«

»Wem? Na, Mr Genov, wem sonst? Man kann einfach nicht vernünftig mit ihm reden. Ich habe versucht, ihn umzustimmen, ihm die ganze Sache zu erklären, aber er will nicht auf mich hören. Er sagt, Vorsicht ist besser als Nachsicht. Ich kann ihn nicht aufhalten, Adam. Ich bin machtlos.«

»Ich verstehe kein Wort.«

»Was? Kapierst du eigentlich gar nichts?« Canning bleibt stehen, sieht ihn an und kehrt flehentlich die plumpen Handflächen nach oben. »Ich versuche, dich zu warnen.«

»Wovor?«

»Ich glaube, ich hör' nicht recht! Die wollen dich umbringen, oder was dachtest du?«

Jetzt erst wird Adam bewusst, worum es bei diesem Gespräch eigentlich geht. Er bekommt weiche Knie, ein weißes Licht blitzt hinter seinen Augen auf. Der Gedanke an Mord lässt sich beinahe mit Händen greifen. Dabei hat er selbst vor gar nicht allzu langer Zeit damit gespielt und zumindest theoretisch darüber nachgedacht, wie es wohl wäre, den Mann umzubringen, mit dem er gerade spricht. Doch der Gedanke hat ein Eigenleben entwickelt; Adam hat ihn in die Welt hinausgeschleudert, und jetzt kehrt er wie ein Bumerang zu ihm zurück.

»*Warum*?«, fragt er.

»Weil du zu viel weißt. Weil du dem Bürgermeister das Geld überbracht hast.«

»Aber ich wusste doch gar nicht, was es war.«

»Schon, aber das spielt keine Rolle. Es tut mir leid, Adam, streng genommen ist es natürlich meine Schuld. Aber was geschehen ist, ist geschehen.« Canning zuckt leise mit den Schultern, als ginge es um ein lässliches Versehen. »Ach, ist das alles anstrengend«, jammert er. »Ich wollte, ich hätte diese Phase meines Lebens endlich hinter mir.«

Sie gehen weiter, mit trügerischer Gelassenheit, als hätte das vorangegangene Gespräch nie stattgefunden.

Und auch ihre Stimmen klingen auffallend gefasst:

»Sei so nett und sprich mit ihm. Sag ihm, dass ich keinerlei Bedrohung darstelle.«

»Ich habe dir doch gesagt, ich hab's probiert. Es ist zu spät. Außerdem stellst du *durchaus* eine Bedrohung dar.«

»Bin ich denn so wichtig?«

»Im Gegenteil. Du bist völlig unwichtig. Genau das ist der springende Punkt.«

»Ich höre dich jetzt noch reden. Der arme Mr Genov. Völlig missverstanden. Schlechte Presse.«

»Da habe ich ihn wohl falsch eingeschätzt. Aber ich werde den Kontakt zu ihm abbrechen. Das garantiere ich dir. Wenn das hier vorbei ist, werde ich ihn nie mehr wiedersehen. Was dir natürlich kein Trost ist. Trotzdem.« Adams Neugier ist geweckt. »Wie …?«, fragt er.

»Was meinst du? Ach so, ja, verstehe … mit einer Knarre, nehme ich an.«

»Und wer …?«

277

»Das weiß ich nicht genau. Sie schicken jemanden. Es gibt Leute, die sozusagen davon leben, andere ins Jenseits zu befördern.«

»Und wann soll das passieren?«

»Na, heute Abend, natürlich. Darum wollte ich mich doch mit dir treffen.«

»*Heute*? Aber es ist schon fast dunkel. Was soll ich machen?«

»Jedenfalls nicht nach Hause gehen. Unter keinen Umständen. Hau sofort ab. Fahr nach Kapstadt.«

Inzwischen sind sie etwa einen Kilometer von der Hauptstraße entfernt, ringsum nichts als die menschenleere Landschaft. Sie kommen über eine Anhöhe, und vor ihnen liegt eine verfallene Brücke, die halb über eine schmale Schlucht ragt. Auf der anderen Seite geht die Straße weiter, doch ihr Weg ist hier zu Ende. Am Rand der Brücke bleibt Canning stehen, Adam hingegen macht noch ein paar ziellose Schritte. Er fühlt sich übermütig, leicht verrückt. Vor ihm tut sich ein Abgrund auf; der Wind pfeift durch die Metallstreben. Ohne nachzudenken hebt er den Fuß, lässt ihn niedersausen und horcht auf das Echo, das durch die Schlucht hallt – halb Klingeln, halb Krachen.

»Äh, das würde ich lieber bleiben lassen«, sagt Canning. »Die Brücke sieht nicht besonders sicher aus.«

»*Sicher*?«, sagt Adam. Das Wort hat jede Bedeutung verloren. Er stampft noch einmal auf; das Echo verklingt in der Ferne. Plötzlich kommen sämtliche unterdrückten Gefühle der vergangenen Monate in ihm hoch; einige davon waren selbst ihm bislang verborgen. Er möchte lachen und weinen zugleich. Soll das wirklich sein Schicksal sein: Soll er wirklich wegen eines Golfplatzes sein Leben lassen müssen? Tragödie und Absurdität vermengen sich zu einem giftigen Cocktail, und plötzlich stürzt er sich auf Canning, reißt und zerrt an ihm, ohne eindeutige Absicht. »Das ist alles deine Schuld«, kreischt er, »du verlogener, erbärmlicher kleiner … Chemikalienhändler!«

Sofort – unerwartet – brüllt Canning zurück. Sein blutleeres Gesicht ist wutverzerrt. »Wie … kannst … du … es … wagen … mir Vorwürfe zu machen … während du … *meine Frau fickst*!«

Einen Moment lang verschmelzen sie in einer wütenden Umarmung, an der Brückenkante balancierend, ein plumper, unbeholfener Vierbeiner, der schrille, hysterische Schreie ausstößt. Doch die weite Landschaft schluckt ihre Wut wie ein Schwamm. Schließlich kommen sie zur Ruhe und lösen sich voneinander, Finger für Finger, bis jeder wieder für sich und allein ist.

Sie können sich nicht in die Augen sehen.

»Du wusstest es die ganze Zeit«, sagt Adam. Schwer atmend streicht er sein Hemd glatt und stopft es in seinen Hosenbund. Im Handgemenge sind ihm ein paar Knöpfe abgerissen.

»Was hast du denn gedacht? Besonders diskret wart ihr ja nicht«, keucht Canning mit hochrotem Gesicht und Tränen in den Augen. Er hat einen Kratzer an der Wange. Seine Mütze ist von der Brücke gefallen, und er fährt sich immer wieder nervös mit der Hand über den Kopf. »Sie ist das Kostbarste … das Kostbarste, was ich habe«, sagt er. »Ich denke ständig an sie.«

»Es tut mir leid«, sagt Adam. Er muss die Worte aus seinem tiefsten Innern heraufholen, und trotzdem bleiben sie ohne Bedeutung.

Während sie sich eine Weile schweigend gegenüberstehen, verschwinden die letzten Sonnenstrahlen, und die Nacht bricht herein. Wolkenfetzen treiben über den Mond und überziehen die zerklüftete Erde mit einem bizarren Schattenmuster. Schließlich sagt Canning: »Du störst mich gar nicht so sehr. Was Baby angeht, meine ich. Es war, als würde ich mein Glück mit dir teilen. Was mich wirklich trifft, ist *er*. Wenn ich mir vorstelle, wie er sie betatscht...« Ihn schaudert.

»Und warum machst du der Sache dann nicht einfach ein Ende?«, fragt Adam.

»Geschäft ist Geschäft«, sagt Canning. Er schiebt die Hände in die Taschen und klimpert demonstrativ mit seinem Kleingeld. »Man muss den Fuchs im Auge behalten. Beruf und Privates sind bei mir strikt getrennt. Ich würde diese Grenze niemals überschreiten, aber *er* hat es getan. Nein, wenn sie schon fremdgehen muss... dann doch lieber mit dir, Adam. Lieber mit dir als mit irgendeinem anderen!«

»Danke, Canning. Nett von dir.«

»Wollen wir zurückgehen?«

In Gedanken versunken marschieren die beiden denselben Weg zurück. Als sie wieder in Sichtweite der Hauptstraße sind und die Scheinwerfer der vorbeifahrenden Autos sehen können, fällt Adam etwas ein. »Woher weiß er eigentlich von mir?«, fragt er. »Woher weiß er, dass ich dem Bürgermeister das Geld gebracht habe? Woher weiß er, wo ich zu finden bin?«

»Von mir natürlich. Ich habe ihm gesagt, wo du wohnst.«

»Das verstehe ich nicht. Erst erzählst du mir, ich wäre dein Freund, und dann das. Zumal du genau wusstest, was er mit mir anstellen...«

»Hast du es denn noch immer nicht begriffen?«, sagt Canning. »Ich musste dich *aufhalten*. Ich träume schon mein halbes Leben von dieser Sache. Der Golfplatz muss gebaut werden. Und du mit deinen albernen Prinzipien bist dabei im Weg.«

»Also hast du ihm alles erzählt. Und dann hast du mich hier-herbestellt, um mich zu warnen.«

»Ja«, sagt Canning traurig. »Schon komisch, ich weiß. Aber ich konnte mich einfach nicht entscheiden, was wichtiger war, du oder der Golfplatz. Ich wollte euch beide retten.«

»Was dir ja vielleicht sogar gelungen ist.«

»Hoffentlich.« Er nimmt Adams Hand und drückt sie. Er schüttelt sie nicht, sondern bringt sie vielmehr zum Zittern, ein Beben, das aus seinem Innersten zu kommen scheint. »Wir werden uns wohl so bald nicht wiedersehen.«

»Wohl kaum.«

»Seltsam, nicht wahr? Der Lauf der Dinge. Da denkt man, es kommt so, und dann kommt es doch ganz anders.«

»Ja, seltsam.«

»Pass auf dich auf, Adam.« Endlich lässt er seine Hand los.

»Du auch, Canning. Mach's gut.«

Er steigt in seinen Wagen und bleibt noch ein paar Minuten sitzen, nachdem Canning davongefahren ist. Er denkt an nichts, wartet, bis Herzschlag und Atem sich beruhigt haben. Er weiß genau, was er zu tun hat, und doch würde er am liebsten alle Vernunft über Bord werfen. Er verspürt den primitiven, instinktiven Drang zur Flucht. Hinaus ins Land, unter die Erde. Er kommt sich vor wie ein von fressgierigen Räubern gehetztes Tier, das blindlings um sein Leben laufen muss, über Steine stolpert, sich an Dornen reißt. Endlich ist er eins mit der Natur, die er in Gedichten lauthals besingen wollte, und die ist alles andere als schön.

Mit Mühe gewinnt er seine Selbstbeherrschung zurück. Schließlich lässt er den Motor an und rollt aus dem Schatten der dunklen Bäume. Wieder auf der Straße, sieht er den Wegweiser und gibt Gas. So ist's richtig, sagt er sich: einfach weiterfahren, ohne anzuhalten, bis in die Stadt. Zwischen Hochhäusern und Lichtern ist er sicher; dort kann ihm nichts geschehen. Sein Entschluss steht fast schon fest. Doch als er zum Abzweig kommt, der in den Ort führt, kehrt seine Besinnung in Form einer Erinnerung zurück – ein wurzelloses, unbedeutendes Fragment, das sich hartnäckig in sein Bewusstsein drängt. Bis es sich zur Erkenntnis verfestigt.

Einen Moment lang ist er wie geblendet. Er nimmt den Fuß vom Gaspedal und verliert an Fahrt, bis der Wagen schließlich ruckelnd zum Stehen kommt. Die Gabelung liegt im grellen Licht der Scheinwerfer da und stellt ihn buchstäblich vor eine Entscheidung.

Ein Truck donnert vorüber, und sein Fahrtwind lässt den Wagen erzittern. Adam sitzt da und starrt ratlos vor sich hin, weiß nicht, welche Richtung er nehmen soll.

»Was jetzt?«, sagt er laut.

Mach keinen Quatsch. Fahr weiter, schau nicht zurück.

»Aber ich kann nicht. Ich muss doch… ich weiß auch nicht… ihn warnen, sie aufhalten, irgendetwas unternehmen.«

Wozu? Was geht dich das an?

»Aber er ist unschuldig.«

Ach ja? Weißt du nicht mehr, was er dir erzählt hat? Spielt das etwa keine Rolle?

»An meinen Verbrechen trifft ihn jedenfalls keine Schuld.«

Was für Verbrechen hast du denn begangen? Du warst zur falschen Zeit am falschen Ort, weiter nichts. Schicksal.

»Ich weiß nicht, was ich tun soll.«

Gar nichts.

Die ausgestreckte Hand, der Felsvorsprung: Die Entscheidung liegt allein bei ihm.

NACHHER

21

EINES TAGES ERÖFFNETE GAVIN SEINEM Bruder aus heiterem Himmel, seiner Meinung nach habe Adam auf dem Land eine Art Nervenzusammenbruch erlitten. »Ich habe mir ziemliche Sorgen gemacht deinetwegen«, sagte er. »Du warst eine Zeitlang nicht du selbst. Du sahst furchterregend aus, Ad. Dünn und ungepflegt, mit irrem Blick. Als du uns das erste Mal besucht hast, habe ich einen regelrechten Schock bekommen.«

»*Gavin*«, sagte Charmaine tadelnd, während sie mit Gavins Haaren spielte. Sie waren seit Kurzem verlobt und schmusten und turtelten den ganzen Tag.

»Was denn?«, sagte Gavin. »Stimmt doch. Darf ich mir über meinen Bruder etwa keine Sorgen machen?«

Adam war vor ein paar Monaten nach Kapstadt zurückgekehrt. Anfangs war es zwischen seinem Bruder und ihm zu Spannungen gekommen, nicht zuletzt weil er Gavins Arbeitsangebot von Neuem ausgeschlagen und sich stattdessen einen anderen Job gesucht hatte. Doch seit er sein eigenes Geld verdiente und bei Gavin ausgezogen war, kamen sie wieder besser miteinander klar.

»Da draußen ist tatsächlich irgendwas mit mir passiert«, sagte er. Inzwischen erschien ihm der Gedanke, dass er einen Zusammenbruch erlitten hatte, recht plausibel. Es sprach durchaus einiges dafür; vor allem aber erklärte es sein eigenartiges Verhalten. »Wisst ihr was?«, fuhr er fort. »Ich habe darüber noch nie mit jemandem gesprochen, aber ich glaube, Charmaine hatte recht. Es war ein Geist bei mir im Haus.«

»O Gott, bitte nicht du auch noch«, sagte Gavin. »Was denn für ein Geist?«

»Das kann ich dir nicht sagen. Aber ich war dort nicht allein.«

Sie saßen an einem Tisch in einem teuren Hafenrestaurant, vor dessen Fenstern Yachten träge auf dem Wasser schaukelten. Alle waren ein bisschen angetrunken, und Adam genoss die Wirkung seiner Worte. Charmaine beugte sich über den Tisch und starrte ihn aus großen Schweinwerferaugen an. »Ich habe es gleich gespürt«, flüsterte sie. »Und das habe ich dir auch gesagt, weißt du noch? Eine alte Frau, sehr traurig.«

»Um Himmels willen.«

»Von einer alten Frau habe ich nichts bemerkt«, sagte Adam. »Aber irgendwas hat mich belauscht. Mich beobachtet.«

»Und irgendjemand redet ziemlich dummes Zeug.«

»Nein, im Ernst«, sagte Charmaine. »Wenn du nicht so zu wärst, würdest du das verstehen. Es gibt Parallelwelten, die sich mit unserer überschneiden. Es gibt jede Menge Wesen, die wir nicht sehen können. Davon bin ich hundertprozentig überzeugt.«

Schon bereute Adam, das Thema angeschnitten zu haben. Obwohl er sich in dem Haus nie allein gefühlt hatte, glaubte er nicht an Parallelwelten und unsichtbare Wesen. Er begriff besagten »Geist« vielmehr als einen abgespaltenen Teil seines Bewusstseins, real und imaginär zugleich, eine Art Abfallprodukt seiner Depression.

Er war ohne Zweifel deprimiert gewesen; da hatte Gavin

recht, auch wenn Adam das damals nicht hatte wahrhaben wollen. Inzwischen betrachtete er seine Zeit auf dem Land als eine Art Seitengasse seines Daseins. Er hatte den armen Poeten gespielt, obgleich er wusste, dass er jederzeit in den bequemen Schoß der Mittelschicht zurückkehren konnte. Jetzt, wo er den Faden wieder aufgenommen hatte, war ihm die ganze Episode zutiefst peinlich. Tag für Tag untätig herumzusitzen – was hatte er sich dabei bloß gedacht? Seine falsche Freundschaft mit Canning und seine Affäre mit Baby: Wenn er sein Verhalten Revue passieren ließ, erkannte er sich kaum wieder.

Nein, das Ganze war eine einzige Verirrung.

Zum Glück war all das längst Geschichte. Gavin besaß nicht einmal mehr das Haus. Er hatte es kurz nach Adams Rückkehr nach Kapstadt zum Verkauf angeboten. Es habe keinen Sinn, es zu behalten, meinte Gavin, denn erstens komme er ohnehin nie in die Gegend, und zweitens habe sein Traum von einem ländlichen Idyll nach der Sache mit dem Nachbarn einen gehörigen Knacks bekommen. Da half es auch nichts, wenn Adam ihm ins Gedächtnis rief, dass der Mann sich dort vor seiner dunklen, gefährlichen Vergangenheit versteckt hatte; für Gavin war der Vorfall ein Beleg dafür, dass die Kriminalität inzwischen überall grassierte, selbst in so einem verschlafenen Kaff. Das Land ging vor die Hunde.

Am Ende war die grauenhafte Metallskulptur das Einzige, was noch an Blom erinnerte. Adam hatte sie völlig vergessen, bis Gavin und Charmaine das Haus entrümpelten, damit die neuen Besitzer einziehen konnten. Sie brachten Adams Habseligkeiten, die er so überstürzt zurückgelassen hatte, mit nach Kapstadt, und die Skulptur lag in einer Umzugskiste. Zwar erschien sie ihm längst nicht mehr so eindrucksvoll und abstoßend wie damals, aber behalten mochte er sie dennoch nicht. Er wollte sie eben in den Müll werfen, als Charmaine dazwischenging. »Wenn du sie nicht möchtest«, sagte sie, »dann nehme ich sie.«

»Bitte. Tu dir keinen Zwang an.«

»Was für eine wunderschöne Pfauenfeder. Von der ganzen Skulptur geht eine ungeheuer positive Energie aus.« Sie nahm sie mit nach Hause, und jetzt stand sie auf ihrem Nachttisch, inmitten einer bunten Sammlung von Kristallen, Pendeln und buddhistischen Mandalas.

Und damit war auch die letzte greifbare Erinnerung an sein Landleben dahin. Was er eigentlich hatte mitnehmen wollen, war buchstäblich in Rauch aufgegangen. Und obwohl er seinem Bruder das wohlweislich verschwiegen hatte, brachte Gavin das Thema immer wieder aufs Tapet.

So auch jetzt, als sie das Restaurant verlassen hatten und leicht beschwipst zum Wagen gingen. »Übrigens«, sagte er und knuffte Adam scherzhaft in die Seite, »was ist eigentlich aus deinen Gedichten geworden?«

»Ach, daran feile ich noch.«

*

Eines Tages kam er aus dem Büro, und sein Wagen war verschwunden. Zunächst nahm er an, er sei gestohlen worden, doch dann stellte sich heraus, dass er im Halteverbot geparkt und das Ordnungsamt den Wagen abgeschleppt hatte. Als er die Strafe bezahlen wollte, weigerten sich die Beamten, den Wagen herauszugeben. Der Computer hatte den eineinhalb Jahre alten Bußgeldbescheid und die dazugehörige Vorladung ausgespuckt. Gegen ihn lag ein Haftbefehl vor.

»Aber ich habe nichts getan«, sagte er.

Das könne er dem Richter erklären, teilte man ihm mit. Daran führe kein Weg vorbei; der Haftbefehl ließe sich nicht aufheben.

Ein letztes Mal meldete sich sein Gewissen. Er beschloss, seinen Fall genau so vorzutragen, wie er es anfangs vorgehabt hatte. Doch als er schließlich vor Gericht saß, musste er erst einmal eine niederschmetternde Parade trauriger Gestalten mit wenig glaubwürdigen Ausflüchten über sich ergehen lassen. Jeder hatte eine Erklärung parat, weshalb er das Bußgeld entweder nicht bezahlt hatte oder nicht vor Gericht erschienen war: Einer war krank geworden, ein anderer auf Grund einer Reihe haarsträubender Zufälle auf Abwege geraten… Als schließlich sein Name aufgerufen wurde, war Adams Quell der Selbstgerechtigkeit versiegt. Die Richterin, eine sichtlich gelangweilte Schwarze, blickte schon skeptisch drein, bevor er auch nur ein Wort gesagt hatte. Und die Verkettung unglücklicher – und allesamt wahrer – Umstände, die er hatte schildern wollen, erschien ihm plötzlich ebenso wirr und fragwürdig wie die Geschichten, die er sich den ganzen Vormittag hatte anhören müssen.

Am Ende verzichtete er auf eine Erklärung und gab lediglich zu Protokoll, dass er auf dem Land gelebt und schlicht vergessen habe, das Bußgeld zu bezahlen. Die Richterin zeigte sich über die Aufrichtigkeit seiner Aussage erleichtert. Hätte er die Strafe gleich bezahlt, erklärte sie, wäre es gar nicht erst zu einer Vorladung gekommen. Adam wollte widersprechen, hörte sich stattdessen jedoch eine Entschuldigung murmeln.

Es war alles unerreichbar weit entfernt. So schien es ihm zumindest. Auf der einen Seite gab es Prinzipien, Lebensregeln, die goldschimmernd und unantastbar in den Himmel ragten. Auf der anderen gab es das eigentliche *Leben*, eine wacklige Konstruktion aus Halbwahrheiten und Kompromissen. Vielleicht lag es am Alter, aber allmählich lernte er, die Wirklichkeit zu akzeptieren.

Er stand vor einem schmutzigen Schalterfenster Schlange, um die Buße zu bezahlen. Die Frau hinter der Scheibe zählte sein Geld, stempelte diverse Formulare und schob sie ihm durch den Schlitz. Die schwerste seiner vielen Strafen: ein Eingeständnis seiner Schuld. Dann trat er beiseite, und der Nächste war an der Reihe.

*

Um seinen Gerichtstermin wahrnehmen zu können, hatte er sich einen Tag Urlaub genommen, und nun lag ein freier Nachmittag vor ihm. Er wanderte durch die Stadt und ging aus Gewohnheit in den Company's Garden. In der Mittagspause kam er oft hierher und setzte sich auf eine Bank. Die ersten weißen Siedler hatten hier ihr Obst und Gemüse angebaut, und er hatte ein Faible für die schäbigen Überreste der Geschichte, die da und dort zum Vorschein kamen.

Da sein angestammter Platz besetzt war, suchte er sich eine andere Bank unter dem Dach einer Kletterpflanze. Nachdem er eine halbe Stunde den Tauben und Eichhörnchen zugesehen hatte, wurde ihm langweilig, und er beschloss, seinen abgeschleppten Wagen auszulösen. Er ging den Weg zurück, den er gekommen war, und wollte den Park eben durch das Tor verlassen, als er sich plötzlich Canning gegenübersah, der mit gesenktem Kopf und den Händen in den Taschen am Parlamentsgebäude vorbeischlenderte. Adam hätte ihm ohne Weiteres aus dem Weg gehen können: Er hätte sich bloß umdrehen und das Weite suchen müssen. Doch er zögerte, und sein Zögern verwandelte sich in Entschlossenheit.

Canning sah auf, erblickte ihn und blieb schlagartig stehen. Sie starrten einander einen Moment lang an, beide still und unbeweglich in dem geschäftigen Treiben rings um sie her. Dann tat Canning etwas Seltsames. Er verzog kaum merklich das Gesicht, zwängte sich an Adam vorbei und eilte weiter. Binnen weniger Sekunden war er im Gewühl verschwunden.

Adam sah ihm fassungslos nach. Was hatte das zu bedeuten? Es war vermutlich das Vernünftigste, es einfach zu ignorieren und weiterzugehen, doch dann gab er einer spontanen Regung nach, machte kehrt und lief ihm hinterher.

Es war eine kuriose Verfolgungsjagd. Canning rannte zwar nicht direkt, legte aber doch ein recht zügiges Tempo vor; er schlängelte sich durch das Gedränge, blickte ständig hinter sich. Als er Adam entdeckte, erstarrte er vor Schreck. Er beschleunigte seine Schritte, gab jedoch nach wenigen Sekunden auf. Er ließ die Schultern hängen, schleppte sich noch ein paar Meter und sank dann auf eine freie Bank.

Adam holte ihn ein und setzte sich neben ihn. Canning war blass und keuchte. Er sah Adam nicht ins Gesicht, sondern wandte immer wieder den Kopf und blickte ängstlich um sich.

»Was ist denn los mit dir?«, fragte Adam.

Canning atmete erleichtert auf. »Du bist es«, sagte er. »Du bist es wirklich.«

»Wovon redest du? Wer sollte ich denn sonst sein?«

»Ich dachte, du wärst doch wieder nach Hause gefahren. Damals, als wir uns das letzte Mal gesprochen haben …«

Adam ging ein Licht auf. »Du hast gedacht, sie hätten mich gekriegt? Du hast gedacht, ich wäre tot?«

Canning nickte heftig blinzelnd. »Aber du lebst. Oder?«, fragte er wider jede Logik.

»Ja. Natürlich.«

»Gut.« Canning war sichtlich erleichtert; die Spannung wich aus seinem Körper. »Ich freue mich wahnsinnig, dich zu sehen, Adam.«

Merkwürdigerweise fragte er Adam nicht, wie er entkommen war: Seine Rückkehr aus dem Reich der Toten war im Nu zur Selbstverständlichkeit geworden. Stattdessen sprachen sie über Allgemeines – Adams Umzug in die Stadt, den neuen Job. Wie sich herausstellte, lagen Adams Büro und Cannings Wohnung lagen nur zehn Minuten auseinander. Sie lebten seit acht oder neun Monaten in unmittelbarer Nachbarschaft, trotzdem waren sie sich heute zum ersten Mal begegnet.

»Wir müssen uns unbedingt mal treffen«, sagte Canning. »Wir haben uns eine Menge zu erzählen.«

»Ja«, sagte Adam, obwohl beide wussten, dass es dazu nicht kommen würde. Sie hatten keine gemeinsame Zukunft.

Canning war furchtbar gealtert. Obwohl ihr letztes Treffen kaum mehr als ein Jahr zurücklag, wirkte er müde und grau. Er hatte dicke Ringe unter den Augen, sein Haar war noch schütterer geworden, seine Mundwinkel hingen herab. Zugleich jedoch hatte er ein jungenhaftes Leuchten in den Augen. Es war der alte Glücksfunke – ein Rückfall in längst vergangene Zeiten –, den Adam immer schon in ihm entfacht hatte.

»Von dem Golfplatz hast du vermutlich gehört.«

»Nein«, sagte Adam, obwohl ihm natürlich doch das eine oder andere zu Ohren gekommen war. Gavin hatte ihn jedes

Mal angerufen, wenn wieder irgendwo ein Artikel erschienen war – zum Beispiel als die Untersuchungskommission Sipho Moloi entlastet hatte. Oder als der Bürgermeister trotz seiner Unschuldsbeteuerungen hatte zurücktreten müssen. Ja selbst als Fanie Prinsloo aus der nächsten Gemeindewahl als sein Nachfolger hervorgegangen war. Die Medien hatten allerdings schon seit geraumer Zeit nichts mehr über den Fall gebracht.

»Er hat vorige Woche eröffnet«, sagte Canning. »Mit großem Tamtam, alles todschick. Zur Einweihung haben sie ein neues internationales Turnier gespielt, den Liberty Vision Cup. Komisch, dass du davon nichts gehört hast – das Fernsehen hat lang und breit darüber berichtet. Und ich kann dir sagen, er sieht fantastisch aus. Falls du dich für Golfplätze interessierst.«

»Ich interessiere mich nicht für Golfplätze.«

»Ich eigentlich auch nicht«, sagte Canning. »Nicht mehr.« Er stieß ein bitteres, bellendes Lachen hervor. »Nein, das habe ich mir abgewöhnt.«

»Trotzdem«, sagte Adam, »du hast bekommen, was du wolltest. Du hast die Vergangenheit ausgelöscht.«

»Ja. Alles weg. Nichts sieht mehr so aus wie früher. Die Wildfarm, die *kloof* – du würdest sie nicht wiedererkennen. Es wimmelt von Menschen. Alles zugebaut. Weg«, wiederholte er und machte eine abrupte Geste mit der rechten Hand, als würde er etwas beiseitewischen.

»Fährst du noch manchmal raus?«

»Nein, ich habe alle Brücken hinter mir abgebrochen, habe noch abkassiert, aber dann – nichts wie weg. Ich hatte dir doch gesagt, dass ich aussteigen würde, sobald die Sache unter Dach und Fach ist.«

Nach einer kurzen Pause fragt Adam: »Und wie geht's Baby?«

»Ach, ganz gut, glaube ich. Genau kann ich dir das nicht sagen. Du weißt wahrscheinlich, dass sie mich verlassen hat…?«

»Nein.«

»Doch. Sie lebt jetzt mit *ihm* zusammen. Wir sind seit ein paar Monaten geschieden. Ich glaube, sie wollen nächstes Jahr heiraten. Mir soll's recht sein. Ich trage ihr nichts nach. Wie es scheint, ist sie glücklich, und das ist die Hauptsache.« Er starrte eine Weile ins Leere. »Ich habe sehr unter der Trennung gelitten«, sagte er schließlich. »Ich habe sie schrecklich geliebt, das weißt du ja. Aber jetzt bin ich darüber hinweg.«

»Gut. Das freut mich.«

»Neulich habe ich Adele angerufen. Du weißt schon, meine erste Frau. Sie und meine kleine Tochter fehlen mir sehr. Ich dachte, es besteht vielleicht die Möglichkeit, dass wir wieder… Aber sie hat Nein gesagt. Tja, so ist das. Man kann die Zeit nicht zurückdrehen.« Darüber sann er einen Augenblick nach und sagte dann: »Ja, da ist nichts mehr zu machen.« Plötzlich wurde seine Stimme hart und dünn: »Sie hat mein Leben kaputt gemacht, mein ganzes Leben, nur um nach oben zu kommen. Auch bei ihm wird sie nicht bleiben, wart's ab. Für sie ist jeder nur eine Sprosse auf der Leiter. Ich hasse sie. Wie die Pest.«

Es dauerte einen Moment, bis Adam dahinterkam, dass er von Baby sprach. Canning trug ihr zwar nichts nach, hasste sie aber wie die Pest: An seiner inneren Zerrissenheit hatte sich nichts geändert, er redete noch immer mit gespaltener Zunge.

»Ja, es war weiß Gott nicht leicht«, sagte Canning. »Aber das ist zum Glück alles Vergangenheit. Und ich habe einen guten Schnitt dabei gemacht.«

Wie immer, wenn er über Geld sprach, klimperte er fröhlich mit den Münzen in seinen Taschen. Geld war für Canning immer schon ein Ersatz gewesen, ein Ausgleich für fehlende Liebe oder Freundschaft. Und es schien ihm tatsächlich Trost zu bieten, selbst jetzt. Dennoch verriet seine Miene einen Anflug von Zweifel, der vom Grau seines Gesichts nur schwer zu unterscheiden war. Wie um diesen Zweifel zu kaschieren, wiederholte er laut: »Ja, ich habe einen guten Schnitt dabei gemacht.«

»Wie schön«, sagte Adam mit hohler Stimme.

»Ich habe mir ein paar Oldtimer zugelegt. Einen Packard, Baujahr 1929, und ein Cadillac-LaSalle-Cabrio, Baujahr 1930. Du musst mich unbedingt mal besuchen kommen, dann machen wir eine kleine Spritztour. Außerdem habe ich mir ein wunderschönes Haus gekauft, denkmalgeschützt, Herbert Baker. Ich brauche nie wieder zu arbeiten. Aber ich werde mir wahrscheinlich trotzdem etwas suchen, nur so, zum Zeitvertreib. Es ist manchmal ganz schön einsam, wenn man nichts zu tun hat. Weißt du, was ich meine?«

Adam gab keine Antwort, und plötzlich war da wieder dieses Schweigen: das Schweigen, das seit dem ersten Tag, als sie sich vor dem Agrargroßhandel begegnet waren, unter der Oberfläche all ihrer Gespräche brodelte und nur darauf wartete, sie zu verschlingen. Ihnen wurde unbehaglich zumute, und sie gaben die üblichen Signale zum Aufbruch. Canning streckte sich und rutschte unruhig hin und her. Adam sah auf seine Armbanduhr.

»Hat mich gefreut, Adam. Wir müssen uns irgendwann mal treffen.«

»Ja, unbedingt.«

Canning stand auf; gleich würde er verschwinden. Plötzlich sagte Adam zu seinem eigenen Erstaunen: »Eins wollte ich dir immer schon mal sagen.«

»Was denn?«

»Ich habe keinerlei Erinnerung daran, dass wir zusammen zur Schule gegangen wären. Nicht die geringste. Ich habe keine Ahnung, wer du bist.«

Canning setzte sich wieder. Er schien verblüfft. »Ich verstehe nicht ganz«, sagte er schließlich. »Soll das ein Witz sein?«

Adam zuckte die Achseln. Er wusste nicht, warum er ausgerechnet jetzt davon anfing. Der Zeitpunkt für ein solches Gespräch war längst vorbei; es hatte keinen Sinn mehr. Doch die Worte kamen aus seinem tiefsten Innern, drängten förmlich aus ihm heraus.

»Aber darüber haben wir doch gesprochen. Du hast gesagt ...«

»Ja. Aber das war gelogen.«

Der Schock war Canning deutlich anzusehen. »Aber du *musst* dich erinnern«, flehte er. »Du warst doch mein Held.«

»Das sagtest du schon.«

»Unser Gespräch auf der Toilette ... Daran erinnerst du dich doch?«

»Nein, leider nicht.«

Sie starrten sich an. In Cannings Gesicht arbeitete es, trotzdem dauerte es eine ganze Weile, bis er seine Stimme wiedergefunden hatte. »Es war am letzten Schultag vor den Ferien«, sagte er leise. »Am nächsten Morgen sollte ich nach Hause fahren. Ich hatte gerade mit meinem Vater telefoniert, und er hatte mir wie üblich einen Vortrag darüber gehalten, was für ein Nichtsnutz ich doch sei, dass ich es nie zu etwas bringen würde – und wenn es nach ihm ginge, bräuchte ich gar nicht erst nach Hause zu kommen.

Ich hatte das schon tausendmal gehört, aber an diesem Abend war alles anders. Aus irgendeinem Grund drehte ich durch. Ich hatte die Schnauze voll, ich konnte einfach nicht mehr. Also habe ich mir einen Strick besorgt und bin auf die Toilette geschlichen. Ich wollte mich in einer Ecke erhängen, wo sie mich erst am nächsten Morgen finden würden.

Aber so kam es nicht. Denn das Schicksal hatte dich geschickt. Du warst schon da und bist weinend in einer der Klokabinen gesessen.«

»*Ich*?«, sagte Adam. Er hatte ihm mit ungläubiger Faszination gelauscht und darauf gewartet, dass sich etwas in ihm regte – doch Canning hätte ebenso gut von einem Fremden sprechen können.

»Ja, du. Die anderen Jungs hatten dich gehänselt, weil du immer ins Bett gepinkelt hast…«

»Ja, ja, schon gut«, fiel Adam ihm ins Wort.

»Und so kamen wir ins Gespräch. Den Strick hast du nicht bemerkt, den hatte ich vorher versteckt, aber an diesem Abend waren wir beide Außenseiter. Du warst sehr nett. Du warst freundlich zu mir. So hatte noch nie jemand mit mir geredet – als ob ich wichtig wäre, bedeutend.«

»Ich?«, wiederholte Adam. »Canning, bist du dir wirklich sicher, dass du mich nicht mit jemand anderem verwechselst?«

»Nein. Auf keinen Fall. Das warst du.« Cannings Stimme war jetzt ganz ruhig. »Es war einer der wichtigsten Augenblicke meines Lebens. Der Rat, den du mir damals gegeben hast – ich habe mich mein Leben lang daran gehalten. Wie könnte ich vergessen, wer mit mir gesprochen hat? Du hast mein Leben verändert. Zum ersten Mal habe ich mich nicht allein gefühlt, zum ersten Mal war jemand *bei* mir. Du hast mir an diesem Abend das Leben gerettet, und das habe ich nie vergessen. Wir haben uns danach kaum noch gesprochen, wir sind uns aus dem Weg gegangen, trotzdem habe ich dir angemerkt, dass dir unsere Freundschaft wichtig war. Und schon als wir die Schule verließen, wusste ich, wir würden uns eines Tages wiedersehen.«

»Daran kann ich mich nicht erinnern.«

»Aber so war es.«

»Mag sein. Aber, Canning, versteh doch … für mich war das nicht weiter von Bedeutung. Was auch immer ich dir damals für einen Rat gegeben habe … Ich war vermutlich einfach verzweifelt. Ich habe jedenfalls nie wieder einen Gedanken daran verschwendet.«

»Ich habe jeden Tag daran gedacht.«

»Es tut mir leid, Canning.«

Die Kluft zwischen ihnen war größer denn je. Es gab keine Brücke mehr.

Nach langem Schweigen fuhr Canning mit tonloser Stimme fort. »Du hast gesagt, ich soll warten«, sagte er. »Du hast gesagt, eines Tages würden wir uns rächen. Wir müssten nur Geduld haben und so lange alles hinunterschlucken, all unsere Wut und unsere Tränen, bis der richtige Moment gekommen sei, um sich zu rächen. Und genau das habe ich jetzt getan.«

Plötzlich begriff Adam. Die Zerstörung Gondwanas, die Verwandlung der unberührten Wildnis in einen Golfplatz: All das war nur seinetwegen geschehen. Wegen eines gedankenlosen, pubertären Ratschlags von vor fünfundzwanzig Jahren. Die Erkenntnis löste Ekel bei ihm aus; er rückte auf der Bank von Canning ab.

»Ich kann mich nicht erinnern«, wiederholte er – und das war zum ersten Mal gelogen. Als er Canning von Rache hatte sprechen hören, hatte sich in Adam etwas geregt. Keine Erinnerung, nicht ganz. Eher so etwas wie der Zipfel einer Erinnerung: ein Schimmer, ein Anflug, eine Ahnung, in der die Schultoilette eine Rolle spielte.

Es war passiert; er war dabei gewesen. So viel stand fest. Aber die Worte, die Gesten, die genauen Umstände der Begegnung – all das war verschwunden. Zurückgeblieben war nur ein leises Kribbeln, wie eine undeutliche Bewegung in tiefem, dunklem Wasser, eine Andeutung von etwas Großem, Ganzem. Er war ein völlig anderer Mensch geworden. Und vielleicht – so dachte Adam in diesem unpassenden Moment –, vielleicht war genau das die Quintessenz seines gesamten Lebens: Von all dem, was einem einst brennend gegenwärtig und bedeutungsvoll erschien, blieb am Ende nichts weiter als ein schwaches Beben, ganz so, als wäre es einem anderen widerfahren.

Er wischte den Gedanken – und den Augenblick – beiseite; er stand auf. Obwohl er den Nachmittag frei hatte, tat er, als sei er in Eile.

»Lass uns ein andermal darüber reden«, sagte er. »Ich muss jetzt los.«

»Ja, ja, natürlich, verstehe.« Auch Canning war aufgesprungen. »Danke, dass du diese alten Geschichten mit mir durchgekaut hast…«

»Ja.« Adam trat einen Schritt zurück. »Wiedersehen, Canning. Mach's gut.«

»Wiedersehen, Adam. Hat mich gefreut.«

Sie nickten sich zu, und dann eilten sie jeder in eine andere Richtung davon, unter dem Dach der ausladenden Bäume.

Nach ein paar Metern blieb Adam stehen. Er hatte das Gefühl, etwas zurückgelassen zu haben, etwas Lebenswichtiges, das er gleich dringend brauchen würde. Aber als er seine Taschen abtastete, war alles da: Handy, Schlüsselbund, Portemonnaie, Terminkalender. Er blieb noch einen Augenblick stehen und dachte an nichts, bevor er wieder in die Wirklichkeit zurückkehrte. Dann hastete er weiter, durch den Schatten einer Statue, rostzerfressen und mit Patina und Vogelscheiße überzogen, der Statue eines vergessenen Helden.

DANK

Ein großes Dankeschön an Riyaz Mir, dessen Kochkünste und Freundschaft mich immer wieder aufs Neue beflügeln, und an meine Freundin Sheila Coggon, die mir für mindestens eine Manuskriptfassung ihr Refugium auf Goa zur Verfügung stellte. Sowie an das Civitella Ranieri Center in Umbrien, wo vorliegender Roman beendet wurde. Auch danke ich Alison Lowry, Toby Mundy und Ellen Seligman, die mich von ihren redaktionellen Fähigkeiten großzügig profitieren ließen, und Tony Peake und Nigel Maister, deren kritische Anmerkungen diesem Buch den letzten Schliff gaben. Und last but not least danke ich Helen Bradford und Lance van Sittert für viele hilfreiche Gespräche.

Die Originalausgabe erschien 2003 unter dem Titel
»The Impostor« bei Penguin Books (South Africa) (Pty) Ltd.
und Atlantic Books Ltd., London.

Penguin Random House Verlagsgruppe FSC® N001967

1. Auflage
Neuausgabe August 2022
Copyright © der Originalausgabe 2008 Damon Galgut
Copyright © der deutschen Ausgabe 2022 btb Verlag
in der Penguin Random House Verlagsgruppe GmbH,
Neumarkter Str. 28, 81673 München
Zuerst erschienen im Wilhelm Goldmann Verlag,
München 2009
Coverdesign: Buxdesign | Ruth Botzenhardt
unter Verwendung eines Motivs von © plainpicture/ Adeline Spengler
Satz: Uhl + Massopust, Aalen
Druck und Einband: GGP Media GmbH, Pößneck
Alle Rechte vorbehalten.
Printed in Germany
ISBN 978-3-442-77311-4

www.btb-verlag.de
www.facebook.com/btbverlag

DAMON GALGUT

Die drei großen Südafrika-Romane des Booker-Preisträgers 2021.

Deutsch von Thomas Mohr

Das Versprechen

Roman, 368 Seiten, Luchterhand 87707

Eine faszinierende Familiengeschichte über dreißig Jahre des politischen Umbruchs in Südafrika. Ausgezeichnet mit dem Booker Prize 2021. »Der Roman nötigt einem schon nach wenigen Seiten Bewunderung ab.«
DIE ZEIT

Der gute Doktor

Roman, 288 Seiten, btb 77312

Über eine Freundschaft, die von Verrat überschattet wird. »Ein intelligentes Gesellschaftsporträt des heutigen Südafrika.«
Der Spiegel

Der Betrüger

Roman, 304 Seiten, btb 77311

Eine verhängnisvolle Affäre: Der »Große Gatsby« Südafrikas. »Über die Wandlung eines Landes und deren moralische Auswirkungen - absolut brillant.«
The Times

btb